图书在版编目（C I P）数据

三生三世枕上书．上 / 唐七著．— 北京：文化发展出版社，2019.12
ISBN 978-7-5142-2878-6

Ⅰ．①三… Ⅱ．①唐… Ⅲ．①言情小说－中国－当代
Ⅳ．① I247.5

中国版本图书馆 CIP 数据核字（2019）第 246157 号

三生三世枕上书．上
著　　者：唐　七

责任编辑：侯　铮
出版发行：文化发展出版社有限公司
（北京市翠微路 2 号　邮编：100036）
网　　址：www.wenhuafazhan.com
经　　销：各地新华书店
印　　刷：河北鹏润印刷有限公司

开　　本：880mm × 1230mm　1/32
字　　数：236 千字
印　　张：11
印　　次：2020 年 1 月第 1 版　2020 年 1 月第 1 次印刷
I S B N：978-7-5142-2878-6
定　　价：46.00 元

三生三世枕上书

〈上〉volume 1

唐七 著

The Pillow Book of Samsara

全新典藏版

文化发展出版社
Cultural Development Press

枕上书了几段几行

梦里看不见思念的方向

摘下千年前的一段月光

研新墨一方

等佛铃盛放

将前缘写在枕上

将眉眼深藏

再开出回忆里你知的模样

枕上书了几段几行

杪椤树旁花静晚

摘下千年前的一段月光

下弦月照烛影长

等佛铃盛放

谁垂钓冷荷塘

将眉眼深藏

回忆过往杯酒凉

再开出回忆里你知的模样

佛度也度不了隔世的离殇

苍何剑挽千里霜
倾城一夜雪苍茫
谁白衣点梅妆
误入檀林发染香
佛度也度不了隔世的离殇

苍何剑挽千里霜
倾城一夜雪苍茫
谁白衣点梅妆
误入檀林发染香
佛度也度不了隔世的离殇
菩提花开满宫墙

菩提花开满宫墙
花下是谁对影成双
梦里看不见思念的方向
研新墨一方
将前缘写在枕上

再开出回忆里你知的模样
枕上书书了几段几行
摘下千年前的一段月光
等佛铃盛放
将眉眼深藏
再开出回忆里你知的模样
认出我的模样

摘下千年前的一段月光
等佛铃盛放
将眉眼深藏
再开出回忆里你知的模样
枕上书书了几段几行
摘下千年前的一段月光
等佛铃盛放
将眉眼深藏
再开出回忆里你知的模样

菩提花开满宫墙
花下是谁对影成双
梦里看不见思念的方向
研新墨一方
将前缘写在枕上

枕上书书了几段几行
摘下千年前的一段月光
等佛铃盛放
将眉眼深藏

花下是谁对影成双
梦里看不见思念的方向
研新墨一方
将前缘写在枕上

第二卷　梵音谷　一九三

三生三世枕上书 上

目录

新版序言

我是个记性很差的人，会记不起很多东西，大学时上过的课程，和朋友聊过的天，刚学会不久的菜谱，上周才吃过的餐厅……所以，很自然的是，今次到底是这十二年以来三生系列的第几次再版，我也着实是记不清了。然这个系列目前的两部书能够多次再版，是我之幸，需感激读者们。

三生系列的第一部书是《三生三世十里桃花》，于十二年前面世，其实那时候就有了将之写成一个系列的想法。似乎当初我还给自己定了一个十年目标，打算十年内将后续的三部——东华凤九的《三生三世枕上书》，连宋成玉的《三生三世步生莲》，墨渊少绾的《三生三世菩提劫》——尽数完成，使三生世界能终成一个完整系列。那时候总觉得十年是很长很长的一段时间，这计划岂能有完成不了的道理？没想到十二年之后，堪堪只写成了《十里桃花》和《枕上书》两部，截止到写这序的现在，《三生三世步生莲》还在连载中，而《三生三世菩提劫》刚打完大纲。

为什么这计划未能完成？有时候我想，可能是那十年里自己还是太过年轻的缘故。这世上有许多人，因年轻而任性，很难按部就班地去进行某种计划、实现某段人生，那时年轻的我必是其中之一，所以在原本打算创作《步生莲》和《菩提劫》的时间里，我去写了《岁月是朵两生花》《华胥引》和《四幕戏》。但有时候我又想，可能每本书都有它应该被写成的时间，我没能早一点完成三生系列，说不定是因为那十年不是正确的时间，所以也怪不着我。

朋友听了我的理论，大笑说你这是推脱抵赖之词，你这个人可太无赖了。无赖就无赖吧，过去如何其实已不重要，重要的是我自己知道，未来我总会完成这个系列的。再则，因是重订下的计划，是此时的构思，因此新系列的体量比先前计划中的也多了三分之一。除了从前所定的四部以外，我打算为燕池悟和谢画楼以及谢孤栦与相云再各写一部，将整个三生系列拓展至六部书。这便是下个十年我将做的事。

《古诗十九首》里有几句诗：“青青陵上柏，磊磊涧中石。人生天地间，忽如远行客。”当我二十来岁时读这几句诗，是没什么感触的，但而立之后再念及，每每感叹。年轻时总觉得还有大把时光可供自己挥霍，但如今，却常有“忽如远行客”之感。你我凡人，太易苍老，需抓紧时间，做些有意义的事，免得垂垂老矣时再行后悔。而于我而言，将三生系列完成，大约就是我这辈子能做好的最有意义的一件事了吧。

感谢读者们支持我许久，等待我许久，而我将尽力不辜负你们的支持和等待。

唐七

2019年10月19日凌晨于成都

楔子

| 一八 |

三月草长，四月莺飞，浩浩东海之外，十里桃林千层锦绣花开。

九重天上的天族同青丘九尾白狐一族的联姻，在两族尊长能拖一天是一天的漫长斟酌下，历经两百二十三年艰苦卓绝的商议，终于在这一年年初敲定。

吉日挑得精细，正择着桃花盛开的暮春时节。

倒霉的被拖了两百多年才顺利成亲的二人，正是九重天的太子夜华君同青丘之国的帝姬白浅上神。

四海八荒早已在等待这一场盛典，大小神仙们预见多时，既是这二位的好日子，依天上那位老天君的做派，排场必定要做得极大，席面也必定要摆得极阔，除此，大家实在想不出他还能通过什么方式来彰显自己的君威。

但尽管如此，当来自天上的迎亲队浩浩荡荡地拐进青丘，出现在雨泽山上的往生海旁边时，抱着块毛巾候在海对岸的迷谷仙君觉得，也许，自己还是太小看天君了。

这迎亲的阵势，不只阔，忒阔了！

迷谷仙君一向随侍在白浅身侧，在青丘已很有些资历，做地仙做得长久，自然见多识广一些。

天上的规矩没有新郎迎亲之说，照一贯的来，是兄长代劳。

迷谷盘算着，墨渊算是夜华的哥哥，既然如此，一族的尊神出现在弟媳妇的迎亲队里，算是合情合理。

尊神出行，下面总要有个高阶但又不特别高阶的神仙随侍，这么看来，南极长生大帝座下吃笔墨饭掌管世人命运的司命星君一路跟着，也算合情合理。

至于司命跟前那位常年神龙见首不见尾的天君三儿子连宋神君，他是太子的三叔，虽然好像的确没他什么事儿，但来瞧瞧热闹，也是无妨的。

迷谷想了半天，这三尊瑞气腾腾的神仙为何而来，都找出了一些因由。

可墨渊身旁那位紫衣白发，传说中避世十几万年，不到万不得已不轻易踏出九重天，只在一些画像或九天之上极盛的宴会中偶尔出现，供后世缅怀惦念的东华帝君，他怎么也出现在迎亲队里了？

迷谷绞尽脑汁，想不透这是什么道理。

中间隔了一方碧波滔滔的往生海，饶是迷谷眼力好，再多的，也看不大清了。

这排场极大的迎亲队伍瑞气千条地行至月牙湾旁，倒并没有即刻过海的意思，反是在海子旁停下，队末的一列小仙娥有条不紊地赶上来，张罗好茶座、茶具令几位尊神稍事休息。

碧蓝的往生海和风轻拂，绕了海子半圈的雨时花抓住最后一点晚春的气息，慢悠悠地绽放出绿油油的花骨朵来。

天界的三殿下、新郎的三叔连宋君百无聊赖地握着茶盖浮了几浮茶叶末，轻飘飘同立在一旁的司命闲话："本君临行前听闻，青丘原是有两位帝姬，除了将要嫁给夜华的这个白浅，似乎还有个小字辈的？"

司命其人，虽地位比东华帝君低了不知多少，却也有幸同东华帝君并称为九重天上会移动的两部全书。只不过，东华帝君是一部会移动的法典，他是会移动的八卦全书，以熟知八竿子打不着的人祖宗三代的秘辛著称。

会移动的八卦全书已被这十里迎亲队的肃穆氛围憋了一上午，此时，终于得到时机开口，心中虽已迫不及待，但面上还是拿捏出一副稳重派头，抬手揖了一揖，做足礼数，才缓缓道："三殿下所言非虚，青丘确然有两位帝姬。小的那一位，乃是白家唯一的孙字辈，说是白狐与赤狐的混血，四海八荒唯一一头九尾的红狐，唤作凤九殿下。天族有五方五帝，青丘之国亦有五荒五帝，因白浅上神迟早要嫁入天族，两百年前，便将自己在青丘的君位交由凤九殿下承下了。承位时，那位小殿下不过三万两千岁，白止帝君还有意让她继承青丘的大统，年纪轻轻便如此位高权重，但……也有些奇怪。”

小仙娥前来添茶，他停下来，趁着茶烟袅袅的当口，隔着朦胧雾色若有若无地瞄了静坐一旁淡淡浮茶的东华一眼。

连宋似被撩拨得很有兴味，歪在石椅里抬了抬手，眼尾含了一点笑：“你继续说。”

司命颔首，想了想，才又继续道：“小仙其实早识得凤九殿下，那时，殿下不过两万来岁，跟在白止帝君身旁，因是唯一的孙女，很受宠爱，性子便也养得活泼，摸鱼打鸟不在话下，还常捉弄人，连小仙也被捉弄过几回。但——”他顿了顿，“两百多年前殿下下凡一遭，一去数十年，回来后不知怎的，性子竟沉稳了许多。听说，从凡界归来那日，殿下是穿着一身孝衣。两百多年过去，眼看着她也长大了，因是当作储君来养，大约也是担心无人辅佐帮衬，百年间白止帝君做主为她选了好几位夫婿，但她却……”

连宋道：“她却怎么？”

司命摇了摇头，眼神又似是无意地瞟向一旁的东华帝君，皮笑肉不笑道：“倒是没什么，只是坚持自己已嫁了夫家，虽夫君亡故，却不能再嫁。且听说这两百多年来，她未有一日将发上的白簪花取下，也未有一时将那身孝衣脱下。”

连宋撑腮靠在石椅的扶臂上，道：“经你这么一提，我倒是想起来七十年前似乎有一桩事，说是织越山的沧夷神君娶妻，仿佛与青丘有些什么干系？”

司命想了想，欲答，坐在一旁静默良久的墨渊上神却先开了口，嗓音清清淡淡：“不过是，白止让凤九嫁给沧……”司命在一旁提醒：“沧夷。”墨渊接口：“嫁给沧夷，将凤九绑上了轿子，凤九不大喜欢，当夜，将织越山上的那座神宫拆了而已。”

他的“而已”两个字极云淡风轻，听得司命极胆战心惊。这一段他还委实不晓得，觉得应该接话，千回百转却只转出来个拖长的“咦……”

连宋握住扇子一笑，正经地坐直身子，对着墨渊道：“这么说，是了，我记得有谁同我提过，那一年仿佛是你做的主婚人。但传说沧夷神君倒是真心喜欢这位将他神宫拆得七零八落的未过门媳妇儿，至今重新修整的宫殿里还挂着凤九的几幅画像，日日睹物思人。”

墨渊没再说话，司命倒是有些感叹：“可喜不喜欢是一回事，要不要得起又是另一回事了。小仙还听说钟壶山的秦姬属意白浅上神的四哥白真，可，又有几个胆子敢同折颜上神抢人呢？”

风拂过，雨时花摇曳不休。几位尊神宝相庄严地道完他人八卦，各归各位，养神的养神，喝茶的喝茶，观景的观景。一旁随侍的小神仙们却无法保持淡定，听闻如此秘辛，个个兴奋得面红耳赤，但又不敢造次，纷纷以眼神交流感想，一时，往生海旁尽是缠绵的眼风。

一个小神仙善解人意地递给司命一杯茶润嗓，司命星君用茶盖刨开茶面上的两个小嫩芽，目光绕了几个弯又拐到了东华帝君处，微微蹙了眉有些思索。

连宋转着杯子笑："司命你今儿眼抽筋了，怎么老往东华那儿瞧？"

坐得两丈远的东华帝君搁下茶杯微微抬眼，司命脸上挂不住，讪笑两声欲开口搪塞，哗啦一声，近旁的海子却忽然掀起一个巨浪。

十丈高的浪头散开，灼灼晨光下，月牙湾旁出现一位白衣白裙的美人。

美人白皙的手臂里挽着一头漆黑的长发，发间一朵白簪花，衣裳料子似避水的，半粒水珠儿也不见带在身上，还迎着晨风有些飘舞的姿态。一头黑发却是湿透，额发湿漉漉地贴在脸颊上，有些冰冷味道，眼角却弯弯地攒出些暖意来，似笑非笑地看着方才说八卦说得热闹的司命星君。

二四

司命手忙脚乱地拿茶盏挡住半边脸，连宋将手里的扇子递给他："你脸太大了，茶杯挡不住，用这个。"

司命愁眉苦脸地几欲下跪，脸上扯出个万分痛苦的微笑来："不知凤九殿下在此游水，方才是小仙造次，还请殿下看在小仙同殿下相识多年的分儿上，宽恕则个。"

墨渊瞧着凤九："你藏在往生海底下，是在做什么？"

白衣白裙的凤九立在一汪静水上一派端庄："锻炼身体。"

墨渊笑道："那你上来又是要做什么？专程来吓司命的？"

凤九顿了顿，向着跪在地上痛苦状的司命道："你方才说，那钟壶山上的什么什么秦姬，真的喜欢我小叔啊？"

"……"

第一卷

菩提往生

三生三世

她同东华，
应的是那句佛语，
说不得。说不得，
多说是错，说多是劫。

第一章

青丘凤九

后来有一天，当太晨宫里的菩提往生开遍整个宫闱，簇拥的花盏似浮云般蔓延过墙头时，东华想起第一次见到凤九。

那时，他对她是没什么印象的。太晨宫里避世万年的尊神，能引得他注意一二的,唯有四时之错行,日月之代明,造化之劫功。

虽被天君三催四请地请出太晨宫为太子夜华迎亲，但他对这桩事，其实并不如何上心。理所当然地，也就不怎么记得往生海上浮浪而来的少女，和她那一把清似初春细雨的好嗓子。也记不得那把好嗓子极力绷着笑，问一旁的司命：“那钟壶山上的什么什么秦姬，真的喜欢我小叔啊？”

东华真正对凤九有一些实在的印象，是在夜华的婚宴上。

天族太子的大婚，娶的又是四海八荒都要尊一声姑姑的白浅上神，自然不比旁人。天上神仙共分九品，除天族之人，有幸入宴者不过五品之上的十来位真皇、真人并二三十位灵仙。

紫清殿里霞光明明，宴已行了大半。

这一代的天君好拿架子，无论何种宴会，一向酒过三巡便要寻不胜酒力的借口离席，即便亲孙子的婚宴，也没有破这个先例。

而一身喜服的夜华君素来酒量浅，今夜更是尤其地浅，酒还没过三巡，已由小仙官吃力地搀回了洗梧宫。尽管东华见得，这位似乎下一刻便要醉得人事不省的太子，行走之间的步履倒还颇有些章法。

那二位前脚刚踏出紫清殿不久，几位真皇也相继寻着因由一一遁了，一时，宴上拘谨气氛活络不少。东华转着已空的酒杯，亦打算离席，好让下面凝神端坐的小神仙们松一口气自在畅饮。

正欲搁下杯子起身，抬眼却瞟见殿门口不知何时出现了一盆俱苏摩花。嫩黄色的花簇后头，隐隐躲了个白衣的少女，正低头猫腰状，一手拎着裙子，一手拎着花盆，歪歪斜斜地贴着墙角柱子沿，妄图不引起任何人注意，一点一点地朝送亲那几桌席面挪过去。

东华靠着扶臂，找了个更为舒坦的姿势，又重新坐回紫金座上。

台上舞姬一曲舞罢，白衣少女一路磕磕碰碰，终于移到送亲席的一处空位上，探出头谨慎地四下瞧瞧，瞅准了无人注意，极快速地从俱苏摩花后头钻出来，趁着众人遥望云台喝彩的间歇，一边一派镇定地坐下来若无其事地鼓掌叫好，一边勾着脚将身后的俱苏摩花绊倒，往长几底下踢了踢。

没藏好，又踢了踢。

| 三一 |

还是没藏好，再踢了踢。

最后一脚踢得太生猛，倒霉的俱苏摩花连同花盆一道，擦着桌子腿直直飞出去，穿过舞姬云集的高台，定定砸向一念之差没来得及起身离席的东华。

众仙惊呼一声，花盆停在东华额头三寸处。

东华撑着腮伸出一只手来握住半空的花盆，垂眼看向席上的始作俑者。

众神的目光亦随着东华齐齐聚过来。

始作俑者愣了一瞬，反应敏捷地立刻别过头，诚恳而不失严肃地问身旁一个穿褐衣的男神仙："迷谷你怎么这么调皮呀，怎么能随便把花盆踢到别人的脑门上去呢？"

宴后，东华身旁随侍的仙官告诉他，这一身白衣头簪白花的少女，叫作凤九，就是青丘那位年纪轻轻便承君位的小帝姬。

夜华的大婚前前后后热闹了七日。

七日之后，又是由连宋君亲手操持、一甲子才得一轮回的千花盛典开典，是以，许多原本被请上天赴婚宴的神仙便干脆暂居下来没走。

以清洁神圣著称的九重天一时没落下几个清静地，一十三天的芬陀利池算是仅存的硕果之一。大约因池子就建在东华的寝宫太晨宫旁边，也没几个神仙敢近前叨扰。

但所谓的"没几个神仙"里，并不包括新嫁上天的白浅上神。

| 三二 |

四月十七，天风和暖，白浅上神帮侄女儿凤九安排的两台相亲小宴，就正正地布置在芬陀利池的池塘边儿上。

白浅以十四万岁的高龄嫁给夜华，一向以为自己这个亲结得最是适时，不免时时拿自己的标准计较旁人，一番衡量，觉得凤九三万多岁的年纪着实幼齿，非常不适合谈婚论嫁，但受凤九她爹、她哥哥白奕所托，又不好推辞，只得昧着良心给她办了。

近日天上热闹，没什么合适的地方可顺其自然地摆一场低调的相亲宴。听说东华帝君长居太晨宫，一般难得出一趟宫门，即便在太晨宫前杀人放火也没什么人来管，白浅思量半日，心安理得地将宴席安排到了太晨宫旁边的芬陀利池旁。

且是两个相亲对象，前后两场。

但今日大家都打错了算盘。东华不仅出了宫，出来的距离还有点近，就在布好的小宴五十步开外，被一棵蓬松的垂柳挡着，脚下搁了根紫青竹的鱼竿，脸上则盖了本经卷，安然地躺在竹椅里一边垂钓一边闭目养神。

凤九吃完早饭，喝了个早茶，一路磨磨蹭蹭地来到一十三天。

碧色的池水浮起朵朵睡莲，花盏连绵至无穷处，似洁白的云絮暗绣了一层莲花纹。

小宴旁已施施然坐了位摇着扇子的青衣神君，见她缓步而来，啪的一声收起扇子，弯着眼角笑了笑。

凤九其实不大识得这位神君，只知是天族某个旁支的少主，清修于某一处凡世的某一座仙山，性子爽朗，人又和气。要说有什么缺点，就是些微有点洁癖，且见不得人不知礼、不守时。为此，她特地迟到了起码一个半时辰。

宴是小宴，并无过多讲究，二人寒暄一阵入席。

东华被那几声轻微的寒暄扰了清静，抬手拾起盖在脸上的经卷，隔着花痕树影，正瞧见五十步开外，凤九微微偏着头，皱眉瞪着面前的扇形漆木托盘。

托盘里格局紧凑，布了把东陵玉的酒壶并好几道浓艳菜肴。

天上小宴自成规矩，一向是人手一个托盘，布同一例菜色，按不同的品阶配不同的酒品。

青衣神君收起扇子找话题："可真是巧，小仙的家族在上古时管的正是神族礼仪修缮，此前有听白浅上神谈及，凤九殿下于礼仪一途的造诣也是……"

"登峰造极"四个字还压在舌尖没落地，坐在对面的凤九已经风卷残云地解决完一整盘酱肘子，一边用竹筷刮盘子里最后一点酱汁，一边打着嗝问："也是什么？"

嘴角还沾着一点酱汁。

知礼的青衣神君看着她发愣。

凤九从袖子里掏出面小镜子，一面打开一面自言自语："我脸上有东西？"

她顿了顿："啊，真的有东西。"果断抬起袖子往嘴角一抹。顷刻，白色的衣袖上印下一道明晰的油脂。

微有洁癖的青衣神君一张脸，略有些发青。

凤九举着镜子又仔细照了照，照完后若无其事地揣进袖中，大约手上本有些油腻，紫檀木的镜身上还留着好几个油指印。

青衣神君的脸青得要紫了。

碰巧竹筷上两滴酱汁滴下来，落在石桌上。

凤九咬着筷子伸出指甲刮了刮，没刮干净，撸起袖子一抹，干净了。

青衣神君递丝巾的手僵在半空中。

两人对视好半天，黑着脸的青衣神君哑着嗓子道：“殿下慢用，小仙还有些要事，先行一步，改日再同殿下小叙。”话落地几乎是用跑的仓皇而去。

东华挪开脸上的经书，看到凤九挥舞着竹筷依依不舍告别，一双明亮的眼睛里却无半分不舍情绪，反而深藏戏谑笑意，声音柔得几乎是掐住嗓子：“那改日再叙，可别让人家等太久哟……”直到青衣神君远远消失在视野里，她才含着丝笑，慢悠悠地从袖子里取出一方绣着雨时花的白巾帕，从容地擦了擦手，顺带理了理方才蹭着石桌被压出褶痕来的袖子。

兴许两百年间这等场合见识得多了，青丘的凤九殿下打发起人来可谓行云流水，游刃有余。第二位前来相亲的神君也是一路兴致勃勃前来，一路落花流水离开，唯留石桌上一应狼藉的杯盏，映着日光，一派油光闪闪。

一个时辰不到连吃两大盘酱肘子，凤九有些撑，握了杯茶对着芬陀利池，一边欣赏太晨宫的威严辉煌，一边消食。东华那处有两条小鱼上钩，手中的经书也七七八八地翻到了最后一页，抬眼看日头越来越毒，收了书起身回宫，自然地路过池旁小宴。

凤九正老太太似的捧着个茶杯发愣，听到背后轻缓的脚步声，以为来人是近日越发老妈子的迷谷，回神搭话：“怎么这么早就来了，担心我和他们大打出手吗？”往旁边让了让，“姑姑近日的口味越发奇异了，挑的这两个瞧着都病秧子似的，我都不忍心使拳头揍他们，随便诓了诓将二位纤弱的大神诓走了，可累得我不轻。”抱着茶又顿了一顿，“你暂且陪我坐一坐，许久没有在此地看过日升日落，竟还有些怀念。”

东华停下脚步，从善如流地应声坐了，就坐在她的身后，将石桌上尚未收走的两个茶壶挑拣一番，随手倒了杯凉茶润嗓。

凤九静了片刻，被半塘的白莲触发了一点感想，转着茶杯有些唏嘘：“他们说这芬陀利池里的白莲全是人心所化，我们识得的人里头虽没几个凡人，不过你说啊迷谷，像青缇那个样子的，是不是就有自个儿的白莲花？”似乎是想了一想，“如果有的话，你说会是哪一朵？”又老成地叹了口气，“他那样的人。”配着这声叹息饮了口茶。

东华也垂头饮了口茶，迷谷此人他隐约记得，似乎是凤九身旁随侍的一个地仙，看来她是认错了人，青缇是谁，却从来没有听说过。

树影映下来，凤九两条腿搭在湖堤上，声音含糊地道：“半月前，西海的苏陌叶邀小叔饮酒，我赖着去了，腾云时正好途经那个凡世。”停了一会儿，才道，“原来瑨朝早已经覆灭，就在青缇故去后的第七年。”顿了顿，又补了一句道，“我早觉得这个朝代的命数不会太长久。”唏嘘地叹了一声回头添茶，嘴里还嘟囔道，“话说苏陌叶新制的那个茶，叫什么来着，哦，碧浮春，倒还真是不错，回头你给我做个竹篓，下次再去西海我……”一抬头，后面的话尽数咽在喉中，咽得狠了，带得天翻地覆一阵呛咳，咳完了保持着那个要添茶的姿势，半晌没有说得出什么话。

东华修长的手指搭在淡青色的瓷杯盖上，亮晶晶的阳光底下，连指尖都在莹莹地发着光。没什么情绪的目光似有若无地落在她沾满酱汁的衣袖上，缓缓移上去，看到她粉里透着红的一张脸此时呛咳得绯红，几乎跟喜善天的红叶树一个颜色。

许是回过神来，凤九的脸上缓缓地牵出一个笑，虽然有些不大自然，却是实实在在的一个笑，客气疏离地先他开口，客气疏离地请了一声安：“不知帝君在此，十分怠慢，青丘凤九，见过帝君。”

东华听了她这声请安，抬眼打量她一阵，道了声“坐”。待她垂着头踱过来坐了，端着茶盖浮了浮手里的茶叶，不紧不慢地道：“你见着我，很吃惊？”

她方才踱步过来还算是进退得宜，此时却像是受了一场惊，十分诧异地抬头，嘴唇动了动，还是客气疏离的一个笑：“头回面见帝君，喜不自胜，倒让帝君见笑了。”

东华点了点头，算是承了她这个措辞，虽然明眼人都看得出来她那僵硬一笑里头着实难以看出喜不自胜。他抬手给她续了杯凉水。

两人就这么坐着，相顾无言，委实尴尬。少时，凤九一杯水喝得见底，伸手握住茶壶柄，做出一副要给自己添茶的寻常模样，东华抬眼一瞥，正瞧见茶杯不知怎么歪了，刚倒满的一杯热茶正正洒在她水白色的衣襟上，洇出锅贴大一个印儿。

他手指搭在石桌上，目不转睛地瞧着她。

他原本只是兴之所至，看她坐在此处一派懒散地瞅着一十三天的日出瞅得津津有味，以为这个位置会觉出什么不同的风景，又听她请他坐，是以这么坐了一坐。此时却突然真正觉得有趣，想她倒会演戏，或许以为他也是来相亲的，又碍于他的身份，不能像前两位那样随意地打发了，所以自作聪明地使出这么一招苦肉计来，不惜将自己泼湿了寻借口遁走。那茶水泼在她衣襟上还在冒烟，可见是滚的，难为她真是狠心下了一番血本。

他撑着腮，寻思她下一步是不是遁走的打算，果然见她三两下拂了拂身前的那个水印儿，意料之中地没有拂得开，就有些为难地、恭敬地、谦谨地、客气疏离地又难掩喜悦地同他请辞："啊，一时不慎手滑，乱了仪容，且容凤九先行告退，改日再同帝君请教佛理道法。"

白莲清香逐风而来，他抬起眼帘，递过一只硕大的瓷壶，慢悠悠地："仅一杯茶算得什么，用这个，方才过我手时，已将水凉了，再往身上倒一倒，才真正当得上乱了仪容。"

"……"

东华帝君闭世太晨宫太长久，年轻的神仙们没什么机缘领略他的毒舌，但老一辈的神仙们却没几个敢忘了，帝君虽然一向话少，可说出来的话同他手中的剑，锋利程度几乎没两样的。

相传魔族的少主顽劣，在远古史经上听说东华的战名，那一年勇闯九重天意欲找东华单挑，结果刚潜进太晨宫就被伏在四面八方的随侍抓获。

那时东华正在不远处的荷塘自己跟自己下棋。

少年年轻气盛，被制伏在地仍破口大骂，意欲激将。

东华收了棋摊子路过，少年叫嚣得更加厉害，嚷什么听说天族一向以讲道德著称，想不到今日一见却是如此做派，东华若还有点道德良知便该站出来和自己一对一打一场，而不是由着手下人以多欺少……

东华端着棋盒，走过去又退回来两步，问地上的少年："你说，道……什么？"

少年咬着牙："道德！"又重重强调，"我说道德！"

东华抬脚继续往前走："什么东西，没听说过。"少年一口气没出来，当场就气晕了过去。

凤九是三天后想起的这个典故，彼时她正陪坐在庆云殿中，看她姑姑如何教养儿子。

庆云殿中住的是白浅同夜华的心肝儿，人称糯米团子的小天孙阿离。

一身明黄的小天孙就坐在他娘亲跟前，见着大人们坐椅子都能够双脚着地四平八稳，他却只能悬在半空，铆足了劲儿想要把脚够到地上，但个子太小，椅子又太高，龇着牙努力了半天连个脚尖也没够着，悻悻作罢，正垂头丧气地耷拉着小脑袋听他娘亲训话。

白浅一本正经，语重心长："娘亲听闻你父君十来岁就会背

《大萨遮尼乾子所说经》，还会背《胜思惟梵天所问经》，还会背《底哩三昧耶不动尊威怒王使者念诵法》，却怎么把你惯得这样，已经五百多岁了，连个《慧琳音义》也背不好，当然……背不好也不是什么大事吧，但终归你不能让娘亲和父君丢脸吧。”

糯米团子很有道理地嘟着嘴反驳：“阿离也不想的啊，可是阿离在智慧这一项上面，遗传的是娘亲而不是父君啊！”

凤九扑哧一口茶喷出来，白浅眯着眼睛意味深长地看向她，她一边辛苦地憋笑一边赶紧摆手解释：“没别的意思，最近消化系统不太好，你们继续，继续。”

待白浅转了目光同糯米团子算账，不知怎的，凤九突然想起了东华将魔族少主气晕的那则传闻。她端着茶杯又喝了口茶，眼中不由自主地就带了一点笑意，垂头瞧着身上的白衣，笑意淡了淡，抬手拂了拂落在袖子上的一根发丝儿。

人生的烦恼就如同这头发丝取之不尽，件件都去计较也不是她的行事。她漫无边际地回想，算起来时光如水已过了两千七百年，其间发生了太多的事，很多记得，很多从前记得却不怎么愿意主动想起，一来二去记得的也变得不记得了。避世青丘的两百多年算不上什么清静，但这两百年里倒是很难得再想起东华，来到九重天，却是抬头不见低头见。看东华的模样，并未将她认出来，她真心地觉得这也没什么不好。她同东华，应的是那句佛语，说不得。说不得，多说是错，说多是劫。

今日是连宋君亲手操持的千花盛典最后一日，按惯例，正是千花怒放争夺花魁最为精彩的一日。传说西方梵境的几位古佛也千里迢迢赶来赴会，带来一些平日极难得一见的灵山的妙花。九重天一时万人空巷，品阶之上的神仙皆去捧场了。

凤九对花花草草一向不太热衷，巧的是为贺天族太子的大婚，下界的某座仙山特在几日前呈上来几位会唱戏的歌姬，此时正由迷谷领着，在第七天的承天台排一出将军佳人的折子戏。

凤九提了包瓜子，拎了只拖油瓶跨过第七天的天门去看戏。

拖油瓶白白嫩嫩，正是她唯一的表弟，糯米团子阿离。

第七天天门高高，浓荫掩映后，只在千花盛典上露了个面便退席的东华帝君正独坐在妙华镜前煮茶看书。

妙华镜是第七天的圣地之一，虽说是镜，却是一方瀑布。三千大千世界有数十亿的凡世，倘若法力足够，可在镜中看到数十亿凡世中任何一世的更迭兴衰。

因瀑布的灵气太盛，一般的神仙没几个受得住，就连几位真皇待久了也要头晕，是以多年来，将此地做休憩读书钓鱼用的，只东华一个。

凤九领着糯米团子一路走过七天门，嘱咐团子："靠过来些，别太接近妙华镜那边，当心被灵气灼伤。"

糯米团子一边听话地挪过来一点，一边气呼呼地踢着小石头抱怨："父君最坏了，我明明记得昨晚是睡在娘亲的长升殿的，可今早醒来却是在我的庆云殿，父君骗我说我是梦游自己走回去的。"摊开双手做出无奈的样子，"明明是他想独占娘亲才趁我睡着把我抱回去的，他居然连他自己的亲儿子都欺骗，真是不择手段啊。”

凤九抛着手中的瓜子：“那你醒了就没有第一时间跑去长升殿挠着门大哭一场给他们看？你太大意了。”

糯米团子很是吃惊：“我听说女人才会一哭二闹三上吊。”结巴着道，“原、原来男孩子也可以吗？”

凤九接住从半空中掉下来的瓜子包，看着他，郑重道：“可以的，少年，这是全神仙界共享的法宝。”

东华撑着腮看着渐行渐远的一对身影，摊在手边的是本闲书，妙华镜中风云变色一派金戈铁马，已上演完一世兴衰，石桌上的茶水也响起沸腾之声。

自七天门至排戏的承天台，着实有长长的一段路要走。

行至一处假山，团子嚷着歇脚。两人刚坐定，便见到半空闪过一道极晃眼的银光，银光中隐约有一辆马车急驰而去，车轮碾轧过残碎的云朵，云絮像棉花似的飘散开，风中传来一丝馥郁的山花香。

这样的做派，多半是下界仙山的某位尊神上天来赴千花盛典。

马车瞬息不见踪影，似驶入第八天，假山后忽然响起人声，听来应是两位侍女闲话。

一个道：“方才那马车里，坐的可是东华帝君的义妹知鹤公主？”

另一个缓缓道："这样大的排场，倒是有些像，白驹过隙，算来这位公主也被谪往下界三百多年了啊。"

前一个又道："说来，知鹤公主为何会被天君贬谪，姐姐当年供职于一十三天，可明了其中的因由？"

后一个沉吟半晌，压低声音："也不是特别清楚。不过，那年倒确是个多事之秋。说是魔族的长公主要嫁入太晨宫，却因知鹤公主思慕东华帝君从中作了梗，终没嫁成。天君得知此事震怒，才将这位公主谪往了下界。"

前一个震惊："你是说，嫁入太晨宫？嫁给帝君？为何天上竟无此传闻？帝君不是一向都不沾这些染了红尘味的事吗？"

后一个缓了缓："魔族要同神族联姻，放眼整个天族，除了连宋君也只帝君一人了。这些朝堂上的事，原本也不是你我能置喙的。再则帝君一向对天道之外的事都不甚在意的，也许并不觉娶个帝后能如何。"

前一个唏嘘一阵，却还未尽兴，又转了话题继续："对了，我记得三百多年前一次有幸谒得帝君，他身旁跟了只红得似团火的小灵狐，听太晨宫的几位仙伯提及，帝君对这只小灵狐别有不同，去哪儿都带着的，可前几日服侍太子殿下的婚宴再次谒得帝君，却并未见到那只小灵狐，不知又是为何？"

后一个停顿良久，叹道："那只灵狐，确是得帝君喜爱的，不过，在太晨宫盛传帝君将迎娶帝后的那些时日，灵狐便不见了踪迹，帝君曾派人于三十六天四处寻找，终是不得而知。"

凤九贴着假山背，将装了瓜子的油纸包抛起又接住，抛起又接住，来回了好几次，最后一次太用力抛远了，油纸包咚的一声掉进假山旁边的小荷塘。两个侍女一惊，一阵忙乱的脚步声后渐无人声，应是跑远了。

团子憋了许久憋得小脸都红了，看着还在泛涟漪的荷塘，哭腔道："一会儿看戏吃什么啊？"

凤九站起来理了理裙边要走，团子垂着头有点生闷气："为什么天上有只灵狐我却不知道？"又很疑惑地自言自语，"那只灵狐后来去哪儿了呢？"

凤九停住脚步等他。

正有晨曦自第七天的边缘处露出一点金光，似给整个七天胜景勾了道金边。

凤九抬起手来在眉骨处搭了个"凉棚"，仰着头看那一道刺眼的金光："可能是回家了吧。"又回头瞪着团子，"我说，你这小短腿能不能跑快点啊。"

团子坚贞地把头扭向一边："不能！"

直到抬眼便可见承天台，凤九才发现，方才天边的那道金光并非昴日星君铺下的朝霞晨曦。

她站在承天台十丈开外，着实地愣了一愣。

近在咫尺之处，以千年寒玉打磨而成的百丈高台不知为何尽数淹没在火海之中。若不是台上的迷谷施了结界尽力支撑，烈火早已将台子上一众瑟瑟发抖的歌姬吞噬殆尽。方才惊鸿一瞥的那辆马车也停留在火事跟前，马车四周是一道厚实结界，结界里正是一别三百余年的知鹤公主。迷谷似在大声地同她喊些什么话，她的手紧紧握着马车辕，微微侧开的脸庞有些不知所措。

烈火之后突然传来一声高亢嘶吼。

凤九眯起眼睛，终于搞清楚这场火事的起源：一头赤焰兽正扑腾双翼脱出火海，张开血盆大口逡巡盘旋，口中不时喷出烈焰，盘旋一阵又瞪着铜铃似的眼重新冲入火海，狠狠撞击迷谷的结界。那透明的结界已起了裂痕，重重火海后，舞姬们脸色一派惊恐，想必哀声切切，因隔了仙障，未有半点声音传出，就像是一幕静画，却更令人感到诡谲。

知鹤这一回上天，动机其实相当明确，明着是来赴连宋君的千花盛典，暗着却是想偷偷地见一见她的义兄东华帝君。这个重返九重天的机会，全赖她前几日投着白浅上神的喜好，在自个儿的仙山里挑了几位会唱戏的歌姬呈上来。因着这层缘由，也就打算顺便来看一看这些歌姬服侍白浅服侍得称意不称意。

却不知为何会这样倒霉，不知谁动了承天台下封印赤焰兽的封印，她驱着马车赶过来，正赶上一场浩大的火事。

她其实当属水神，从前还住在太晨宫时，认真算起来是在四海水君连宋神君手下当差，辅佐西荒行云布雨之事，是天上非常难得的一个有用的女神仙，即便被贬谪下界，领的也是她那座仙山的布雨之职。

但她也晓得，以她那点微末的布雨本事，根本不是眼前这头凶兽的对手。她想着要去寻个帮手，但结界中那褐衣的男神仙似乎在同她喊什么话，他似乎有办法，但他喊的是什么，她全然听不到。

踟蹰之间，一抹白影却蓦然掠至她眼前，半空中白色的绣鞋轻轻点着气浪，臂弯里的纱罗被热风吹起来，似一朵白莲花迎风盛开。

她看着那双绣鞋，目光沿着飘舞的纱裙一寸一寸移上去，“啊”地惊叫出声。

记忆中也有这样的一张脸，凉薄的唇，高挺的鼻梁，杏子般的眼，细长的眉，只是额间没有那样冷丽的一朵凤羽花。

可记忆中的那个人不过是太晨宫最底层的奴婢，那时她不懂事，不是没有嫉恨过一个奴婢也敢有那样一副倾城色，唯恐连东华见了也被迷惑，百般阻挠她见他的机会，私底下还给她吃过不少苦头，有几次，还是极大的苦头。

她惊疑不定：“你是……”

对方却先她一步开口，声音极冷然：“既是控水之神，遇此火事为何不祭出你的布雨之术？天族封你为水神所为何来，所为何用？”

说完不及她开口反驳，已取出腰间长笛转身直入火海之中。

多年以来，凤九干两件事最是敬业，一件是做饭，另一件是打架。避世青丘两百多年无架可打，她也有点寂寞，恍然看到赤焰兽造事于此，说不激动是骗人的。

茫茫火海之上，白纱翩舞，笛音缭绕。那其实是一曲招雨的笛音。

袅袅孤笛缠着烈火直冲上天，将天河唤醒，汹涌的天河之水自三十六天倾泻而下，瞬间瓢泼。火势略有延缓，却引得赤焰兽大为愤恨，不再将矛头对准迷谷撑起的结界，口中的烈焰皆向凤九袭来。

这也是凤九一个调虎离山的计策，但，若不是为救台上的迷谷及一众歌姬，依她的风格应是直接祭出陶铸剑将这头凶兽砍死拉倒。当然，鉴于对方是一头勇猛的凶兽，这个砍死的过程将会有些漫长，可也不至于如现下这般被动。

凤九悲切地觉得，自己一人也不能分饰两角，既吹着笛子招雨又祭出神剑斩妖，知鹤是不能指望了，只能指望团子一双小短腿跑得快些，将他们家随便哪一位搬来也是救兵。

她一边想着，一边灵敏地躲避着赤焰兽喷来的火球，吹着祈雨的笛子不能用仙气护体，一身从头到脚被淋得透湿。大雨倾盆，包围承天台的火海终于被淋出一个缺角，赤焰兽一门心思地扑在凤九身上，并未料到后方自个儿的领地已被刨出一个洞，猎物们一个接一个地都要逃走了。

这么对峙了大半日，凤九觉得体力已有些不济，许久没有打架，一出手居然还打输了，这是绝对不行的，回青丘要怎么跟父老乡亲交代呢。她觉得差不多是时候收回笛子祭出陶铸剑了，但，若是从它的正面进攻，多半是要被这家伙躲开；可，若是从它的背后进攻，万一它躲开了结果自己反而没躲开被刺到又该怎么办呢……

在她缜密地思考着这些问题，但一直没个结果出来的时候，背后一阵凌厉的剑风倏忽而至。

正对面的赤焰兽又喷来一柱熊熊烈火，她无暇他顾，正要躲

晕，索性后退一步，拉开一点距离，僵笑着斟酌回答："怎敢，只是若今次借了，还要将衣服洗干净归还给帝君……岂不是需再见，不，需再叨扰帝君一次。"拿捏他的脸色，识时务地又补充了一句，"很怕扰了帝君的清净。"

苍何剑搁在石桌上，嗒的一声响。

迷谷咳了一声，拢着衣袖道："帝君别误会，殿下这不是不想见帝君。帝君如此尊贵，殿下恨不得天天见到帝君……"被凤九踩了一脚，还不露声色地踱了一踱，痛得他将剩下的话全憋了回去。

东华瞥了凤九一眼，会意道："既然如此，那就给你做纪念，不用归还了。"

凤九原本就很僵硬的笑彻底僵在脸上："……不是这个意思。"

东华不紧不慢地坐下来："那就洗干净，还给我。"

凤九只觉脸上的笑即便是个僵硬得像冰坨子一样的笑，这个冰坨子也快挂不住了，抽了抽嘴角道："今日天气和暖，我觉得并不太冷。"她原本是想直言直语地道，"不大想借这件衣裳了行不行？"但在心里过了一遭，觉得语气稍嫌生硬，愣是在这句话当中劈出个句读来，十分委婉地道，"不借这件衣服了，行不行呢？"话刚说完，一阵冷风吹来，打了个冷战。

东华接过迷谷不知从哪里泡来的茶，不慌不忙地抿了一口，道："不行。"

忍辱负重的冰坨子一样的僵硬一笑终于从凤九脸上跌下来，她一时不知作何表情，愣愣道："为什么？"

东华放下茶杯，微微抬眼："我救了你，滴水之恩当舍身相报，洗件衣服又如何了？"

凤九觉得他从前并不是如此无赖的个性，但转念一想，兴许他也有这样的时候，只是没让她瞧见，回神时已听自己干巴巴一笑道："帝君何必强人所难。"

东华抚着杯子，慢条斯理地回她："除了这个，我也没有什么其他爱好了。"

凤九这下不管是僵笑还是干笑，一件都做不出来了，哭笑不得地道："帝君这真是……"

东华放下茶杯，单手支颐，从容地看着她："我怎么？"看凤九被噎得说不出话来，没什么情绪的眼里难得露出点极淡的笑意，又漫不经心地问她，"说来，为什么要救他们？"

其实，她方才倒并不是被噎得说不出话，只是他脸上的表情一瞬间太过熟悉，是她印象十分深刻的一个模样，令她有些发愣，等反应过来，话题已被他带得老远了。她听清楚了那个问题，说的是为什么要救他们，她从前也不是很明白，或不在意人命，但是有个人教会她一些东西。良久，她轻声回道："先夫教导凤九，强者生来就是为了保护弱者存在。若今次我不救他们，我就成了弱者，那我还有什么资格保护我的臣民呢。"

许多年之后，东华一直没能忘记凤九的这一番话，其实他自己都不太清楚记着它们能有什么意义。只是这个女孩子，总是让他觉得有些亲近，但他从不认识她。记忆中第一次见到她，是在青丘的往生海畔，她一头黑发湿润得像海藻，踏着海波前来，他记不清那时她的模样，就像记不住那时往生海畔开着的太阳花。

这一日的这一桩事，很快传遍了九重天，并且有多种版本，将东华从三清幻境里拉入十丈红尘。

一说承天台上赤焰兽起火事，东华正在一十三天太晨宫里批注佛经，听闻自己的义妹知鹤公主也被困火中，才急切地赶来相救，最终降服赤焰兽，可见东华对他这位义妹果真不是一般。另一说承天台起火，东华正巧路过，见到一位十分貌美的女仙同赤焰兽殊死相斗，却居于下风，有些不忍，故拔剑相救。天君一向评价帝君是个无欲无求的仙，天君也有看走眼的时候。云云。

连宋听闻此事，拎着把扇子施施然跑去太晨宫找东华下棋喝酒，席间与他求证道："承天台的那一桩事，说你是见着个美人与那畜生缠斗，一时不忍才施以援手我是不信的。"指间一枚白子落下，又道，"不过，若你有朝一日想通了要娶一位帝后双修，知鹤倒也是不错，不妨找个时日同我父君说一说，将知鹤重召回天上吧。"

东华转着酒杯思忖棋路，闻言，答非所问地道："美人？他们觉得她长得不错？"

连宋道："哈？"

东华从容落下一枚黑子，堵住白子的一个活眼："他们的眼光倒还不错。"

连宋愣了半天，回过神来，啪的一声收起扇子，颇惊讶："你果真在承天台见到个美人？"

东华点了点棋盘："你确是来找我下棋的？"

连宋打了个哈哈。

由此可见，关于承天台的这两则流言，后一则连一向同东华交好的连宋君都不相信，更遑论九重天上的其他大小神仙，自是将其当作一个笑谈，却是对知鹤公主的前途做了一番光明猜测，以为这位公主的苦日子终于要熬到头了，不日便可重上九重天，说不定还能与帝君成就一段好事。

九重天上有一条规矩，说是做神仙须得灭七情除六欲，但这一条，仅是为那些生而非仙胎，却有机缘位列仙箓的灵物设置的，因这样的神仙是违了天地造化飞升，总要付出一些代价酬祭天地。东华早在阴阳始判二仪初分之时，便化身于碧海之上苍灵之墟，是正经天地所化的仙胎，原本便不列在灭情灭欲的戒律之内，娶一位帝后，乃是合情合理之事。

第二章

相亲宴

凤九小的时候，因她阿爹阿娘妄想再过一些日子的二人世界，嫌弃她碍事，有很长一段时日，都将她丢给她的姑姑白浅抚养。跟着这个姑姑，上树捉鸟下河摸鱼的事凤九没有少干，有一回还趁着她小叔打盹，将他养的精卫鸟的羽毛拔了个精光。

考虑到她的这些作为对比自己童年时干的混账事其实算不得什么，白浅一向睁一只眼闭一只眼。

当白浅教养凤九时，已是个深明大义、法相庄严的神仙，见识也十分深远，时常还教给她一些为人处世的正确道理。比如，白浅曾经教导凤九，做神仙最重要的是不怕丢脸，因不怕丢脸是一种勇气，赐予一个人走出第一步的胆量。做一桩事，只要不怕丢脸，坚韧不屈，最终就能获得成功。

后来，凤九在鼓励团子与他父君争夺他娘亲陪寝权的过程中，信誓旦旦地将这道理传给团子："做神仙，最重要的就是不要脸了，不要脸的话，做什么事都能成功。"

当夜，团子将这一番话原原本本地复述给了白浅听，捏着小拳头表示要请教一下他的娘亲什么叫作不要脸，以及，怎么才能做到比他父君更加不要脸。白浅放下要端去书房给夜华做夜宵的莲子羹，在长升殿里七翻八拣，挑出来几捆厚厚的佛经，用一木板车装得结结实实，趁着朦胧的夜色抬去给了凤九，闲闲地叮嘱她，若是明日太阳落山前抄不完，便给她安排一场从傍晚直到天明的相亲流水宴。

凤九睡得昏昏然被白浅的侍女奈奈摇醒，缓了好一会儿神，瞪着眼前的经书，反应过来白日里同团子胡说了些什么，心里悔恨的泪水直欲淌成一条长河。

第二日傍晚，凤九是在重重佛经里被仙侍们一路抬去的三十二天宝月光苑。

宝月光苑里遍植无忧树，高大的林木间结出种种妙花，原是太清境的道德天尊对弟子们传道授业解惑之所。

四海八荒的青年神仙们三五成群地点缀其间，打眼一望，百十来位总是有的。一些稳重的正小声与同僚叙话，一些心急的已昂着头直愣愣盯向苑门口。两三个容易解决，四五个也还勉强，可这百十来个……凤九心里一阵发怵，饶是她一向胆大，脚挨着地时，也不由得退后一步，再退后一步，再再退后了一步。不远处白浅的声音似笑非笑地响起，对着一旁恭谨的仙侍道：“嗯，我看，干脆把她给我绑起来吧，说什么也得撑完这场宴会，可不能中途给逃了。”

凤九心里一咯噔，转身撒丫子就开跑。

一路飞檐走壁，与身后的仙侍一番斗智斗勇，何时将他们甩脱的，却连凤九自己都不晓得，只晓得拐过相连的一双枝繁叶茂的娑罗树，枝干一阵摇晃，撒下几朵嫩黄色的小花在她头发上，身后已没了劲风追袭声。

她微微喘了口气瞥向来时路，确实没什么人影，只见天河迢迢，在金色的夕晖下微微地泛着粼粼波光。

祸从口出，被这张嘴带累得抄了一夜又一日的佛经，此时见着近在眼前的两尊娑罗树，脑中竟全是《长阿含经》中记载的什么“尔时世尊在拘尸那揭罗城本所生处，娑罗园中双树间，临将灭度”之类言语。

凤九伸手拂开头上的黄花，一边连连叹息连这么难的经文都记住了，这一日一夜的佛经也算是没有白抄，狠长了学问；一边四处张望一番，思忖着逃了这么久，一身又累又脏，极是困乏，该不该宽衣解带去娑罗双树后面的这汪天泉里泡上一泡。

她思考了很久。

眼看明月东升，虽升得不是十分地高，不若凡人们遥望着它感到得那么诗意，但清寒的银晖罩下来，也勉强能将眼前的山石花木铺洒全了。几步之外，碧色的池水笼了层缭绕的雾色，还漫出些许和暖的仙气。凤九谨慎地再往四下里瞧了一瞧，料想着戌时已过，大约也不会再有什么人来了，跑到泉边先伸手探了探，才放心地解开外衣、中衣、里衣，小心翼翼地踏入眼前这一汪清泉之中。

攀着池沿沉下去，温热的池水直没到脖颈，凤九舒服地叹息一声，瞧着手边悠悠漂来几朵娑罗花，一时触及她隐忍许久的一颗玩心，正要取了来编成一个串子，忽听得池中一方白色的巨石之后，哗啦一阵水响。

凤九伸出水面去取娑罗花的一截手臂，霎时僵在半空。

碧色的池水一阵动荡，搅碎一池的月光，巨石之后忽转出一个白衣的身影。凤九屏住气，瞧见那白色的身影行在水中，越走越近。雾色中渐渐现出那人皓皓的银发，颀长的身姿，极清俊的眉目。

凤九紧紧贴着池壁，即便一向脸皮有些厚，此时也觉得尴尬，脸色青白了好一阵。但好歹是青丘的女君，很快也就镇定了下来，甚至想要做得寻常，寻常到能从容地同对方打个招呼。

然而这种场合，该怎么打招呼，它也是一门学问。若是在赏花之处相遇，还能寒暄一句："今日天气甚好，帝君也来此处赏花？"此时总不能挥一挥光裸的手臂，"今日天气甚好，帝君也来这里洗澡啊？"

凤九在心里懊恼地思索着该怎么来做这个开场白，却见东华已从容行到斜对面的池沿，正要跨出天泉。整个过程中，目光未在她面上停留一丝半毫。

凤九想着，他兴许并未看到自己，那今次，也算不得在他面前丢脸了吧？

正要暗自地松一口气，东华跨上岸的一只脚却顿了一下，霎时，外袍一滑对着她兜头就盖了下来。

与此同时，她听到前方不远处一个声音响起，像是连宋神君，似乎极尴尬地打着哈哈："呃，打扰了打扰了，我什么也没看见，这就出去。”

她愣愣地扯下头上东华的白袍，目光所及之处，月亮门旁几株无忧树在月色下轻缓地招摇。

东华仅着中衣，立在池沿旁居高临下地打量她，好一会儿才说：“你在这里做什么？”

“洗澡。”她谨慎且诚实地回答，一张脸被热腾腾的池水蒸得白里透红。

回答完才省起这一汪泉水虽是碧色，却清澈得足可见底。红云腾地自脸颊处蔓开，顷刻间整个人都像是从沸水里捞起来，结结巴巴地道：“你、你把眼睛闭上，不准看，不，你转过去，快点转过去。”

东华慢悠悠地再次从头到脚打量她一番，颇有涵养地转过身去。

凤九慌忙地去够方才脱在池边的衣衫，可脱的时候并未料到会落得这个境地，自外衫到里衣，都搁得不是一般二般地远。若要够得着最近的那一件里衣，大半个身子都须得从池水里浮出来。

她不知如何是好，果真是慌乱得很，竟忘了自己原本是只狐狸，若此时变化出原身来，东华自是半点便宜占她不着。

她还在着急，就见到一只手握着她的白裙子，堪堪地递到她面前，手指修长，指甲圆润。东华仍是侧着身。她小心地瞄一眼他的脸，浓密的睫毛微合着，还好，他的眼睛仍是闭上的。正要接过裙子，她又是一惊：“你怎么知道我要穿衣服？”

她平日为了不辱没青丘女君的身份，一向装得宽容又老成，此时露出这斤斤计较的小性子来，终于像是一个活泼的少年神女。

东华顿了顿，作势将手中的衣衫收回来。她终究没有嘴上讲得那么硬气，差不多是用豹子扑羚羊的速度将裙子夺下，慌里慌张地就着半遮半掩的池水往身上套。窸窣一阵套好踏出池塘，只觉得丢脸丢得大发，告辞都懒得说一声，就要循着原路跳墙离开这里。

却又被东华叫住：“喂，你少了个东西。”

她忍不住回头，见到东华正俯身拾什么。定睛一看，她觉得全身的血都冲到脑门儿上了。

东华捡起来的，是个肚兜。

藕荷色的肚兜。

她的肚兜。

东华的衣襟微微敞着，露出一点锁骨，面无表情地握着她的肚兜，很自然地递给她。凤九觉得真是天旋地转，不知是去接好，还是不接好。

正僵持着，月亮门旁的无忧树一阵大动，紧接着又出现连宋君翩翩的身影。看清他俩的情态，翩翩的身影一下子僵住，半晌，他抽着嘴角道：“方才……扇子掉这儿了，我折回来取，多有打扰，改日登门致歉，你们……继续……”

凤九简直要哭了，捂着脸一把抢过肚兜转身就跳墙跑了，带起的微风拂开娑罗树上的大片繁花。

连宋继续抽着嘴角，看向东华：“你不去追？”转瞬又道，“承天台上你遇到的那位美人原来是青丘的凤九？”又道，“你可想清楚，你要娶她做帝后，将来可得尊称夜华那小子做姑父……”

东华不紧不慢地理衣襟，闻言，道：“前几日我听说一个传闻，说你对成玉元君有意思？”

连宋收起扇子，道：“这……”

他续道：“我打算过几日收成玉当干女儿，你意下如何？”

连宋：“……”

凤九一向是个不大拘小节的神仙，但这样的性子，偶尔拘了一回小节，这个小节却生出了不小的毛病，会有多么受伤也就可想而知了。

同东华的这桩事，令凤九伤得十分严重，在团子的庆云殿中足足颓了两日才稍缓过来。但终归是存了个心结，盼望谁能帮助她解开。白浅是不行的。

于是，凤九踟蹰地打了个比喻去问团子：“倘使你曾经喜欢了一个姑娘，多年后你与这姑娘重逢。”她想了想，该用个什么来做类比才足够逼真，良久，肃然地道，“结果却让她知道你现在还在穿尿布，你会怎么样？”

团子瞪着她反驳：“我已经不穿尿布很久了！”

凤九严谨地抚慰他：“我是说假如，假如。”

团子想了一会儿，小脸一红，难堪地将头扭向一边，不好意思地道：“太丢脸了，这么丢脸，只有凤九你见着过去的心上人，结果却把肚兜掉在对方面前那样的事才比得上了。”团子继续不好意思，又有点代入地挣扎道，“那样的话，一定会想找块豆腐把自己撞死的啊。”

这之后，微有起色的凤九又连着颓了三四天。

直到第四晚，白浅指派来的仙侍递给凤九一个话，说前几日承天台上排戏的几位歌姬已休整妥帖，夜里将在合璧园开一场巾帼女英雄的新戏，邀她一同去赏。这才将她从愁云惨淡的庆云殿中请出来。

合璧园中，新搭的戏台上一群女将军穿得花里胡哨，咿咿呀呀哼唱得热闹。

白浅握着一把白绸扇，侧身靠近凤九道："近几日，天上有桩有趣的传闻传得沸沸扬扬，不晓得你听说了没有？"咳了一声，"当然其实对这个事，我并不是特别热衷。"

凤九兴致勃勃地端着茶凑上去，顿了顿，有分寸地道："看得出来你的确是不热衷，其实我也不热衷，但，你姑且一讲。"

白浅点了点头，缓缓道："诚然，我们都不是好八卦他人之人，那么你定是料想不到，从前我们一向认为很是耿介的东华帝君，他原是个不可貌相的。你三百多年前同他断了那趟缘法，我看也是天意维护你，当真断得其所。"

凤九肃然抬头。

白浅剥开一个核桃："听说，他竟一直在太晨宫里储了位沉鱼落雁似的女仙，还对那女仙荣宠得很。"

凤九松了手中的茶盏，半晌，垂眼道："如此说，这许多年他未曾出太晨宫，竟是这个因由？"笑了一笑，"诚然，身旁有佳人陪伴，不出宫大约也感觉不到什么寂寞。"

白浅将剥了一半的核桃递给她："你也无须介怀，终归你同他已无甚干系，我将这桩事说来，也不是为使你忧心。"

凤九打起精神，复端起茶杯道："也不知被他看上的是谁？"

白浅唔了一声，道：“我同司命打听了一遭，当然我也不是特意地打听，我对这个事并不是特别有兴趣。只是，司命那处也没得来什么消息。私底下这些神仙之间虽传得热闹，对那女仙也是各有猜测，但东华和风月这等事着实不搭，除了他的义妹知鹤公主，他们也猜不出还有谁。不过，先不说知鹤这些年都在下界服罪，依我看，不大可能是她。”

凤九端着杯子，出神地听着。

白浅喝了口茶润嗓，又道：“关于那女仙，确切的事其实就只那么一件，说六七日前东华携着她一同在太晨宫里泡温泉时，正巧被连宋神君闯进去撞见了，这才漏出一星半点关于这个事的传闻来。”

白浅的话刚落地，凤九一头就从石凳上栽了下去，扶着地道：“……泡温泉？”

白浅垂着头诧异地看着她，得遇知音似的道：“你也觉得惊讶？我也惊讶得很。前日还有一个新的传闻，说得条分缕析，也有一些可信。连宋君属意的那位成玉元君，你识得吧？从前我不在团子身旁时，还多亏了这位元君的照应。据说其实这位成玉元君，就是东华帝君和那女仙的一个私生女。”

凤九撑着桌子沿刚刚爬起来，一头又栽了下去。

白浅伸手将她拉起来，关切道：“你这个凳子是不是不太稳当啊？”

凤九扶着桌沿，干笑道：“是台上的这个段子演得太好，令人心驰神往，情不自禁就有些失态。”面不改色地说完这一篇瞎话，趁机瞄了一眼戏台，看清演的到底是什么，眼角一抽。

明晃晃的戏台上，正演到英武的女将军不幸被敌国俘虏，拴在地牢的柱子上，被诸般刑讯手段虐得十分凄惨。

白浅遥望戏台，目光收回来，神色复杂地看着凤九："原来……你好的竟然是这一口……"

"……"

凤九对自己的定位一直都很明确：她是一个寡妇。

凡界有一句家喻户晓的俗谚：寡妇门前是非多。凤九清醒地认识到，自己当了这么多年的寡妇，门前没染上半分是非，并不是自己这个寡妇当得如何模范，而要归功于青丘的八卦氛围没有九重天的浓厚。但今日这一场戏听得她十分忧心，她觉得，似她这般已经当了寡妇的人，着实不好再被卷进这种染了桃色的传闻。纵然是和东华的传闻，赶在三百年前，是她想也想不来的好事。

凤九有一个连白浅都比不上的优点。白浅是一遇上琢磨不透的事，不琢磨透不完事，凤九则是全凭本能行事。她觉得自己最大的优点其实并不是厨艺，司命夸奖她执着时是真执着，放手时是真潇洒，她一向也觉得自己的行事对得起这个名号。

前些时日是她没有做好准备，但后来她想起了自己的一条座右铭。她活了这么三万年，身边累起的座右铭何止成千上万，是以这一条她刨了好些日子才重新刨出来："不同和其他女人有牵扯的男人好，和其他男人有牵扯的男人也不行。"她曾经要死要活地喜欢过东华，那时是真执着，但是东华没有看上她，还很有可能看上了别人。她自降身份当他宫婢的时候，白在他宫里扫地扫了几百年，连句话也没够得上同他说一说。她觉得这个事儿，就当是从来没有过罢了，本来这个事儿，对东华而言可能就从未有过。如今她想得明白了，旁的仙如何对东华，她也如何对他，这个方是正道，当然能躲还是躲一躲，免得生些什么不必要的枝节。

她认请这个事，就开始十分注意同他保持一个距离，但不晓得近来这个距离为什么越保持越近，她考虑了良久，觉得应该再采取一些手段，将他俩的距离努一把力保持得更远一些。

但她刚刚做下这个决定，就十分迟钝地发现，右手上常戴着的叶青缇送她的那只茶色的水晶镯子不在了。那是十分要紧的一个镯子。

她仔细地回想片刻，弄明白，应是那一夜掉在了东华太晨宫的后府。

在他们保持一个更加遥远的距离之前，她还得主动去找他最后一次。

正是风口浪尖，行事更需低调谨慎。但，欲不惊动旁人晤得东华一面，却是件难办之事。

凤九一番思量，想到了五月初五，心中略有盘算。

东华身为天族的尊神，如今虽已半隐居在一十三天，到底还有一些差事尚未卸给天君，比如，掌管仙者的名籍。有道是“着青裙，上天门，谢天地，拜东君”，每年的五月初五，大千世界数十亿凡世中因清修而飞升的仙者，皆须登上三十六大罗天，在大罗天的青云殿中虔诚地拜谒一回东华帝君，求赐一个相宜的阶品。

而一向的惯例是，待朝会结束，朝拜的众仙散去，东华会顺便检视一下青云殿中的连心镜，再逗留个一时半刻。凤九便是看中了这一时半刻。且，她自以为计较得很是周密。

五月初五，鸾鸟合鸣，天雨曼陀罗花，无量世界生出六种震动，以示天门开启迎八荒仙者的祥瑞。

凤九原本做的是一大早去青云殿外头蹲点的打算，临了被团子缠住大半个早晨，好不容易甩掉近来益发聪明的团子，一路急匆匆到得三十六天天门外，却并未听闻殿中传出什么朝拜之声。

凤九揣摩着，大约朝会已散了，抽出一张帕子做揩汗状，掩了半张脸，问一个守门的小天将：“帝君他……一个人在里头？”

小天将是个结巴，却是个很负责的结巴，拦在天门前道：“敢、敢问仙、仙者、者是、是何……”

凤九捏着帕子，把脸全挡了，只露出个下巴尖儿来，道：“青丘，白浅。”

小天将一个恭谨大礼揖地：“回、回上神，帝君、确、确然、一人在、在里头……”

凤九叹了声来得正是时候，道了声谢，又嘱咐：“对了，本上神寻他有些私事相商，暂勿放他人入内，回头自会多谢。”话罢仍是捏着帕子，要拐过天门。

小天将不敢阻挠，却也不愿就这么放行，抓耳挠腮地想说点什么。

凤九拐回来：“见到本上神，你很激动？”想了想，道，“你有没有帕子，本上神可以给你签个名。”

小天将拨浪鼓似的摇头，比画着道："帝君、君他一人、在、在……"

凤九顿了一阵，了悟点头："他一个人待着已有些时辰了？"又道，"你却是个善解人意的，那我得赶紧去了。"说罢果真十分赶紧地就去了。

直到凤九的背影一路分花拂柳消失得无影无踪，小天将快急哭了，终于从喉咙里憋出方才没能一气呵成的后半句话："一人、在殿里、会、会见、众、众仙，不、不便、相、相扰啊。"

三十六天的青云殿乃是九重天界唯一一处以青云为盖，碧玺为梁，紫晶为墙的殿堂，素来贵且堂皇，但好在并不只金玉其外，倒很实用，隔声儿的效果更是一等一地好。奈何凤九并无这个见识，打点起十二分的精神行至殿门处，谨慎地贴着大门听了好一会儿，未听得人声，便觉得里头确然只得东华一人。

凤九幼时得白真言传身教，讨债一事，尤要戒寒暄，一旦寒暄了就不能成事，讲究的唯三个字：快、准、狠。那镯子确然是落在东华的后府，但不得不防着他拒不承认，如此，更要在一开始便酿足气势一口咬定，将这桩事妥帖地硬塞到他的头上，才好让他给一个十全十美的交代。

凤九酝酿了一时半刻，默念了一遍白真教导的三字真言——快、准、狠，深吸了一口气，既快且准又狠地……她本意是一脚踢开殿门，脚伸出去一半微觉不妥，又收回来换手去推，这么一搅，酝酿了许久的气势顿时趋入虚颓之势，唯一可取之处是声儿挺大、挺清脆，响在高高的殿堂之上："前几日晚上，我的茶晶串子是不是落在你那儿……”最后一个疑问加质问的“了”字发音发了一半，硬生生折在了口中。

青云殿中有人。

不只有人。有很多人。

凤九愣愣望着躬身侍立于殿堂两侧的一长串仙者，都是些布衣布袍，显见得还未册封什么仙位。跪在金銮之下的一个仙者手持笏板，方才许是正对着东华陈诵己身修仙时的种种功德。

此时这一长串的仙者定定地望住凤九，震惊之色溢于言表。唯一没有表现出异色的是高坐在金銮之上的东华。他漫不经心地换了只手，撑着銮座的扶臂，居高临下地看着她。

凤九怔了一瞬，半只脚本能地退出大殿门槛，强自镇定道：“梦游，不小心走错地方了。”说着另一只脚也要退出朝堂，还伸出手来要体贴地帮诸位议事的仙者重新关好殿门。

东华的声音不紧不慢地传过来：“那个镯子，”顿了顿，“的确落在我这儿了。”

凤九被殿门的门槛绊了一跤。

东华慢条斯理地从袖子里取出一支盈盈生辉的白玉簪，淡淡道：“簪子你也忘了。”

殿中不知谁猛咽了口唾沫，凤九趴在地上装死。

朝堂上一派寂静，东华的声音再次响起，冷静地、从容地、缓缓地道：“还有这个，你掉在温泉里的簪花。”顿了顿，理所当然地道，“过来拿吧。”

凤九捂着脸扶着门槛爬起来，对着一帮震惊得已不能自已的仙者，哭腔道：“我真的是梦游，真的走错地方了……”

东华撑着腮：“还有……”作势又要拿出什么东西。

凤九收起哭腔，一改脸上的悲容，肃穆地：“啊，好像突然就醒过来了，灵台一片清明了呢。”

她恍然大悟地：“应是亏了此处的灵光大盛吧。”

上前一揖，凛然地：“此番，确然是来找帝君取些物什的，没走错地方，劳烦帝君还替我收着。”

不好意思又不失腼腆地：“却一时莽撞扰了众位仙友的朝会，着实过意不去，改日要专程办个道会同各位谢罪呢。”

这一串行云流水的动作做下来，连她自己都十分惊讶，十分佩服自己，东华却仍是没反应，众仙则是克制着自己不能有反应。

凤九咬了咬牙，三步并作两步登上丹墀。东华撑着腮，抬头看了她一眼，见她垂头丧气的一副悲容，眼中闪过一丝极微弱的笑，立刻又淡下来，伸出右手，十指修长，手上放着一只镯子，一柄簪，一朵白簪花。

凤九有点茫然。

东华慢悠悠地说：“不自己拿，还要我送到你手里？”

凤九垂着头飞快地一件一件接过，装得郑重，似接什么要紧的诏书，接住后还不忘一番谦恭地退下，直退到殿门口。强撑过这一段，她强压抑住的丢脸之感突然反弹，脸上腾地一红，一溜烟跑了。

青云殿中众仙肃穆而立，方才一意通报自己功德的仙者抱着笏板跪在地上，瞧着凤九远去的背影发呆。亏得东华座下还有一个有定力的仙伯，未被半路杀出的凤九乱了心神，殷切地提点跪地的仙者：“先前正说到百年前你同一条恶蛟苦斗，解救了中容国的公主，后来这公主要死要活地非嫁你不可，仍被你婉拒了。”兴味盎然地倾身道，“那后来如何了？”被东华瞥了一眼，识趣地刹住话头，咳了一声，威严地沉声道，“那……后事如何了，且续着方才的吧。”

青云殿散了朝会的这一夜，依行惯例，应是由天君赐宴宝月光苑。

新晋的这一堆小神仙，除了寥寥几个留下来在天上服侍的，大多是分封至各处的灵山仙谷，不知何日再有机缘上天来参拜，得遇天君亲临的御宴，自是着紧。

宝月光苑里神仙扎堆，头回上天，瞧着什么都觉得惊奇，都觉得新鲜。

一株尚未开花的无忧树下，有活泼的小神仙偷偷和同伴咬耳朵：“贤弟今日见了这许多天上的神仙，可曾见过青丘之国的神仙？”神秘地道，“听说今夜可不得了，青丘之国的那位姑姑和她的侄女儿女君殿下皆会列席，传说这二位，可是四海八荒挨着位列第一、第二的绝色，连天上的仙子也是比她们不过。”

小神仙的这位同伴正是白日里持笏跪地的那位仙者，历数功德后被封了个真人，连着做凡人时的姓，唤作沈真人。

沈真人未语脸先红了一半，文不对题地道：“……白日里闯进青云殿的那位仙子……她、她也会来吗？”

小神仙愣了一愣，半掩着嘴道：“愚兄打听过了，那位女仙多半是帝君的义妹，要敬称知鹤公主的。你看白日的形容，帝君对这个义妹也是不一般。”又自喃喃道，“哎，长得可真是美，

可真是美，连愚兄这个一向不大近女色的都看呆了。我真的都看呆了，但——”他沉重地拍了拍沈真人的肩头，“你我以凡人之躯升仙，戒律里头一笔一笔写得很清楚，即便帝君对这个义妹是一般的，沈兄还是莫想为好。”

沈真人恹恹地垂了头。

因三十二天宝月光苑比月亮岂止高出一大截，不大够得上拿月色照明，是以，满苑无忧树间遍织夜明珠，将整个苑林照得亮如白昼。

九重天有个不大好的风气，凡是那位高权重的仙，为了撑架子，不管大宴小宴，总是抵着时辰到，装作一副公务繁忙拨冗才得前来的大牌样。好在，东华和连宋一向不做这个讲究，凡遇着这等公宴，不是过早到就是过迟到，或者干脆不到，抵着时辰到还从未有过……

这一回，离开宴还有好一些时辰，两位瑞气腾腾的神仙已低调地大驾前来。

侍宴的小仙娥善解人意地在一株繁茂古木后摆了两椅一桌，请二位上神暂歇，也是为了不让前头的小仙们见了他二人惶恐拘束。

沈真人同那小神仙叙话之时，倒霉催地正立在古木的前头。一番话一字不漏尽数落入了后面两位大仙的耳中。

当是时，东华正拆了连宋带给他的昊天塔研究赏玩。这塔是连宋近日做的一个神兵，能吸星换月降服一切妖魔。连宋将这东西带给他，原是想让他看一看，怎么来改造一下便能再添个降服仙神的功用，好排到神兵谱里头，将墨渊上神前些日子造的炼妖的九黎壶压下去一头。

连宋君收了扇子为二人斟酒，笑道："听说你今日在青云殿中，当着众仙的面戏弄凤九来着，你座下那个忠心又耿介的小仙官重霖可急得很，一心想着如何维护你的刚正端直之名，还跑来同我讨教。"

东华端视着手中宝塔："同你讨教刚正端直？他没睡醒吗？"

连宋噎了一噎："算了，同你计较什么。"喝了一盏酒，兀然想起来，"今日原是有个要事要同你说，这么一岔，倒忘了。"扇子搁在酒杯旁敲了敲，"南荒的魔族，近来又有些异动。"

东华仍在悉心地端视被拆得七零八落的昊天塔，道："怎么？"

连宋靠进椅子里，眼中带笑，慢条斯理地道："还能有什么。魔族七君之一的燕池悟，当年为了魔族长公主同你联姻而找你决斗的那个，你还记得吧？"不紧不慢地道，"趁你不备用那个什么锁魂玉将你锁入十恶莲花境，搞得你狼狈不堪，这么丢脸的一段，你也还记得吧？"幸灾乐祸地道，"要不是那只不知从哪里冒出来的小狐狸为救你搭了把手，说不准你的修为就要生生被莲花境里的妖魔们糟蹋一半去，你姑且还是记得的吧？"末了，不无遗憾地总结，"虽然最后叫你冲破了那牢笼，且将燕池悟狠狠地教训了一顿，修理得他爹妈都认不出来。不过身为魔族七君之一，他又怎堪得如此羞辱，近日养好了神，一直想着同你再战一场，一雪先时之耻。"

东华眼中动了一动，面无表情道："我等着他的战书。"

连宋讶了一讶："我以为你近年已修身养性，杀气渐退，十分淡泊了。"

他又皱了皱眉："莫非，你仍觉得小狐狸是被他捉去了？不过，三百年前你不是亲自前去魔族确认了一趟，并未看到那只小狐狸吗？"

他又感叹："说来也是，天大地大，竟再寻不到那样一只狐狸。"

一愣，他又道："青丘的凤九也是一只红狐，虽是只九尾的红狐，同你的那只狐长得很不同吧……不过，你该不会是因为这个才觉得凤九她……"

东华撑着腮，目光穿过古木的繁枝，道："两码事。"

视线的终点，正停在跟着白浅后头蹙眉跨进宝月光苑的凤九身上，白衣、白裙、白簪花，神色有些冰冷。她不说话的时候，看着还是很端庄、很有派头的。

白浅的眼睛从前不大好，凤九跟着她时就如她的另一双眼睛，练就一副极好的眼力，约略一瞟，透过青叶重叠的繁枝，见着一株巨大无忧树后，东华正靠着椅背望着她这一方。

凤九倒退一步，握着白浅的手，诚恳道："我觉得，身为一个寡妇，我还是应该守一些妇道，不要这么抛头露面的好……"

白浅轻飘飘打断她的话："哦，原来你是觉得，陪着我来赴这宴会，不若陪着昨儿上天的折颜去驯服赤焰兽给四哥当新坐骑更好，那……"

凤九抖了抖，更紧地握住白浅的手："但，好在我们寡妇界规矩也不是那么地严明，抛头露面之事偶为之一二，也是有益、有益……”益了半天，违心道，“有益身心健康。”

白浅笑眯眯地点了点头：“你说得很对。”

青丘之国的两位帝姬一前一后法相庄严地踏进宝月光苑，新晋的小神仙们未见过什么世面，陡见这远胜世间诸色相的两副容颜，全顾着发呆了。好在侍宴的仙者都是些机灵且见惯这二位的，颇有定力地引着姑侄二人坐上上座。无忧树后头，连宋握着那把破扇子又敲了敲石桌，对东华道：“你对她是个什么意图，觉得她不错还是……”

东华收回目光，眼中笑意转瞬即逝：“她挺有趣的。”

连宋用自己绝世情圣的思维解读半天，半明不白地道：“有趣是……”便听紫金座旁小仙官的高声唱喏：“天君驾到——”连宋叹了一叹，起身道：“那昊天塔你可收好了。”

宝月光苑赐宴，原是个便宴。

虽是便宴，却并不轻松。

洪荒变换的年月里，九重天亦有一些更迭，一代一代的天君归来又羽化，羽化又归来，唯有东华帝君坚守在三清幻境的顶上头，始终如一。

多年来，连天君过往的一些旧事都被诸神挑出来反复当了好几回的佐酒段子，却一直未曾觅得东华的。此番破天荒地竟能得他一些传闻，轰轰烈烈直如星火燎原，从第一天一路烧到第三十六天，直烧到天君的耳朵里头。

事主的其中一位自是东华，另一位，大家因实在缺乏想象力，安的是何其无辜的知鹤公主。但，也不知知鹤是如何作想，一些胆大的神仙言谈里隐约将此事提到她的跟前，她只是含笑沉默，并不否认。

这一代的天君一直对自己的误会很大。

他觉得自己是个善解人意的仁君。

据传言，东华对知鹤是十分有意，既有天界的尊神中意，他判断，知鹤也不必再留在凡间受罚了，需得早早提上来才是，也是送给东华一个人情。

这决定定出来多时，他自以为在这个半严整不严整的便宴上头提出来最好，遂特地打发了一句，令设宴的司部亦递给尚未离开九重天的知鹤一张帖。

但这道赦令，需下得水到渠成，才不至令满朝文武觉得自己过于偏袒东华，却又不能太不露痕迹，要让东华知恩。

他如许考量一番，听说知鹤擅舞，想出一个办法来，令十七八个仙娥陪衬着这个擅舞的知鹤在宴上跳了支她最最擅长的《鹤舞九天》。

知鹤是个聪明的仙，未辜负天君的一番心意，筵席之上，将一支《鹤舞九天》跳得直如凤舞九天，还不是一只凤，而是一窝凤，翩翩地飞舞在九天之上。

在座在站的神仙们个个瞧得目不转睛。

一曲舞罢，天君第一个合手拍了几拍，带得一阵掌声雷动。雷动的掌声里头，天君垂眼看向台下，明知故问地道："方才献舞的，可是三百年前被发下齐麟山的知鹤仙子？"众仙自然称是。他便装作一番思忖，再做出一副惜才的模样，道："想不到一个负罪的仙子竟还有这样的才情，既在凡界思过有三百年，那想来也够了，着日便重提回九重天吧。"又想起似的瞧一眼东华，"东华君以为如何？"

一套戏做得很够水准。

一身轻纱飘舞装扮得如梦似幻的知鹤公主亦定定地望着她的这位义兄。

东华正第二遍拆解昊天塔，闻言扫了知鹤一眼，点头道："也好。"

语声落地，斜对面咔嚓一声响，打眼望过去，凤九的茶杯碎成四瓣，正晾在案几上。东华愣了愣，连宋掩着扇子稍稍挨过来，抬了抬下巴道："你看清没有，那瓷杯可是被她一只手捏碎的，啧，好身手。"

凤九确信，东华说"也好"两个字的时候，知鹤弯起嘴角对着自己挑衅地笑了一笑。

她记得父君白奕曾语重心长地嘱咐自己："你年纪轻轻便位高权重，记得少同低位的神仙们置气，别让人看了笑话，辱没了你自己倒没什么，却万不可辱没了这个身份。"

三百年来，这些话她一句一句地记在心底，遇事已极少动怒，着实练就了一副广博胸襟和高华气度。但面对知鹤，这套虚礼她觉得可以暂时收了。这位太晨宫的公主，从前着实大大得罪了她，是她心头的一块疤。

这个从前，直可追溯到两千多年前。

那时她年纪轻不懂事，独自一人去南荒的琴尧山玩耍，不小心招惹了一头虎精，要吃了她，幸亏被过路的东华帝君搭救一命。打那时候，她就对东华一心相许了。为了酬谢东华的恩情，她欠了司命一个大恩，特意混进一十三天太晨宫里头做婢女。她十分努力，但是运气不好，遇到东华的义妹知鹤公主处处刁难阻挠。东华不理宫务，身边也未得什么帝后，太晨宫泰半是知鹤掌管，她的日子不大好过。

后来东华不意被仇敌匡进十恶莲花境，总算是让她盼着一个机缘。她从小就是个不撞南墙不回头的性子，为了东华，不惜将容貌、声音、变化之能和最为宝贝的九条尾巴都出卖给魔族，化作一只小狐狸拼了命相救。她其实也有私心，以为施给东华这样的大恩，他便能如同她喜欢上他一般地喜欢上自己，她努力了两千多年，终归会有一些回报。

只是世事十分难料。

伤好后，她被默许跟在东华身旁日夜相陪，着实过了段自以为开心的日子，虽然失却变化之能，只是一只红色的小灵狐，她也很满足，睡梦里都觉得开心。

那一夜睡得尤其糊里糊涂，清晨雀鸟寻食啄了大开的窗棂才将她吵醒，见着枕旁东华的笔迹，写的是若醒了便去中庭候着好喂给她吃食。她欢欢喜喜地跳下床铺，雀跃地一路摇着仅剩的一条尾巴兴冲冲地跑去中庭，却见着花坛跟前知鹤不知何故正哭着同东华争论什么。她觉得这时候过去不大合宜，悄悄隐在一棵歪脖子枣树后头，因家中教养得好，不好意思偷听他们说什么，垂着头用爪子捂住一向灵敏的耳朵。他们争论了许久，大半是知鹤在说，一字半语地钻进她两只小肉爪子没法捂严实的小短耳中，嚷得她直犯晕。看着二人总算告一段落不再说话了，她撤下爪子来，却听到东华蓦然低沉："我既应允义父照看你，便不会不管你，你同一只宠物计较什么？"

东华走了许久，她才从枣树后头钻出来，知鹤笑眯眯地看着她："你看，你不过是只宠物，却总是妄想着要得到义兄，不觉太可笑了吗？"

她有些伤心，但心态还是很坚强的，觉得固然这个话亲耳听东华说出来有几分伤人，但其实他也只是说了实情。追求东华的这条路，果然不是那么好走的，自己还须更上进一些。岂料，这件事不过一条引线，此后的境况用"屋漏偏逢连夜雨"这句诗正可形容。一连串不太想回忆的打击重重敲醒她的美梦，桩桩件件都是伤心，虽然一向比同龄的其他小狐狸要勇敢许多，终归还是年幼，觉得难过委屈，渐渐就感到心灰意懒了。

这一场较量里头，知鹤大获全胜。凤九其实也没觉得输给知鹤怎么了，只是想到无论如何也无法令东华喜欢自己，有些可叹可悲。可知鹤却不知为何那样看不惯她，她已经打定主意要离开九重天，知鹤还不愿令她好过，挑着她要走的那一夜，特地穿了大红的嫁衣来刺激她，装作一派温柔地抚着她的头："我同义兄在一起九万年，我出生便是他一手带大，今日终于要嫁给他，我很开心。你是只善良的小狐狸，你也替我感到开心吧？"却扯着她的耳朵将她提起来，似笑非笑地讥讽，“怎么，你不开心吗？原来，你不开心啊。”

她记得那一夜的月亮又大又圆，踩在脚底下，就像踩着命运的河流，那条河很深，是圆的，要将她淹没。

陈年旧事如烟云一闪即过，凤九凝望着云台上献舞方毕的知鹤，觉得短短三百年，故人还是那个故人。

她从前受了知鹤一些欺凌，但出于对东华的执着，她笨拙地将这些欺凌都理解成老天爷对她的试炼，觉得知鹤可能是老天考验她的一个工具。离开九重天后，在这个事情上她终于有几分清醒了，沉重地认识到知鹤其实就是一个单纯的死对头，她白白让知鹤欺负了好几百年。但特地跑回九重天将以往受的委屈桩桩件件都还回去，又显得自己不够气量。怎样才能又报了仇又显得自己有气量呢？她慎重地考虑了很久，没有考虑出来，于是这个事就此作罢了。但事隔三百多年，今日这个机缘倒是像老天揣摩透她的小心思特意安排的，既然这样，怎么好意思辜负老天爷的一番美意呢。且今次相见，这个死对头还敢这么挑衅地对她一笑，她觉得，她不给知鹤一点好看都对不起知鹤笑得这么好看。

随侍的小仙娥递过来一个结实的新杯子，知鹤眼中嘲讽的笑意更深，凝在眼角，稍稍挑高了，就有几分得意的意思。

凤九接过杯子，见着知鹤这更加挑衅的一个笑，弯起嘴角亦回了一笑。

身旁她姑姑白浅打着扇子瞥了云台上的知鹤一眼，又瞥了她一眼，一派寂静端严中提着清亮的嗓音斥责状向她道：“天君正同臣子们商议正事，你如今身为青丘的女君，能面见天威亲聆陛下的一些训示，不静心凝气垂耳恭听，满面笑容是怎么回事？”虽然看起来像是训斥她那么回事儿，但她和她姑姑搭戏唱双簧唬她那个板正的老爹也不是一年两年了，顷刻意会地一拱手：“侄女不敢，侄女只是慨叹在我们青丘，倘若有一个仙犯了事被赶出去，非得立下天大的功德才能重列仙册。近日听姑父说南荒有些动向，侄女原本想着，知鹤公主是司雨的神，也是能战的，还担忧需派知鹤公主前去南荒立个什么功勋才能重返九重天，原来并不需罚得那么重，其实跳个舞就可以了。侄女觉得白替知鹤公主担心了一场，是以开初有一个放松的笑；侄女又觉得九重天的法度忒开明、忒有人情味，是以后来又有钦佩的一个笑。但是突然侄女想到知鹤公主才艺双全，犯了事固然能得幸赦免，但倘若一个无什么才艺的仙者犯了事又该怎么办呢？于是再后来还有疑惑的一个笑。”

在座诸位仙者都听出来青丘的这位帝姬一番话是在驳天君他老人家的面子，偏偏她驳得又很诚恳，很谦虚，很客气。凤九客客气气地同在座诸仙拱了拱手，继续谦虚地道：“乡野地方的陋见，惹各位仙僚见笑了。”坐下时还遥遥地、诚诚恳恳地朝高座上的天君又拱了拱手。连宋的扇子点了点东华手边的昊天塔：“她说起刻薄话来，倒也颇有两把刷子，今次这番话说得不输你了。我父君看来倒要有些头疼。”东华握着茶盏在手中转了转，瞧着远远装模作样坐得谦恭有礼的白家凤九：“怎么会，我比她简洁多了。”

座上的天君着实没料到会演上这么一出，但不愧是做天君的人，翻脸比翻书快这门手艺练得炉火纯青，威严的天眼往殿内一扫，瞬时已将利害得失判得明晰，沉声道："青丘的帝姬这个疑惑提得甚好，九重天的法度一向严明，知鹤若要上天，自然是要立一个功绩的。"顿了一顿，天眼再次威严地扫视整个大殿，补充道，"这一向也是天上律条中写得明明白白的规矩。"但，约是觉得法度太严明了，显不得他是个仁君，停了一会儿，再次补充道，"不过，南荒的异动暂且不知形势，这桩事且容后再议不迟。"

凤九仍然不嫌累地保持着那副谦恭知礼的仪态，遥向台上的知鹤春风化雨百川归海地一笑。知鹤的脸白得似张纸，一双大大的杏仁眼仿佛下一刻就要跳出火苗来，狠狠瞪着她。满苑寂静中，一个清冷的声音却突然淡淡响起："由本君代劳了吧。"昊天塔的塔顶在东华指尖停了停，他微微抬眼，"若提她上天便要让她上战场的话。"知鹤猛地抬头，雪白的脸色渐回红意，自两颊蔓开，眼中渐生一抹殷切之色，像是重新活了过来。

天君也愣了愣，不动声色地扫了眼列宴的仙者，除了东华便是白浅位高，正欲提声问一问白浅的意见。她已打着扇子十分亲切地笑道："在青丘时便听闻知鹤公主仙逝的双亲曾对帝君有过抚育之恩，帝君果然是个重情谊的。"算是赞同了。凤九冷冷瞧了眼东华，再瞧了眼知鹤，脸上倒是一个真心实意的笑，附和她姑姑道："帝君同公主实乃兄友妹恭。"便没有再出声的意思，自顾自地垂头剥着几颗瓜子，其他的仙者当然更没有哪个有胆子敢驳东华的面子。天君习惯性地端了会儿架子，沉声允了这桩事。

这一列陡生的变故，令一众仙者瞧得亢奋不已，但多半看个热闹，到底发生了什么事还是没弄真切，只是有一点收获：将从前在传说中听闻的这些上仙上神都对上了号，例如，早晨青云殿中东华一本正经戏弄的那个，原不是他的义妹知鹤公主，却是久负盛名的青丘女君凤九殿下。不过，倒也有一两个明察秋毫的，看出一些门道来，因坐得离主席极远，偷偷地咬着耳朵："其实这个事，我这么理解你看对不对啊，就是小姑子和嫂子争宠的一个事，这个小姑子可能是有一些恋兄情结在里头，嫂子也是看不惯这个小姑子，于是……"后来这个明察秋毫的仙者，因为理解能力特别好还难得地有逻辑，被拨给了谱世人命格本子的司命打下手，很得司命的器重，前途十分光明。

其实这一趟，白浅是代她夫君夜华来赴的这个宴会。

十里桃林的折颜上神昨日自正天门大驾，这位上神一向护白家兄妹的短，约是私下里对夜华有个什么提点训诫，亲点了他的名令他一路作陪。夜华的一些要紧公务，便只得白浅替他兼着。

白浅性嫌麻烦，不大喜欢应酬，眼见着酒过三巡，天君照常例遁了，便也遁了。原打算仗义地带着凤九一起遁，见她一个人自斟自酌得挺开心，想着她原该是个活泼的少女，成日同团子待在庆云殿也不是个事，该出来多走动走动才有些少年人的性子，便只嘱咐了几句，要她当心着。

她这个嘱咐是白嘱咐了，凤九今夜喝酒豪迈得很，有来敬酒的仙者，皆是一杯饮尽，遇到看得顺眼的，偶尔还回个一两杯。众仙心中皆是赞叹，有道是酒品显人品，深以为这位女君性格豪迈格局又大，令人钦佩。但这委实是场误会。实因今夜夜宴上供的皆是花主酿的果蜜酒，此酒口味清淡，后劲却彪悍，但凤九哪里晓得，以为喝的是什么果汁，觉得喝个果汁也这般矫情，实在不是她青丘凤某人的风格……除此之外还有一点，她隐约觉得今夜心火略有些旺盛，想借这果汁将它们浇一浇。

但浇着浇着，她就有些晕，有些记不清今夕何年，何人何事何地。只模糊觉得谁说了一句什么类似散席的话，接着一串串的神仙就过来同她打招呼，她已经开始犯糊涂，却还是本能地装得端庄镇定，一一应了。

不多时，宝月光苑已寂无人声，唯余夜明珠还织在林间，无忧树投下一些杂乱的树影。

凤九瞪着手中的酒杯，她的酒品其实是一等一地好，即便醉了也叫人看不大出来，只是反应慢一些，偶尔醉得狠了会停止反应。比如此时，她觉得脑子已是一片空茫，自己是谁，在这里做什么，面前这个小杯子里又盛的是什么东西，完全不晓得。

她试着舔了一口，觉得杯中的东西口味应该很安全，突然有些口渴，嫌酒杯太小，想了想，就要换个茶杯，又想了想，干脆换个茶缸……突然慢半拍地听到一阵沉稳的脚步声。

伴随着隐约的白檀香，脚步声停在她的面前。

她好奇地抬头，就看到去而复返的东华，微微垂着眼，目光停在她的手指上：“你还在这儿做什么？”

一看到他，她一直没反应的脑子竟然高速运转起来，一下想起他是谁，也想起自己是谁。却是三百年前的记忆作怪，三百年间的事她一件记不得，只觉得此时还是在太晨宫，这个俊美的、有着一双深邃眼睛的银发青年是东华，而自己是喜欢着他、想尽种种办法终于接近他的那只小狐狸。

她迟钝地望着他半天，举起手里的茶杯给他看："喝果汁啊。"

东华俯身就着她举起的杯子闻了一闻，抬头看她："这是酒。"

她又打量他半天，脸上出现困惑的表情，见他右手里握着一只宝塔形状的法器，自动忽略了自己喝的到底是什么的问题，犹疑地问他："你是不是要去和人打架？"想了想道，"那你把我带上，不给你惹麻烦。"却忘了自己现在是个人，还以为是那只可以让他随便抱在怀里的小灵狐，比画着道，"我这么一丁点大，你随便把我揣在哪里。"

头上的簪花有些松动，啪嗒一声落在桌子上。东华在她身旁坐下来，随手捡起那朵簪花，递给她："你喝醉了。"

她盯着簪花良久，却没接，目光移开来，又想了大半天，很乖巧地点了点头："可能是有点。"又抱着头道，"晕晕的。"大约是晕得很，身子不受控制地直往一边倒。

东华伸手扶住她，将她扶正，见她坐直了，才道："还能找到路？我送你回去。"

"骗人。"她端着杯子愣了一会儿，文不对题地道，"那时候你要去教训那个……"呆了呆，捂着脑袋想了很久，"那个什么来着。"委屈道，"你让我在原地等着你，然后你就没有回来。"又指控道，"还是我自己去找你的。"

东华正研究着将簪花插入她的发鬟，一边比着最合适的位置，一边疑惑道："什么时候的事？"

她垂着头乖乖地让东华摆弄自己的头发，闻言抬头："就是不久以前啊。"东华道了声："别乱动。"她就真的不再动，却笃定地又道："我不会记错的。"又补了一句，"我记性很好。"再补了一句，"我们狐狸的记性都很好。"

东华将簪花端端正正地插入她的发鬓，欣赏了一会儿，才道："你又认错人了？我是谁？"

"帝君啊。"她站起来，黑黝黝的大眼睛盯着他看了好半天，想起什么似的道，"东华，但是你特别坏。"

听到她直呼他的名字，他有些诧异，又有些好笑地看着她："为什么？"

她认真地道："你说我只是个宠物。"眼中冒出一些水汽，"我走的时候，你也没有挽留我。"

东华愣了愣，道："我不记得我……"话没说完，她却迷迷瞪瞪地一个倾身倒下来，正落在他的怀中，原来是醉倒了。

东华垂着头看她，方才她的那些话自然是胡话，无须计较。夜明珠的光柔柔铺在她脸上，他倒从不知她喝醉了是这样，原来，她也有十分乖巧的时候。

他腾空将她抱起来，准备将她送回庆云殿，见她无意识地将头更埋进他怀里，修长的手指轻轻地拽着他的衣襟，额间的凤羽花红得十分冷丽妖娆，粉色的脸上却是一副无辜表情，一点也不像一位高高在上的女君，倒的确像是一个……她方才说的什么来着？他想了想，是了，宠物。

第三章

九重天屡遭戏弄

次日大早，凤九揉着额角从庆云殿的寝殿踱步出来，手里还握着件男子的紫色长袍，抖开来迷迷糊糊地问团子："这是个什么玩意儿？"

团子正坐在院中的紫藤架下同他的爹娘共进早膳，闻言咬着勺子打量许久，右手的小拳头猛地往左手里一敲，恍然大悟道："那是东华哥哥的外衣嘛！"

他爹夜华君提着竹筷的右手顿了顿，挑眉道："我小的时候，唤东华一声叔叔。"

团子张大嘴，又合上，垂着头一根手指一根手指地掰着算辈分去了。

凤九愣在那儿，看了看手中的紫袍，又踏出门槛仰头去望殿门上头书的是不是"庆云殿"三个字，又将目光转回团子身上，结巴着道："怎、怎么回事？"

白浅正帮团子盛第二碗粥，闻言安抚道："不是什么大事，昨夜你喝醉了，东华他做好事将你送回庆云殿，但你醉得狠了，握着他的衣襟不肯放手，又叫不醒，他没法只好将外衫脱下来留在这儿。”

凤九想了想，开明地道：“他约莫就是个顺便，不是说不清的事，也还好，无损我的清誉，也无损他的清誉。”

白浅欲言又止地看着她，沉吟道：“不过，你也晓得，东华不能留宿在庆云殿，外衫脱给了你，他也不太方便，再则庆云殿中也没甚他可穿的衣物，团子便来我这里借夜华的了。”

凤九点头道：“这也是没错的。”说着就要过来一同用膳。

白浅咳了一声，续道：“我……睡得深了些，团子在院子里，嚷的声儿略有些大，怕是整个洗梧宫都听到了……”

凤九停住脚步，转回头看向团子：“你是怎么嚷的？”

团子嘟着嘴道：“就是实话实说啊。”

凤九松了口气。

团子情景再现地道：“东华哥哥抱着凤九姐姐回庆云殿，凤九姐姐拉着他不让他回去，东华哥哥就陪了她一会儿，对了，还把衣裳脱了，但是他没有带可以换穿的，我就来找父君借一借。娘亲，父君他是不是又在你这里——”摊了摊手道，“我就是这样嚷的。”

凤九直直地从殿门上摔了下去。

两百多年来，自凤九承了她姑姑白浅的君位，白奕上神嫁女的心便一日比一日切。为人的君父，他担忧凤九年纪轻轻即为女君，在四海八荒间镇不住什么场子，一心想给她相个厉害的夫君，好对她有一些帮衬。

白奕对九重天其实没甚好感，只因她这个女儿在青丘已是打遍天下无敌手，不得已，才只好将挑选乘龙快婿的眼光放到天上来。于是趁着白浅的大婚，勒令了凤九一路随行，且要在天上住够一个月，明里是彰显他们娘家人的殷勤，暗地里却是让白浅照应照应这个侄女儿的红鸾星。自以为如此便能令凤九多结识一些才俊，广开她的姻缘。

凤九在天上稀里糊涂住了一个月，红鸾星依旧蒙尘，带孩子的本事倒是有飞速长进。掰着指头一算，还有三日便该回青丘，自觉不能虚度光阴，该趁着这仅有的几日再将九重天好好地逛一逛，遂携了团子，一路杀去风景最好的三十三喜善天。

天门后的俱苏摩花丛旁，正围了一圈小神仙偷偷摸摸地开赌局，拜宝月光苑赐宴那夜团子的一声嚷，几日来凤九一直注意着躲是非，不大敢往人多的地儿扎堆，却掩不住好奇，指使了团子乔装过去打探，自己则隐在一株沉香树后头挥了半块丝绢纳凉。

她纳凉的这株树乃是这片沉香林的王，已有万万年寿数，尤其壮硕茂盛。

好巧不巧，正是东华帝君平日的一个休憩之所。

好巧不巧，今日东华正斜坐在树冠的荫蔽之处校注一本佛经。

好巧不巧，一阵和风吹过，拂来浓郁沉香，熏得凤九打了个喷嚏，正提醒了屈膝斜翻经卷的东华，略将经卷挪开一点，微微垂眼，目光就落在她的身上。她一向神经粗壮惯了，未有半分察觉，还在一心一意地等着团子归来。

不时，前去赌局打探的团子噌噌噌如一阵旋风奔回来，叉着小肥腰狠狠喘了两口气，急急道：“这回赌的是个长线，在赌东华帝君哥哥……呃，叔叔，呃，爷爷，”对着称呼好一阵纠结，“在赌他将来会娶你还是娶知鹤公主做帝后！”

凤九一把扶住身后的沉香树，抹了把额头上惊出来的冷汗，故作镇定道：“你小小年纪，晓得长线是什么？”

团子苦闷地道：“我不晓得啊，但是我很好学的，就跟围观的一个小神仙哥哥请教了一下。结果他也没有说出来什么，只告诉我押知鹤公主的已经有二十五注，押你的却仅有三注，还是他不小心压错的。”说完继续苦闷地道，“我还是没有听懂，但是很不忍心让你久等，就悄悄地溜回来了。我溜的时候看到他还在同另一个哥哥理论，问可不可以把他下的那三注调到知鹤公主的名字下头。”

凤九沉默许久，从袖子里掏出个金袋子，倒出来一大堆明晃晃的红宝石，从脖子上取下一块雕工精致的绿琳石挂件，又从腰带上解下一只碧绿碧绿的凤纹玉佩，托孤似的一并递给团子，郑重道：“你去给我买个两百注。”顿了顿，“都买在我的名字下头。”

团子接过宝石看一阵，不能置信地道：“我还这么小，你就教我作弊啊？”

凤九瞥他一眼，深沉道：“但凡祭了青丘的名头行事，你姐姐我就容不得居人之下的，这就是所谓君王气度了，不信你回想看看。”

团子连想都没想：“我听小舅舅说，你的课业就从没拿过第一名，全部都是居人之下的，还有几门是垫底的！”

凤九一阵咳：“所谓大丈夫有所为，有所不为嘛，你的课业不也一样。”

团子嘟着嘴道：“胡说，我从来没有考过最后一名。”

凤九一副想起可怕回忆的模样打了个哆嗦：“那是因为你还没有学到佛理课，你都不晓得那个有多难。”

团子忧心忡忡地也打了个哆嗦：“有那么难吗？”又有点不愿相信这么残酷的现实，“可是我看东华帝君哥哥，呃，叔叔，呃，爷爷，他都是拿一本佛理书边钓鱼边看着玩儿！”

凤九默了一默，由衷地赞叹道：“……真是个变态啊……”话刚落地，一缕清风拂来，又是一阵浓郁沉香，勾出她一个刁钻的喷嚏，捂着鼻子顺风跑了两三步才想起回头嘱咐团子：“这个香我有些受不住，去前头的小花林候你。”

沉香树上，无所事事的连宋君提着打理好的苍何剑给东华送来，正听到凤九最后撂下的那一句恳切点评。待树下一双姐弟走得远了，摇着扇子对东华好一阵打量：“你把她怎么了，她这么夸你？”

东华合上佛经，不带表情地道：“夸？成玉都是这么夸你的？”

连宋摸了摸鼻子：“哦，她一向夸我是个无赖。”

今日甫一出门，凤九就觉着不大顺。

九重天原该是吉祥地，出庆云殿的殿门时，却让她眼睁睁地瞧见两只乌鸦从自己头顶上飞了过去，啪啪，还落下两泡新鲜的鸟粪。当然，这等小事其实不足以打消她出游的热情。但紧接着，又在三十三天天门旁撞见一堆小神仙拿自己和知鹤打赌，自己还输得不轻。当然，这还是不足以打消她出游的热情。但再接再厉的是，等她回头想寻个清净地歇歇脚，竟误打误撞地转进一片沉香林，熏得她素来只对沉香过敏的鼻子现在还痒着，喷嚏不断。

这一连串的征兆似乎都说明今日不宜出行，但春光如此一派大好，打道回府未免有些吃亏。她费了一番力气，摸索着拐进一处安全的、清幽的小花林，又想着虽然破了财，好歹让团子去赌桌上将自己的劣局扳了回来，这霉运也该到了尽头，遂重新打点起精神来准备游一游春。蓦然，却听得树丛外头传来一阵和缓的人声。

风一吹，那若有若无的说话声直直灌进她耳朵里，她心中阿弥陀佛地念了一句，觉得看这个势头，今日的霉运竟有点绵绵无绝期的模样。

照她前些日子给自己定下的一个原则，近几日在这九重天，为了以防万一，是要尽力躲着东华的，她已经十分注意，不料逛个小园子也能遇到他，也不晓得是个什么缘分。她木着脸皮叮嘱了一声团子："待会儿帝君要是路过问起，你就说你一人在这儿扑蝴蝶。"话毕已变作一方雪白的丝帕，静静地躺在南阳玉打成的白玉桌之上。

自一排娑罗树后拐出来的二人确是东华和连宋。

凤九虽已委屈自己变作一张帕子，但并不影响听觉，闻得脚步声渐近，他二人正闲闲攀谈。

连宋调侃道："听说你前几日接了燕池悟的战帖，明日便要去符禹山赴战，重霖还特地拿来苍何剑请我打磨，怎么我就没看出来你这是即将要赴战的模样？"

东华漫不经心道："我心态好。"

连宋没讨着什么便宜，摸了摸鼻子干干一笑，转移话题道："说来，你当年打造苍何时是怎么想的？巴掌大的一块地方，竟拿锆英石切出一万多个截面来，还凿刻出五千多个深浅一致的孔洞，费了我不少心神修缮清理，该不会是做了什么隐蔽的机栝吧？"

东华回忆一阵："没什么机栝，就是闲得没事干吧。"

连宋静默片刻，笑道："你这副鬼样子也能被四海八荒数万年如一日地称颂，说是一派宁静无为板正耿介，还没有一个人前来拆穿，重霖他也真是不大容易。"顿了顿道，"我特别疑惑他到底是怎么办到的。"

东华沉吟道："你这么一说——"

连宋好奇道："如何？"

东华继续道："我也觉得他不太容易。"

连宋："……"

凤九玉体横陈，直挺挺地躺在桌子上，听到他二人的脚步声已近得响在耳畔，心中其实有些纠结，她纠结着，自己怎么就一时鬼迷心窍地变成一张帕子了，即便要躲着他们，变张帕子也算不得周全，何况是这么雪白的一张帕子，又躺在这么雪白的一张桌子上，一定是有些突兀的吧，会不会一眼就被认出来呢？

团子已在一旁给二位尊神见了两个礼，乖巧地叫了声帝君爷爷，又叫了声三爷爷。连宋许久未在私底下见过这个侄孙，抚着团子的头趁势关怀了几句他近日的课业。团子一条一条认真地回答完，抬头正见凤九变的那张帕子被东华握在手里头正反打量，顿时呆了。

连宋亦回头，道："这个是……"

东华面不改色："我遗失的一方罗帕，找了好几天。"

团子不敢相信地睁大眼睛，想要严肃地反驳，却记起凤九的叮嘱，张开嘴又闭上。看到东华不紧不慢地将他的凤九姐姐叠起来，小脸皱成一团，肉痛地嗫嚅道："你、你轻一点啊，凤……帕子她可能会觉得有点疼……"

连宋疑惑地拿扇子柄指向东华手中，道："可这式样，明明是女仙们用的，怎么……"

东华气定神闲地将叠好的帕子收起来放进袖中："听说我是个变态，变态有这么一张女仙才用的帕子，有什么好奇怪的？"

袖子里的帕子猛抖了抖，连宋诧了一诧，又往他的袖中猛看一眼，回过味来，呵呵道："不奇怪，哈哈，诚然没什么奇怪。"

被叠在东华袖子里的凤九，一路上感到十分地憋屈。

倘若时光倒回，她觉得自己一定更长脑子一些，至少变成棵树，就算东华凭着非凡的修为一眼看出她这个竭尽全力的障眼法，她就不信他还能将她拔起来再扛回去。

事已至此，要脱身着实是困难，除非她不顾青丘的面子，在他面前现出她青丘女君的原身来。但他十成十已看出她是个什么，如此作为，多半是等着拿她的笑料。若是她一人做能一人当，丢个脸也怨不得什么，反正她也挺习惯这种事，但她如今已承青丘的一个君位，桩桩作为都系着青丘的颜面，若这桩事传出去被她父君晓得，定是逃不了一顿鞭子。她暗自地悔了一阵，暗自地恼了一阵，又暗自地掂量一阵，决意还是隐忍不发，死不承认自己是青丘的凤某，扮作一张货真价实的帕子，兴许他得不着什么趣味，便将她扔了也好。

诸事一一盘点稳妥，她一阵轻松，方才为了不被人瞧穿，特意封了五感中的四感，此时却于辨位不便，遂分了一些术力出来，启开天眼。

双眼一眨，瞧清楚已到了东华的宫邸，许是后院，只见得满墙的菩提往生长得枝枝蔓蔓，似一道油绿的画屏半挂在墙垣上。袅娜的绿藤晃了一晃，月亮门旁现出一个月白衫子的身影，却是一向隐在十里桃林不怎么搭理红尘俗事的折颜上神，后头还牵着个小旋风一般的糯米团子。

凤九一愣，回过味来，顿时感佩团子的悟性，觉得他竟晓得去求仙格最高又护短的折颜来救她，而不是去找他那个一贯爱看她笑话的娘亲，方才真是小瞧了他对姐姐的情谊，对这个小表弟立时十分地爱怜。

折颜一番寒暄，赞赏了几句东华的园子，又赞赏了几句他手旁那个瑞兽香炉的做工，被团子踮着脚狠狠扯了扯袖角，才曲折地、慢吞吞地将话题移到搭救凤九的事由上来："不瞒贤兄，今日来贤兄的府邸相扰，其实，是为的一桩小事。”

将团子从身后一提提到跟前来，又道：“这小猴崽子趁着愚弟午休，将愚弟特地带给他娘亲的一方绣帕偷出去玩耍，方才耷拉着脑袋回来，一问才晓得是把帕子搞丢了，被贤兄拾了去。”

折颜顿了顿，故作叹息道：“若是寻常的一块帕子倒也没什么，却因是小猴崽子云游的姥姥特意绣给小猴崽子的娘，托我这一趟上天顺便带过来的，很有一些特别的意义，我才跑这一趟，也顾不得打扰了贤兄，来取一取这方帕子。”

凤九原本担心折颜不是东华的对手，若他一开口便客气相问：“贤兄今日可曾见到一方绣花的罗帕？”以此迂回探听，她敢保证东华十有八九会云淡风轻地厚颜答他：“没有见过。”但此时折颜的这一番话却是齐整切断东华矢口否认的后路。凤九很佩服折颜，觉得他不愧是一口辣喉的老姜。

她一边开心地从袖子里探出来更多，一边等着东华没有办法地取出她来双手奉给折颜，果见得他修长手指探进袖中。但她显然低估了东华的厚颜程度，修长手指一偏，与她擦身而过，一个晃眼，却是在指间变化出另一张同她一模一样的罗帕来，还是叠好的。他伸手递给折颜，淡淡道：“方才喜善天拾到的正是这一方，不知是不是上神的。”一边拿着香匙往香炉中添香，一边又补充一句，“若不是，可去连宋君的元极宫问问，兴许是他拾到了。”

折颜瞧着手里真材实料的一张帕子，不好说是，也不好说不是，未料得自己几十万年的上善修为，今日竟出师未捷得如此彻底，恰巧团子打了一个喷嚏，流出一点鼻水来，顺势将手里据说很有些特别意义的帕子往他鼻头上一摁，一撸，皮笑肉不笑地道：

“一个帕子，还怕贤兄诓我强占它不成，贤兄自是不会做那失仙格之事，这帕子自然该是真的。”

口头上讨了几句便宜，领着团子告辞了。

凤九灰心地看着二人离去的背影，因素来耳聪目明，偶尔堪比千里眼、顺风耳，隐约间听到团子还在愤愤：“你为什么败了，没有将凤九姐姐救出来，你没有尽全力，我从今天开始不认识你了。”

折颜吊儿郎当地嗯了一嗯，道：“他又不是将你小舅舅劫了，我为何要尽全力同他撕破脸？不过年前推演凤九丫头的命数，命盘里瞧着倒是个有福相的，且看她自生自灭吧，不准又是另一番造化。”又自言自语地补了句，“不过，推演命盘这等事，我几万年没做了，准不准另说。”顿了顿，惊讶地道，“咦，小阿离，我瞧着你这个命盘，你最近是不是陷入情网了啊？”

团子沉默良久，疑惑道：“情网是什么？”

凤九默默地在心里咬手指头，看这样子，信折颜推演的什么鬼命盘，倒不如信自己来得可靠些。不由感叹，做人做仙，大难临头果然还是只能靠自己啊。

院中的白檀香愈盛，东华持了香箸俯身打整如雪的香灰，将它拨弄得高一些，好盖住炉中的活火，却突然道：“打算装到几时？”

凤九心中一窒，想他果然晓得了，幸好方才拟好了作战计划，此时才能沉稳以对。

于是，她十分沉稳地没有回答他。

东华漫不经心地搁了香箸，取出她来，对着日光抖开，半晌，缓缓道："原来，变作帕子，是你的兴趣？"她心中觉得这推论十分荒谬可笑，却还是撑着没有回答他。

东华难得地笑了笑，虽只在眼角一闪，却看得凤九毛骨悚然，果然，就听他道："那正好，我正缺一方拭剑的罗帕，今后就劳烦你了。"

拭剑？揩拭位列上古十大神兵，以削玄铁亦如腐泥之名而威震四海八荒的神剑苍何？凤九觉得自己的牙齿有点打战，这一次是惊吓得一时忘了如何说话而错失了答话的好时机，就毫无悬念地被东华又折起来收进袖子里头了。

凤九原本做的是个长久盘算，觉得以罗帕的身份被困在东华处，只需同他较量耐性，他总会有厌烦的一日将她放了，此种方式最温和稳妥也不伤她的脸面。哪晓得东华要将她用来拭剑，她一向晓得他说到做到。本来八荒四海这些年挺清闲的，难得起什么战事，他有这个打算也算不得愁人，入睡的前一刻却突然想起他应了魔君燕池悟的战帖，明日怕是要让苍何大开一场杀戒，顿时打了个哆嗦，一个猛子扎起来，翩翩地浮在花梨木大床的半空。思考了半炷香的时间，她决意今夜一定要潜逃出去。

为了不惊扰东华，凤九谨慎地自始至终未现出人形。想要破帐而出，若是人形自然容易，奈何作为一张罗帕却太过柔软，撞不开及地的纱帐。低头瞧见东华散在玉枕上的银发，一床薄薄的云被拦腰盖住，那一张脸无论多少年都是一样地好看，重要的是，貌似睡得很沉。以罗帕的身姿，除了启开自身五感，她是使不出什么术法助自己逃脱的。办法也不是没有，比如变回原身的同时捏一个昏睡诀施给东华，但不被他发现也着实困难，倘若失败又该如何是好。

她思考一阵，夜深人静忽然胆子格外地大，觉得能不丢脸固然是好，但丢都丢了，传出去顶多挨她父君一两顿鞭子，长这么大又不是没有挨过鞭子，偶尔再挨一回，权当是回顾一番幼时的童趣。想到此处，胸中一时涌起豪情，一个转身已是素衣少女模样，指尖的印伽也正正地轻点在东华额间。他竟没什么反应。她愣愣看着自己的手，料不到竟然这样就成功了，果然凡间说的那一句“撑死胆大的，饿死胆小的”有些来由。

五月的天，入夜了还是有些幽凉，又是一向阴寒的太晨宫。凤九撩开床帐，回身再看一眼沉睡的东华，权当做好事地将他一双手拢进云被中，想了想，又爬过他腰际扯住云被直拉到颈项底下牢牢盖住。做完了起身，不料自己垂下来的长长黑发却同他的银发缠在一处，怎么也拉不开，想着那术法也不知能维持多久，狠狠心变出一把剪子将那缕头发绞下来，不及细细梳理，已起身探出帐帘。但做久了罗帕，一时难得把握住身体的平衡，歪歪斜斜地竟带倒床前的屏风，稀里哗啦忒大一阵响动，东华却还是没有醒过来。凤九提心吊胆一阵，又感觉自己法术很是精进，略有得意，继续歪歪斜斜地拐出房门。

迈出门槛，忽然省起来一事，又郑重地退后两步，对着床帐接二连三施了好几个昏睡诀，直见到那些紫色的表示睡意的气泽已漫出宝蓝色的帐帘，连摆放在床脚的一株吉祥草都有些恹恹欲困，才放心地收手关了房门，顺着回廊一拐，拐到平日东华最爱打发时间的一处小花园。

站在园林中间，凤九长袖一拂，立时变化出一颗橙子大的夜明珠，借着光辉匆匆寻找起当年种在园中的一簇寒石草来。

若非今夜因为种种误会进入太晨宫，她几乎要忘记这棵珍贵的寒石草了。根茎是忘忧的良药，花朵又是顶级的凉菜佐料。当年司命去西方梵境听佛祖说法，回来的时候专程带给她，说是灵山上寻出的四海八荒最后一粒种子了。可叹那时她已同魔族做了交易，以一只狐狸的模样待在东华身旁，一介狐狸身没有什么荷包兜帽来藏这种子，只能将它种在东华的园子里头。但还没等寒石草开花结果，她已自行同东华了断因缘离开了九重天，今日想来当日伤怀得竟忘了将这宝贝带回去，未免十分肉痛，于是亡羊补牢地特地赶过来取。

寻了许久，在一个小花坛底下找到它，挺不起眼地扎在一簇并蒂莲的旁边。她小心地尽量不伤着它根茎地将它挖出来，宝贝地包好搁进袖子里，忙完了才抬头好好打量一番眼前的园林。当年做侍女时，被知鹤的禁令框着，没有半分的机会能入得东华御用的这个花园，虽然后来变成一只灵狐，跟在东华身边可以天天在这里蹦跶撒欢儿，但是毕竟狐狸眼中的世界和人眼中的世界有些差别，那时的世界和此时又有些差别。

凤九眯着眼睛来回打量这小园林。园林虽小却别致，对面立了一方丈高的水幕同别的院子隔开，另两面砖砌的墙垣上依旧攀的菩提往生，平日里瞧着同其他圣花并没什么不同，夜里却发出幽幽的光来，花苞形如一盏盏小小的灯笼，瞧着分外美丽，怪不得又有一个雅称叫明月夜花。园林正中生了一株直欲刺破天穹的红叶树，旁边有方小荷塘，荷塘之上搭了顶白檀枝丫做成的六角亭。她叹了一叹，许多年过去，这里竟然没有什么变化。偏偏，又是一个回忆很多的地方。

凤九并不是一个什么喜爱伤情的少女，虽然思慕东华的时候偶尔会喝个小酒遣怀排忧，但自从断了心思后连个酒壶边也没沾过，连带对东华的回忆也淡了许多。可今日既到了这么一个夙缘深刻的地方，天上又颇情调地挂了几颗星子，难免触发一些关于旧日的怀念。凤九有点出神地望着白檀木六角亭中的水晶桌子水晶凳，惊讶地发现虽然自己的记忆在对付道典佛经上勉勉强强，几百年前的一些旧事却记得分外清楚，简直历历在目。

其实当凤九刚从十恶莲花境中出来，得以十二个时辰不拘地跟着东华时，这个园子里头还没有这个六角亭。

彼时适逢盛夏，她一身的狐狸毛裹着热得慌，爱在荷塘的孤船上顶两片荷叶蔫巴巴地近水乘凉。东华瞧着她模样很可怜，便在几日后伐了两株白檀树特地在水上搭起顶亭子，下面铺了一层冰冰凉凉的白水晶隔水，给她避暑乘凉。她四仰八叉躺在那上头的时候，觉得十分舒适，又觉得东华十分能干。后来发现东华的能干远不止此，整个太晨宫里燃的香都是他亲手调的，喝的茶是他亲手种的，连平日饮用的一些酒具都是他亲手烧制的，宫中的许多扇屏风也是他亲手绘的。她在心里头默默地盘算，一方面觉得自己的眼光实在是好，很有些自豪；一方面觉得倘若能够嫁给他，家用一定能省很多开销，十分划算，就更加开心，并且更加喜爱东华。

她的喜爱执着而盲目，觉得东华什么都好，每当他新做出一个东西，总是第一个扑上去表达敬佩和喜爱之意，久而久之，也帮东华养成毛病，完成一个什么东西总是先找她这只小狐狸来品评。因为有无尽的时间，所以做什么都能做得好，偶尔凤九这么想的时候，她觉得这么多年，东华或许一直十分寂寞。

那一日着实很稀松平常，她翻着肚皮躺在六角亭中，一边想着还可以做些什么将东华骗到手，一边有些忧郁地饿着肚子看星星，越看越饿，越饿越忧郁。头上的星光一暗，她眨眨眼睛，东华手中端了只白瓷盘落座在她面前，瓷盘中一尾淋了小撮糖浆的糖醋鱼，似有若无地飘着一些香气。

东华搁了鱼，瞟她一眼，却不知为何有些踌躇："刚出锅，我做的。"

此前，她一直发愁将来和东华没有什么共同语言，因他济的那些她全不济，没想到他连她擅长的厨艺都很济，总算是找到同为高人的一处交集，终于放下心。她有些感动地前爪一揖跳上他膝盖，又腾上水晶桌，先用爪子钩起一点糖浆，想起不是人形，不能是这么个吃法，缩回爪子有些害羞地伸长舌头，一口舔上这条肥鱼的脊背。

舌头刚触到酱汁，她顿住了。

东华单手支颐很专注地看着她："好吃吗？"

她收回舌头，保持着嘴贴鱼背的姿势，真心觉得，这个真的是非常非常非常难吃啊。但突然记起从前姑姑给她讲的一个故事，说一个不善厨艺的新婚娘子，一日心血来潮为丈夫洗手做羹汤，丈夫将满桌筵席吃得精光后大赞其味，娘子洗杯盘时不放心，蘸了一些油腥来尝，才晓得丈夫是诓她想博她开心，顿时十分感动，夫妻之情弥坚，传作一段佳话。

凤九一闭眼一咬牙，滋溜溜半炷香不到将整条鱼都吞了下去，一边捧着肚子艰难地朝东华做出一个狐狸特有的满足笑容来以示好吃，一边指望他心细如发地察觉出自己这个满足笑容里暗含的勉强，用指头蘸一点汤汁来亲自尝尝。

东华果然伸出手指，她微不可察地将盘子朝他的方向推了推。东华顿了顿，她又腆着肚子推了推，东华的手指落在她沾了汤汁的鼻头上，看她半天："这个是……还想再来一盘？今天没有了，明天再做给你。"

她傻傻看着他，眨巴眨巴眼睛，突然猛力抱住他的手指往汤汁里蘸，他终于理解到她的意思："不用了，我刚才尝了。"他皱了皱眉，"很难吃。"看着她，"不过想着不同物种的口味可能不一样，就拿来给你尝尝。"下结论道，"果然如此，你们狐狸的口味还真是不一般。"

凤九愣了愣，嗷呜一声歪在水晶桌子上。东华担忧地："你就这么想吃？"话毕转身走了，不消片刻又端了只盘子出现在她面前，这回的盘子是方才两个大，里头的鱼也挑顶肥的搁了整一双。凤九圆睁着眼睛看着这一盘鱼，嗷呜一声爬起来，又嗷呜一声地栽倒下去。

此后，每日一大早，东华都体贴地送过来一尾肥鲤鱼，难得的是，竟能一直保持那么难吃的水准。凤九心里是这么想的，她觉得东华向来是个喜怒不形于色的仙，若自己不吃，驳了他的面子，他面上虽瞧不出来，全闷在心里成了一块心病又委实愁人。但老是这么吃下去也不是办法，东华对她的误会着实有点深。

一日泰山奶奶过来拜访，碰巧她老人家也有只灵宠，是只雪狐，凤九很有机心地当着东华的面将一盘鱼分给那雪狐一大半。小雪狐矜持地尝了小半口，顿时伸长脖子哀嚎一声，一双小爪子拼命地挠喉咙口，总算是将不小心咽下去的半块鱼肉费力呕出来。

凤九怜悯地望着满院子疯跑找水涮肠子的小雪狐，眨巴眨巴眼睛看向东华，眼中流露出“我们狐狸的口味其实也是很一般的，我每餐都吃下去，全是为了你！”的强烈意味。座上添茶的东华握住茶壶柄许久，若有所思地看向她，恍然：“原来你的口味在狐狸中也算是特别的。”凤九抬起爪子正想往他的怀中蹭，傻了片刻，绝望地踉跄两步，经受不住打击地缓缓软倒在地。

又是几日一晃而过，凤九被东华的厨艺折腾得掉了许多毛，觉得指望他主动发现她的真心实属困难了，她须寻个法子自救。左右寻思，除了和盘托出再没什么别的好办法，她已想好用什么肢体语言来表述，这一日就要鼓起勇气对东华的肥鲤鱼慷慨相拒了。不经意路过书房，却听到无事过来坐坐的连宋君同东华聊起她。她并不是故意偷听，只因身为狐狸，着实多有不便，比如捂耳朵，不待她将两只前爪举到头顶，半掩的房门后几句闲话已经轻飘飘钻进她的耳中。

先是连宋：“从前没有听说你有养灵宠的兴趣，怎的今日养了这么一只灵狐？”

再是东华：“它挺特别，我和它算是有缘。”

再是连宋：“你这是诓我吧，模样更好的灵狐我不是没见过，青丘白家的那几位，狐形的原身都是一等一的几位美人，你这只小红狐又有什么特别的？”

再是东华：“它觉得我做的糖醋鱼很好吃。”

连宋默了一默：“……那它确实很特别。”

一番谈话到此为止，房门外，凤九忧郁地瞧着爪子上刚摸到的新掉下来的两撮毫毛，有点伤感又有点甜蜜。虽然许多事都和最初的设想不同，东华也完全没有弄明白她的心意，但眼下这个情形，像是她对他厨艺的假装认可，竟然博得了他的一些好感吗？那若此时她跳出去告诉他一切都是骗他的……她打了个哆嗦，觉得无论如何，这是一个美好的误会，不若就让它继续美好下去。虽然再坚持吃他做的鲤鱼有可能全身的毛都掉光，可又有什么关系，就当是提前进入换毛季吧。

没想到，这一坚持，就坚持到她心灰意懒离开九重天的那一夜。

凉风袭人，一阵小风上头，吹得凤九有几分清醒。虽然三万多岁在青丘着实只能算个小辈中的小辈，但经历一些红尘世情，她小小的年纪也了悟了一些法理，譬如在世为仙，仙途漫漫，少不得几多欢笑几多遗憾，讨自己开心的就记得长久一些，不开心的记恨个一阵子也就可以了，如此才能修得逍遥道，得自在法门。从前在太晨宫其实不开心时远比开心多许多，此情此景，最终想起的都是那些令自己怀念之事，可见这个回忆大部分是好的，大部分是好的，那它就是好的。

两三步跃到六角亭上，试了试那个许久以前就想坐坐看的水晶凳，坐上去却觉得也不是想象中那样舒适。她记得东华时常踞在此处修撰西天梵境佛陀处送过来的一些佛经，那时，她就偎在他的脚边看星星。

九重天的星星比不得青丘有那美人含怯般的朦胧美态，孤零零挂在天边与烙饼摊卖剩的凉饼也没多少区别,并没有什么看头。她不过借着这个由头装一副乖巧样同东华多待一些时辰，她的叔伯们是怎么诓她的伯母和婶婶她清楚得很，想着等自己能够说话了，也要效仿她那两个有出息的叔伯将东华诓到青丘去，届时她可以这么说："喂，你看这里的星星这么大，凉凉的一点不可爱，什么时候，我带你去我们青丘看星星啊。"一晃百年弹指一挥，这句有出息的话也终归是没有什么机会说得出口。

夜到子时，不知何处传来阵三清妙音，半天处捎上来一轮朗朗皎月，星子一应地沉入天河。她撑着腮望着天边那一道冷冷的月光，轻声地自言自语："什么时候，我带你去我们青丘看星星啊。"回神来，自己先怔了一怔，又摇摇头笑了一笑，那句话被悠悠夜风带散在碧色的荷塘里，转眼便没影儿了，像是她坐在那里，从没有说过什么。

几株枝叶相覆的阎浮提树将月亮门稀疏掩映，地上落了几颗紫色的阎浮子。东华抄着手懒洋洋靠在月亮门旁，身上着的是方才入睡的白色丝袍，外头松松搭了件长外衫。他原本是想瞧瞧她打算如何逃出去，才一路跟着她到这园林，原以为她是慌里慌张寻错了路，谁承想，她倒很有目标地挖了他一棵草药，又将园中每一样小景都端详一番，表情一忽儿喜一忽儿悲的，像是在想着什么心事。

东华抬眼，瞧见紫色的睡意从自己的房中漫出，片刻已笼了大半个太晨宫，似一片吉云缭绕，煞是祥瑞。他觉得，这丫头方才施给他那几个昏睡诀的时候，一定将吃奶的力都使出来了。东南方向若有似无的几声三清妙音也渐渐沉寂在紫色的睡意中，施法的人却毫无察觉，大约想心事想得着实深。顷刻，过则睡倒一大片的紫气渐渐漫进园林，漫过活水帘子，漫过高高耸立的红叶树，漫过白檀六角亭……东华在心中默数了三声，啪，对着月亮想心事的姑娘果然被轻松地放倒了……

撩开阎浮树几个枝丫，东华慢条斯理地从月亮门后转出来。园中所见皆静，连菩提往生的幽光都较往常暗淡了许多。到得亭中，千年白檀木的木香也像是沉淀在这一方小亭不得飘散。他低头瞧她趴在白水晶桌子上睡得一派安详，不禁好笑，被报应到自己施的术法上头还如此无知无觉，普天之下，就数她了，难怪听说她爹白奕上神日日都在寻思如何给她招个厉害郎君。

他伸手捏个小印朝她身上轻轻一拂，将她重新变作一张罗帕，揣进怀中从容地绕出这睡意盎然的小园林。

第四章

决战符禹山

凤九睡得胡天胡地醒过来，听得耳畔阵风急吼，觉得还在做梦，安然闭眼小寐。双眼刚合上，一个激灵登时又睁开。昴日星君驾着日向车将旭日金光洒得遍天，行得离他们近了，瞧见他老人家仓皇下车，渐成一个小点遥相跪拜。

隐在云团中的座座仙山自脚下飘闪而过，些许青青山头落进眼底。凤九愣了半天，运足气颤抖地提手，一瞧，果然自己还是那张丝罗帕子。茫然四顾里弄明白为何听得这么清晰的风声，原来是被绑在苍何剑的剑柄之处，佩在东华的腰间，随他御风急行。

她混沌地回想昨夜应该是逃了出来，为何却出现在这里，难不成后来又被抓了回去？但也没有这方面的记忆。或者从头到尾她就没有逃出来过，东华换了中衣将她重纳入袖中收拾入睡时，她也跟着睡着了，后来一切皆是发梦？她尽量稳重地固定住身形，越想越有道理，又觉得那是个好梦，有些潸然。

待符禹山出现在眼前，经惨然阴风一吹，凤九才迟迟了悟，今日东华与魔族七君之一的燕池悟在此将有一场大战，她原是稀里糊涂被携来了南荒。

说起东华同燕池悟的恩怨，掰着指头可数到三百年前，传说里，还为的是一个女人。当然这个传说只是小规模传传罢了，知情者也大多觉得东华挺无辜。

说是那年魔族的赤之魔君煦旸，打算将亲生的妹妹姬蘅公主嫁给神族联姻，左挑右挑，挑上了宅在太晨宫里头的东华帝君。哪晓得他的拜把兄弟青之魔君燕池悟，早对这个素有魔界解语花之称的姬蘅公主种下情根。然，姬蘅性喜伤春悲秋，一向比较中意能写几句酸诗、抚几声闲琴的风流公子，可惜燕池悟有个全南荒魔界最风流的名字，实则是一介莽夫粗人，姬蘅公主不是很中意他，欣赏他哥哥看上的品位超然的东华多些。甚而有几回，还当着燕池悟的面夸赞了东华几句。这一夸，自然夸出了问题，啪一声敲碎了燕某人积蓄已久的醋坛子。姓燕的憋了一肚子闲气不得纾解，又舍不得发到美人身上，便气势汹汹地将战帖下到太晨宫的正宫门，来找东华要求决斗。彼时东华已隐入宫中多年不问世事，但对方已想方设法将战书下到了家门口，也就接了。符禹山一场恶战，天地变色、草木枯摧，最后因燕池悟要诈，趁东华不备，用锁魂玉将他锁进了十恶莲花境，才叫凤九得着机会到东华身旁，相伴三个月。

凤九那时很感激燕池悟，觉得被他一搅，东华与魔族联姻之事自然要黄，心下稍安。而且，看东华也着实没有将联姻当作一桩事，渐渐放松警惕地觉得可高枕无忧矣。

哪晓得三个月后，太晨宫竟一夜繁花开，高挂灯笼喜结彩。霭霭的朝阳里，一顶软轿将一位大大的贵人抬进正宫门。这位大大的贵人，正是红颜祸水的姬蘅。白玉桥上，佳人掀帘下轿，水葱样的手指攀上凤纹的桥栏，丹唇皓齿，明眸善睐，溶溶湖水翠烟摇，高鬟照影碧波倾，只那么款款一站，便是一道缥缈优美的风景。

凤九靠在东华脚边，都看傻了。

整个太晨宫，凤九最后一个晓得白玉桥头缘何会演上这么一出，还是从知鹤的口中晓得，原来东华竟同意了此桩联姻婚事，还应得挺痛快。几句简单的话，钻进她后知后觉的耳朵里，不啻一道晴天霹雳，轰隆隆打下来，她觉得天地登时灰了。

至于新婚当日，顶着大红盖头的佳人娘子为何又变作了知鹤，最后几天她过得浑浑噩噩，没有弄得十分明白，不过那时知鹤对她倒是有一套说法。说凡界常有这样的事，一些互有情意的青年男女年轻气盛难以明白彼此心意，必定要等到某一方临婚之时才能幡然醒悟，此乃有情人成就眷属必经的一道坎，所以说，婚姻实乃真情的一方试金石，她和东华正是如此。那时凤九少经世事，这样莫名其妙的理由竟也全然地相信了，十足单纯，伤心得一塌糊涂，唯觉得不妥的是东华的年纪大约已当不得“青年”二字，试金石的比喻大约也不是那个用法。

如今想来，应全是知鹤的胡诌，否则怎来后头天君震怒罚她下界苦修以示惩戒。世情历得多了，脑子不像从前那么呆笨，后来她想明白东华看上知鹤的可能性着实很小。若他兜兜转转果然对这个浮夸的义妹动了真情，他也配不上她小小年纪就仰慕他多时的一片痴心。

到底真相如何，她有一个模糊的揣测，隐隐觉得事情大约是那个模样，但是这等事，也找不出什么地方求证。她只是觉得，当年东华竟点头应了同姬蘅的婚事，说不定，倒是真心实意地很看得起姬蘅。其实，就她用诸般挑剔的眼光来揣摩，姬蘅公主也是四海八荒众多女仙女妖中一位难得的三贞九烈纯良女子。如何貌美不提，如何妇德贤良不提，如何恭俭谦孝不提，单是在十恶莲花境中无私地搭手帮他们那几回，便很有可圈可点之处。东华看上她理应水到渠成，纵然她凤九当年也在十恶莲花境中救了东华，但连她姑姑收藏的最离谱的戏本子也不是这个写法，说翩翩公子被一个小姐和一个宠物同时搭救，这个公子后来喜欢上了宠物，没有喜欢上小姐。输给姬蘅，她的心里很服气。

符禹山头阴风阵阵，眨眼间浓云滚滚而来，茫茫然倒是有几分肃杀之意，很像个战场的样子。凤九从往事中抽身，本有些恹恹，抬眼瞧见身前的景致，突然高兴起来。

她出生在一个和平年代，史册所载的那几场有名战事她一场没赶上，一直烦恼在这上头没积攒什么见识，好不容易两百多年前他姑父夜华君出马大战了一场鬼君擎苍，据说场面很大，但她那时又倒霉催地被困在一处凡世报恩。两百年来，她每年生辰都虔诚地发愿，盼望天上地下几个有名的大神仙能窝里斗打起来，

可老天许是没长耳朵，反是让他们的情分一年亲厚过一年。她原本都对这个梦想不抱什么希望了，没有料到，今日竟歪打正着地有幸能一饱眼福。她有点窃喜。

不管怎么说，这个魔君是曾经将东华都算计成功了的，尽管有些卑鄙，但看得出来有两把刷子，该是一个好对手。传闻他性格豪爽不拘，想来该是一条粗豪壮汉，舞一双宣花大斧，一跺脚地动山摇，一喝声风云色变。在凤九的想象中，魔君燕池悟该是有这个分量。她一面想象，一面被自己的想象折服，屏住了呼吸，等着东华拨开重重雾色，让她有幸见识见识这位豪放的英雄。

符禹山位于魔族辖制的南荒与白狐族辖制的东南荒交界之处，巍峨耸入云端，在仙魔两族都有一些名气。

浓云散开，符禹之巅却并没有什么持着宣花斧的壮汉，唯见一个身量纤长的黑衣少年蹲在山头不耐地嗑瓜子，瓜子皮稀稀落落摊了一地。凤九四顾游盼，思忖魔君许是什么缘由耽误了时辰，眼风里却瞧见嗑瓜子的少年腾地飞上一朵祥云，直奔他们而来。身量瞧着清婉，唇红齿白的长得也俊，不知是何处仙僚，不由得多看了两眼。

标致的少年踩着云头离他们数十丈远停了下来，遥遥不知从何处扯来一把长剑，杀气腾腾地指向东华，喝道：“你奶奶个熊的冰块脸，累得老子在此候你半日，老子办事最恨磨磨蹭蹭，你该不是怕了老子吧！且痛快亮出你的兵器，老子同你速战速决，今日不把你打得满地找牙一雪前耻，老子把名字倒过来写！”

凤九傻了。

她傻傻地看着眼前口口声声自称老子的美丽少年，吞了一口口水，领悟了想必他就是魔族七君之一的燕池悟。但有点不能明白，她所听闻的关于燕池悟的种种，都道此魔头乃是个不解风情的莽夫粗人，正因如此，姬蘅公主才不愿跟他。却原来，魔族中的莽夫粗人，都是这种长得一副细皮嫩肉的小白脸吗？她忍不住想象，那么魔族中那些传说十分风流的翩翩君子，又该是长得什么样，待脑中出现胡子拉碴的彪形大汉手持风骚折扇对着夕阳悲愁地念一些伤感小诗的情形时，胃突然有些犯抽。

东华的态度全在意料之中，燕池悟一番慷慨激昂的开场白之下，他抬手涵养良好地只回了一个字："请。"

明显的敷衍气得燕池悟直跳脚，横眉怒目展露流氓本色："我请你的奶奶！"话罢山头狂风立起，吹开隐隐盘旋在他身后的魔瘴，展露出一方望不到头的大泽，黑浪滚滚的大泽上，竟排了数列手持重械的甲兵。

凤九在这上头原本就没见过什么世面，吓了一跳，东华倒是淡定，还动手将被狂风吹成一个卷儿的她耐心梳理一番，让她能服帖地趴在他的剑柄上。

燕池悟皮笑肉不笑，眉眼显出几分春花照月的艳色，冷哼一声："老子敢找你单挑，早已有万全准备。"凤九还有心思空想，姬蘅不愿跟姓燕的，也许另有隐情，可能觉得不能找个夫君比自己长得还漂亮，带出去多没有面子。又见燕池悟抬手示意脚下的兵甲，十分得意地一笑，笑意衬得他一张脸更加熠熠生辉，凤九在心中默然点头，是了，姬蘅不愿跟他，多半是这个道理了。

燕池悟得意一笑后立即跟了一番掷地有声的狠话，对着东华

森然道："看到没，老子新近研究成功的这个魇魔阵法，用七千凡界生灵炼出来，费了老子不少心血。虽然全是恶灵，但你要伤他们一分，就永绝了他们超度轮回弃邪归正的后路，老子倒是想看看，你们神族自诩良善之辈，怎么来破老子的这个阵法！"顷刻间，凡人生灵炼就的一众甲兵已尾随着燕池悟一席狠话，携着凄风苦雨一浪又一浪向他们扑了过来，全保留着人形的造化，眼睛却如恶狼般含着狰狞贪婪的幽光，手中的器械在一片幽光中泛着置人于死地的冰冷杀意。

汪洋大泽，长浪滔天，密密麻麻七千生灵前赴后继，看得人头皮发紧。凤九瑟瑟蹲在东华腰间，她自小就有密集恐惧症，乍见此景只觉冒了浑身的鸡皮疙瘩，也顾不得再见什么世面，一味寻思如何在东华眼皮子底下找一条退路。

还未想得十分明白，所附的苍何剑已自发脱离了剑鞘，稳稳地落入东华手中，以睥睨众生之态浮于符禹之巅。方圆百里银光瞬时如烟火绽开，吞没重重黑暗，现出千万把同样的剑影。凤九茫然地被围在这千万把银光闪闪的剑影正中，只觉得眼前处处白光，头十分晕。翻手覆手之间，看不清那些剑影是如何飞出去，只觉得自己似乎也在飞，飞得似有章法又似无章法，头更晕。耳边听到呼啸的狂风和翻滚浓云中的遍地哀号，回过神来，已重回东华的手中。紫红的血水将大泽中的浪涛染成奇怪的颜色，偶有绽到陆上的血雾，却像是极烈的剧毒将触及的植物全化作缕缕青烟。接着，响起东华没有什么情绪的嗓音："破了。"

凤九晕头转向地想，什么破了？

哦，是燕池悟费尽心力做的那个缺德阵法，被东华破了。

她刚托着额角定神，眼睛才能适应一些正常的光线，就见得燕池悟怒气冲冲地携着一抹沉重剑影杀将过来：“老子炼的这七千恶灵虽然违了天道注定受罚，但也该是受老天劈出的天雷责罚，你们当神仙的不是该竭尽所能度他们一度吗？今天你的剑染上他们的血，只会背负上嗜杀的恶名，你下手倒是干净利落，不怕有一天老天爷责罚你嗜杀之罪？”

凤九心力交瘁地念了句佛，望老天爷万万保佑燕池悟砍过来那一剑定要砍在苍何的剑身上，一分一毫偏不得。但瞧那汹汹剑气，她又离得两剑交锋之处如此近，即便姓燕的一分一毫不偏，说不定剑气也要将她伤一伤。她心中一时委屈，觉得东华怎能如此缺德，不过就是戏言了一句他变态，他就计较至此。又有些自暴自弃，且随他去，若当真今日被他害死，看他如何同他们青丘交代！如何同她的爷爷奶奶阿爹阿娘伯父伯母姑姑姑父小叔小叔父交代！

想得正热闹，蓦然一条闪闪电光打过来，照得她心中一紧，眼风里瞧见天边乍然扬起一道银光，黑色的流云唰地被破开，雪般的剑影长驱直入，兵器相撞之声入耳。几个招式来回，燕池悟兀然痛哼一声，凌乱步伐退了丈远，战局里响起东华淡淡的一个反问：“嗜杀之罪？”语声虽淡，气势却沉，“本君十来万年未理战事，你便忘了，从前本君执掌这六界生死，是怎样的风格？”

呼呼风声吹得凤九又是一阵头晕。东华的从前。呵，东华的从前。

提起这个，凤九比数家珍的熟练还要更为熟练些，他们青丘的来历，母家的族谱她背诵得全无什么流利可言，但东华的从前她能洋洋洒洒地说上三天三夜不打一个磕巴，可叹念学时先生考仙史中的上古史她次次拿第一，全托东华的福。如今，她以为同他已没什么缘可言，脑中晕头转向地略一回想，关于他的那些传说，一篇一篇却仍记得很清楚。

相传盘古一柄大斧启开天地时，轻清的升为天，重浊的降为地，天地不再为一枚鸡子，有了阴阳的造化，化生出许多的仙妖魔怪，争抢着四海八荒的修身之地。远古的洪荒不如今日富饶丰顺，天上地下也没有这么多篇规矩，乱的时候多些，时常打打杀杀，连时今极为讲究以大慈悲心普度众生的神仙们，杀伐之气都重得很。

那时，人族和一部分的妖族还没有被放逐到凡世的大千世界，但天地化育他们出来实在弱小，不得已只好依附于强大的神族和魔族，在八荒四海过着寄人篱下的愁闷日子。

万万年匆匆而过，天地几易其主，时而魔族占据鳌头，时而神族执掌乾坤，偶尔也有鬼族运道好挑大旗的时候，但每个时代都十分短命。

大家都很渴望出现一位让六界都服气且心甘情愿低头的英雄，来结束这一番颠沛流离的乱世，令各族都过得安生，且每一族都私心盼望这个英雄能降生在自己族内。那是个众生都很朴实的年代，人们普遍没有什么心眼，纯朴地以为生得越多，英雄出现在他们族的机遇就越大。短短几年，仙、鬼、神、魔、人、妖六族，族族人丁兴旺。

但人太多也有问题，眼看地不够用，各族间战事愈演愈烈，只为抢地盘。然老天就是老天，所谓天意不可妄断，正当大家夜以继日地为繁衍英雄而努力，为抢地盘而奔波，顾不得道一声苦提一句累时，英雄已在天之尽头的碧海苍灵应声化世，没爹没娘地被老天爷亲自化育出来了。

诞生地是东荒一方华泽，简单取了其中两个字，尊号定为“东华”，便是东华帝君。

东华虽注定要成为那个时代的英雄，以及那个时代之后的传说，却并不像天族如今的这位太子夜华君一般，因是上天选定的担大任之人，降生时便有诸多征兆，比如什么天地齐放金光，四十九只五彩鸟围着碧海苍灵飞一飞之类。

东华的出生格外低调，低调得大家都不晓得他是怎么生出来的。

仅有史册的一笔载录，说帝君仰接天泽、俯饮地泉，集万物毓秀而始化灵胎。但上天怎么化育出他来，是从一个石头里蹦跶出来还是一个砍竹老翁砍竹时赫然发现他蹲在竹心于是捡回去抚养，只是一笔带过，没有什么更深的记载。

东华虽然自小肩负重任，但幼年时过得并不像样，孤孤单单地长在碧海苍灵，没有群居的亲族庇佑，时常受附近的仙妖魔怪们欺负。远古洪荒不比如今，想学什么本事可以去拜个师父教导，东华的一身本事全是靠他自己在拳头里悟得，一生战名也是靠一场又一场实实在在的拼杀。

碧海苍灵万年难枯的灵泉不知染红了多少回，这个横空出世的紫衫青年，一路踩着累累的枯骨，终于立在六界之巅的高位，一统四海六合，安抚八荒众生。

这等成才路，同几万年前掌乐司战的墨渊上神不同，同近时战名极盛的夜华君更不同。他二位一个自小由造化天地的父神抚育教养，一个被大罗天上清境的元始天尊与西方梵境的大慈大悲观世音同力点化，是世家一贯的教养法。

凤九小时候就更仰慕东华些，一则他救过她的命，更深的一则是崇拜尊敬，她觉得他全是靠的自己，却能以一己之力于洪荒中了结乱世、覆手乾坤，十分了得。

能在洪荒杀伐的乱世里坐稳天地之主的位子，其实是件不大容易之事，手段稍见软弱，下头便是沸反盈天乱成一锅粥，唯有铁血无情的镇压才见得些许安定。即便后来随着天族一脉逐年壮大，东华渐移权于时年尚幼的天君，自己入主一十三天太晨宫享清福了，当年的铁血之名在六界也是仍有余威。因此今次燕池悟妄想以七千生灵来要挟他，也无怪他会那么轻飘飘问上一句，是不是忘了他当年执掌六界时的风格。东华他，确然不是个有大慈大悲大菩提心的仙，自古如今。

其实，东华到底算不算得是一个仙，都还有待商榷。

凤九小时候暗地里爱慕东华，为了解他深些，上穷碧落下黄泉地搜罗了许多记载他的史文。这些史文大多是弘扬东华的功绩，满篇言语全是绕口的好听话，唯有一卷废旧的佚名书提了一段，说父神曾对东华有评价，说他的九住心已达专注一趣之境，因此而一念为魔、一念为神。

凤九的禅学不佳，誊抄了这句话装模作样去请教她小叔白真。白真虽泰半时都显得一副靠不住，到底多活了十来万年，这么一个禅学还是略懂，解惑给她听：所谓九住心乃是修习禅定的九个层次，即内住、等住、安住、近住、调顺、寂静、最极寂静、专注一趣和等持，若是一个人内心已达专注一趣这个境界，便是心已安住，百乱不侵了。心既已安住，那为魔为神都没有什么区别，端看他个人的喜好，他想成什么就成什么。倘若九住心达到等持之境，更是一番新气象。世间只有西天梵境的佛祖修持到这个境界，悟得众生即佛陀，佛陀即众生。

凤九耐着性子听完，其实被她小叔住啊住啊住得头晕眼花，觉得跟个禅字沾边的东西果然都玄妙得很。但为了更懂东华，她私下回去又绞尽脑汁地寻思了许多天，叫她琢磨出来那句话兴许是这么个意思，说东华从前非神非魔，后来择了神道弃了魔道。但他为何选了神道，她琢磨不透，在她幼年的心中，神族和魔族除了族类不同似乎也没什么区分，况且魔族还有那么多的美女。

她识得的人里头，除了祖父母，唯余十里桃林的折颜上神离东华的时代近些。她收拾行囊，驾了一朵小云彩到得桃林，托词学塾的夫子此次留的课业是洪荒众神考，她被一个问题难住了，特来求教，还费心地带了她小叔白真亲手打的两支束发玉簪来孝敬折颜。

这个礼选得甚合折颜的意，果然很讨他的开心。

四月里烟烟霞霞的桃花树下，折颜摩挲着玉簪笑意盈盈地蔼声向她道：“东华是如何择了神族的？”

他背书似的道："史册记载，当年洪荒之始天祸频频，唯神族所居之地年年风调雨和、子民安顺。而后东华探查缘故，晓得乃是因神族俱修五戒，一不杀生二不偷盗三不淫邪四不妄语五不饮酒。"他面不改色地喝了一口酒，"此德昭昭，感化上苍，于是减了对神族的劫难予以我们许多功德善果，是以年年风调雨顺。东华听了这个事，十分动容，遂择了神族弃置魔道，并发愿此生将仅以神族法相现世，用大慈大悲大菩提之心修持善戒，普度八荒众生。"

凤九听得一颗心一忽儿上一忽儿下，备受鼓舞激励，在心中更加钦佩东华：果然是清静无为的东华，果然是无欲无求的帝君，果然是史册传闻中那个最傲岸耿介、冷漠有神仙味的东华帝君。

激昂间听得折颜似笑非笑地又补一声，道："你依照这个来写，学塾的先生一定判你高分。"

凤九端着一个原本打算写批注的小本儿，愣愣地道："你这么说，难道还有什么隐情？"

隐情，自然是有的，且这隐情还同史书中的记载离了不止十万八千里。

凤九觉得，说起这个隐情，折颜是发自内心地十分开心有兴致，与他方才干巴巴同自己讲正史记载分外不同。

这个隐情，它是这样的。

据说东华在碧海苍灵化世，经过一番磨炼，打架打得很有出息，但他本人对一统天下这等事一直不是特别有兴趣。碧海之外各族还在不停地打来打去，海内一些作孽的小怪无缘加入世外的大战局，又不肯安生，惹到他的头上。他自然将他们一一地收拾了，但这些小怪等级虽低，上头也是有人罩着的，罩着小怪的魔头们觉得被拂了面子，纷纷来找他的晦气，他当然只有将他们也收拾一番。小魔头的上头又有大魔头，大魔头的上头又有更大的魔头，他一路收拾过去，一日待回首，已将四海八荒最大的那个魔头收拾成了手上的小弟。

折颜握着酒杯儿轻轻一转，风流又八卦地一笑："东华，你莫看他常年示人一副冰块脸，倒是很得女孩子们的欢心。"

东华的战名成得早，人长得俊美，早年又出风头，是许多女仙女妖女魔闺梦中的良人。有一个魔族哪位魔头家的小姐，当时很有盛名，被评作四海八荒第一风流的美人，也很思慕他。远古时，魔族的女子泰半不羁，不似神族有许多规矩束着，行事颇放荡，看中哪个男子，一向有当夜即同对方一效鸳梦的传统。这位小姐自见了东华便害上相思，一个凉风习习的夜里，依着传统悄悄然闪进东华的竹舍，幽幽地挨上他的石床，打算自荐枕席，同闺梦中的良人一夜春宵了。

东华半夜归家，撩开床帐，见着枕席上半遮半掩的美人，愣了一愣。美人檀口轻启，声音娇婉欲滴："尊座半夜才归家，可叫妾身等得苦——"东华俯身将美人抱起，引得一声娇喘，"尊座真是个急性人——"急性人的东华抱起美人，无波无澜地踱步到卧房门口，面无表情地抬手一扔，将一脸茫然的美人利落地扔了出去，只字未言地关门灭了灯。

这位小姐不死心，后来又被扎扎实实地扔了许多回，才渐渐地消停。但她开了一个先河，许多魔族的女子觉得，虽然注定要被东华扔出去，但听说他都是涵养良好地将躺在他床上的女子抱起来抱到门口然后再扔出去。她们觉得，能在他怀中待个一时半刻也是很快意的一件事。是以此后更多的魔族女子前赴后继，且她们总有种种办法解开他在竹舍上施下的结界。天长日久，东华也就懒得设结界了，将每夜入睡前从房中扔美女出去当作一项修行的功课，这么安生地过了好几年。有一天夜里，他床上终于没有女子爬上来了，却是个眉若远山、眼含秋波、乍看有些病弱的水嫩美少年。他拎着这个少年扔出门去时少年还在叫嚷：“你扔她们前不是都要抱着她们吗，怎么扔我就是用拎的，你这个不公平啊！不公平啊！”

折颜慢悠悠添了杯酒：“以至于后来父神前去碧海苍灵延邀东华，东华二话没提地跟着他走了，大约这个就是后世传说中的择神族弃魔道吧，神族的女子较魔族，总还是有规矩些，不过要说彻底地清净，还是到他后来避入太晨宫。”又装模作样地叹息，“好好一个英雄，硬是被逼得让世不出，难怪有一说女人是老虎，连同墨渊的昆仑虚不收女弟子也有些相似，当年你姑姑拜给墨渊时也用的一副男儿身，幸亏你姑姑她争气，没有重蹈从前墨渊那些女弟子的覆辙，否则我见着墨渊他必定不如今日有脸面。”

揭完他人的秘辛，折颜神清气爽地叮嘱她：“隐情虽是如此，但呈给先生的课业却不能这么写。”又蔼声地教导她，“学塾的夫子要的只是个标准答案，但这种题的标准答案和事实一向不尽相同。”

凤九听完这个因果，其实心里有些开心，觉得东华看不上那些女子很合她的意，但转念又有些触景伤情，自己也思慕他，他会不会也看不上自己，捏着小本儿有些担忧地问折颜："那他不喜欢女孩子，也不喜欢男孩子，他就没有一个喜欢的什么吗？"

折颜有些被问住，做沉思状好一会儿，道："这个，需得自行总结，我揣摩，那种毛茸茸的、油亮亮的，他可能喜欢。"

凤九忧伤地接口："他喜欢猴子吗？"又忧伤地补问一句，"你有什么证据？"

折颜咳了一声："毛茸茸的、油亮亮的，是猴子吗？这个形容是猴子吗？不是猴子吧。我不过看他前后三头坐骑都是圆毛，料想他更中意圆毛一些。"

凤九立刻提起精神，咻咻咻变化出原身来，前爪里还握着那个本儿："我也是圆毛的，你说，他会喜欢吗？"话出口觉得露痕迹了些，抬起爪子掩饰地揉了一揉鼻子，"我只是随口问问，那个，随口问问。"

折颜饶有兴致："他更喜欢威猛一些的吧，他从前三头坐骑全是猛虎、狮子之流。"

凤九立刻龇牙，保持住这个表情，从牙齿缝里挤出声儿来："我这个样子，威猛不威猛？"

想想那个时候，她还是十分地单纯，如果一切止于当时，也不失为一件好事，今日回想便全是童年这些别致的趣事。佛说贪心、嗔恨、愚痴乃是世间三毒，诸烦恼恶业皆是由此而生，佛祖的法说总是有一些道理的。

眼前符禹山地动山摇，一派热闹气象，几步开外，燕池悟周身裹了条十足打眼的玄光，抱着玄铁剑一个人在玄光里打得热火朝天，约是中了幻警之术。东华浮立在云头，风吹得他衣袂飘飘，指间化出一个倒扣大缸似的罩子。凤九识得，这个东西应是天罡罩，传闻中听说过，还在器物谱子上见过它的简笔图，是个好东西，便是天崩地裂、海荒四移，躲进这个罩子中也能保得平安，毫毛不损。

天罡罩幽幽浮在东华的脚边，凤九屏息瞧着他的手伸过来，拾起她肩上方才被剑风扫断的几截落发，随手扬了。落发？凤九垂眼一瞧，果然不知什么时候已恢复人形，狂风正吹得长裙如丝绦般飘摇在半空。

凤九怔了一怔，节骨眼上，脑筋前所未有的灵便，一转，讶道：“你你你你晓得我是谁，原来还有办法强迫我回原身？”话落地时自己被自己一个提点，一番恼怒腾地涌上心头，“那你怎的不早些揭穿我？”

邪风一吹，她的胆子也大起来，愤愤不平道：“诚然，诚然我是因面子过不去一直假装自己是个帕子，但你这样也不是英雄所为，白看我的笑话是不是觉得好笑得很？”

回头一想纵然自己不是得他偏爱的那一类女孩子，终归还是个女孩子，一般来说都应当爱惜，可见他连她是女孩子也不当一回事，怒得又有点委屈：“你既然晓得我是谁，其实可以不把我绑来这么个危险之地。牢牢将我拴在你的剑柄上，其实也是为了看我被吓得发抖的样子以此取乐吧？我说你那一句，也不是有心的。”眼角被恼怒、愤怒、愠怒种种怒气一熏，熏得通红。

东华一言不发地看着她，半晌，道：“抱歉。”凤九原本就是个急性子，发了顿脾气也平静下来，听他的道歉略感受用，也省起方才是激动太过了，过得还有点丢脸，觉得惭愧，揉着鼻子尴尬地咳了一声：“算了，这次就……”东华语气平静地补充道：“玩过头了。”凤九表大度的一腔话瞬时卡在喉咙口，卡了片刻，一股邪火噌噌噌蹿到天灵盖，气得眼冒金星，话都说不利索。重重金星里头，东华的手拂上她头顶，似含了笑：“果真这么害怕，耳朵都露出来了。”凤九疑心自己听错了，这个人常年一副棺材脸怎可能含着笑同她开玩笑？忽见身后激烈光焰如火球爆裂开来，脚下大泽的水浪也如巨蛇一般地鼓动，还没来得及回神，身子一轻，已被东华抱起来顺手扔进了一旁待命的天罡罩，还伴了一声嘱咐：“待在里头别出来。”凤九本能地想至少探个头出去，看看究竟怎么回事，手才摸到罩壁寻找探头而出的法门，不确定是不是听到极低沉的三个字：“乖一些。”

前方不远处，燕池悟满面青紫地抱剑杀过来，看来已挣脱幻警之术，晓得方才被那幻术牵引做了场猴戏给东华看，气得雪白的脑门上青筋直跳。

燕某人一身戾气，瞧见被天罡罩罩住的凤九，更是气冲云汉，握着传说中好几百斤的玄铁剑沉沉向东华劈将过来，牙缝里还挤出一声大喝：“好你个奶奶的冰块脸，看不起老子是不是，同老子打架还带着家眷！”

一个天族尊神，一个魔族少君，这一回合招式变化更快，直激得天地变色，一时春雨霏霏，一时夏雷阵阵，一时冬雪飘飘，四季便在两人过招之间交替而过，爆出的剑花也似团团烟花炸开在符禹山的半山头。

凤九贴在天罡罩的罩壁上欣赏这番精彩打斗，着实很长见识，且自喟叹着，忽见眼前腾起一片雾障，茫茫的雾障里头，方才还落于下乘的燕池悟不知何时忽转颓势，闪着光的长剑寻了个刁钻角度，竟有点要刺中东华胸口的意思。

凤九瞪大眼睛，瞧着玄铁剑白的进红的出，蒙了一蒙，真的刺中了？怪的是慢两步后却是燕池悟的痛哼响起。雾障似条长虫扭动，忽地抖擞散开，朗朗乾坤之下燕池悟周身裹了一团光被东华一掌挑开，控制不住身形地朝她那一方猛撞过来。凤九本能一躲，忽然感到背后一脉强大磁力将她紧紧吸住，来不及使个定身术，已被卷进打着旋儿的狂风里。她听见东华喊了她一声，略沉的嗓音与他素日的四平八稳略有不同，响在掀得愈加猖獗的狂风里头，喊的是：“小白。”

凤九蹲在猎猎风中，愣了一愣，原来东华是这样叫她的，她觉得他叫她这个名儿叫得有几分特别。她小的时候，其实一直很羡慕她姑姑的名字——白浅，两个字干干脆脆，万不得已她这一辈起名却必得是三个字的。但即便三个字，她也希望是很上口的三个字，如她小叔的好朋友苏陌叶的名字，咬在唇间都是倍感风流。再瞧瞧她，白凤九，单喊“凤九”二字还能算是俗趣中有雅趣，雅趣中有俗趣，像个世家子，但添上他们阖家的姓，太上老君处倒是有一味仙丸同她颇有亲近，名为乌鸡白凤丸。她时时想到自个儿的名字都要扼腕长叹，也没有人敢当着她的面称她的全名，搞得四海六合八荒许多人都以为她其实是姓凤名九。可他却叫她小白，她觉得，自己倒是挺喜欢他这个叫法的。

东华没能追上来，受伤的燕池悟却被狂风吹得与凤九卷作一团。看定竟是她，攀着她的肩凑在她耳旁怒吼：“方才老子的一个计策，你怎的没有上当？难道老子使的幻术竟然没有在你的身上中用？你难道没有产生冰块脸被老子砍得吐血的幻觉吗？”一吼，又一惆怅，“老子的幻术已经不济到这步田地了？老子还有什么颜面活在世上？老子愧对魔君这个称号，不如借着这个风，把老子吹到幽冥司寻个畜生道投胎做王八,也不在世上丢人现眼，老子是个烈性人啊！”

凤九心中一颤，见他攀自己攀得又紧，而自己并不想同他一道去幽冥司投胎做王八兄妹，捂着耳朵扯开嗓子急回：“中用的，我瞧着他吐血了。”

燕池悟一震，怒火冲天地道：“你这小娘，既瞧见自家相好的吐血了，就当冲出天罡罩扑过去替他挡灾，你扑进来他势必手忙脚乱，老子正好当真砍他个措手不及。老子看的出出戏本，都是这个演法，《四海征战包你胜三十六计》之《美人计》也是这么写的。你说，你为甚不能及时地扑过去，累老子反挨他一掌？”

凤九被姓燕的吼得眼花，耳旁似劈下来一串炸雷，头昏脑涨地回他：“没能及时扑过去是我不对，可你——”两人被风吹得一个趔趄，“可你也有不对，怎么能随便信戏本上写的东西呢，还有——”又是一个趔趄，“那个《四海征战包你胜三十六计》之《美人计》是天上的司命星君写的，他从小到大同人打架从没打胜过。奉告你一句，也信不得！”

话刚落地，两人齐齐坠入一处深崖中。

落入崖中许久，凤九才觉出落崖前答燕池悟的那些话，答得不大对头。

论理，她该是同东华一条战壕里头的。彼时她没扑过去替东华挡灾，因她觉得，凭一介区区燕池悟，以及一介区区燕池悟的一把区区玄铁剑，砍在自己身上说不定就将自己灭了，但砍在东华的身上，顶多是令他添个皮肉伤，没甚大碍。二人修为不同，法身挨刀枪的能力亦不相同，这一桩事她出于这个考量袖手了，但她内心里，其实对东华很关怀的。他虽要弄了她，好歹很义气地将天罡罩让给她，保她的平安，她也就不计较了，实在没有挟私报复之意。但她的这些周密心思，东华如何晓得，定是嫌她不够义气了。兼后头被燕池悟一通乱吼，吼得她神思不属，竟还同姓燕的道了个歉，还诚心地交流了一些兵书的感想。凤九觉得，东华他定是有所误会了。怪不得前一刻还有些亟亟地唤她小白，后一刻她坠崖时连个人影都没瞧着。设身处地一想，若自己是东华，这么几层连着一思量，岂止随她坠崖不相营救那么简单，定要坠崖前还在她身上补两刀出气。一番回想，一番感慨，就生出一番惆怅：有自己这么个队友，东华他，一定觉得倒了八辈子的血霉吧。他，大约是真生气了吧。

第五章

虎背熊腰伟男子

凤九是后来听燕池悟说，才晓得姓燕的被东华一掌挑开朝她扑过来时，正遇上地处符禹山巅的梵音谷开谷。他们这一落，正落在梵音谷一个突出来的峭壁上。

梵音谷是符禹山上十分有名的一个山谷，里头住的是四海八荒尤为珍贵的比翼鸟一族。

传说中，比翼鸟族自化生以来，一直十分娇弱，后来更是一代娇弱过一代，稍沾了些许红尘的浊气便要染疾。故此，多年前他们的老祖宗历尽千辛寻着这个梵音谷，领着全族人遁居此谷中。

为防谷外的红尘浊气污了谷内比翼鸟的清修，梵音谷的妙处在一甲子只开一回，一回只开那么短短的一瞬，小小的一个缝，可容向谷内办事的九天仙使通行。

天上专司行走梵音谷办事的仙使，接替前任初来这个山谷时，需历练的第一件本事，便是如何抓住开谷的那个间隙，用那么短短的一瞬，从那么小小的一条缝挤进山谷里头去。最有慧根的一个仙使练这个本事也足练了三千年。

凤九觉得，燕池悟早不扑晚不扑，偏梵音谷开谷时扑过来；脚下的歪风不吹东不吹西，偏将他们直直吹进石壁上那个一条缝似的通道里头；那个石缝一分不多一分不少，刚够他们二人并列着被吹进去。综上所述，这究竟是一种什么样的运气……

同是天涯落难人，凤九四顾一圈，寻了条干净的长石坐了，见燕池悟正抱着玄铁剑，背对她蹲在生了青藤的一处山壁旁。

她觉得，他的背影看上去有点愤怒。

方才落下来时，燕池悟正垫在凤九的下头，千丈高崖坠地，地上还全铺排着鹅卵石，痛得他抽了一抽，却是硬撑得一声没吭。凤九稳稳从他身上爬下来时，他又抽了一抽，额头冒了两滴冷汗，还是硬撑得没有吭声。凤九思量片刻，道了声谢，觉得姓燕的虽然长得是个十足娘娘腔的脸，倒是有担当的真男人，此举虽算不上救了她的命，也免了许多皮肉之苦。燕池悟他，是个好人。一旦有了这个念头，眼中瞧着他的形象立时亲切许多，也不好再用“姓燕的”来称呼。

燕池悟弱柳扶风地蹲在山壁旁，小风一拂，衣袂飘飘间，瞧着身姿纤软，惹人怜爱。

凤九蔼声唤他：“小燕。”

小燕回头，柳眉倒竖，狠狠剜她一眼，含愁目里腾起熊熊怒火：“再喊一句小燕，老子把你的舌头割下来下酒。”

凤九觉得，对着这样的小燕，自己从前并不觉得的母性也被激发出来，心底变得柔软无比，仍是蔼声地道："那我要喊你什么？"

小燕想了一想，蹲着狠狠地道："凡界的人称那些虎背熊腰的伟男子，都喊的什么，你就喊老子什么。"

凤九瞧着燕池悟一抽一抽的瘦弱背脊，不盈一握的纤细腰肢，水笋般的手指头，道："小燕壮士。"

小燕壮士很受用，眯着眼很有派地点了个头。

凤九前后遥望一番，道："这个地方前不着村后不近店，不知怎么觉得术法也使不大出，小燕壮士你身上又带了伤需暂歇歇，不如我们随意说说话。"

小燕壮士被连叫几声壮士，很受用，先前的一丝愤怒跑得很远，难得温和地道："想说什么，说吧。"

凤九兴致勃勃地凑过去："其实，我看小燕壮士你是个义薄云天的英雄，有个疑问想请教请教。"话中又凑过去两分，"当年诓东华帝君入十恶莲花境的事儿真是你做下的？我从前也一味相信，但今日却觉得，这个事儿做得有些卑鄙，不像是你这等义薄云天的英雄使出的手段。"

义薄云天的小燕壮士默了一默，脸上飞起两抹丹赤，瞧着竟似羞惭之意，半晌才道："是、是老子做的又怎的？"

凤九含蓄地表示惊讶。

小燕壮士恼羞成怒地道："那冰块脸不是个好人，你跟了他，也不见得是个好事！"

凤九含蓄地再表示一回惊讶，道："你且说来。"

据小燕壮士的口述，将东华锁进十恶莲花境纯属一个误会，他大爷当年，其实如同今日一般地浩然正气，同人打架，讲的是一个坦荡，是一个光明正大。

当年，他一心仰慕姬蘅公主，听说姬蘅的哥哥要将她另行婚配，心中十分焦急。他们魔族一向敬重武力，他觉得，倘若他打赢了东华，姬蘅定将对他另眼看待，得了姬蘅的青眼，再去向她哥哥提亲，此事就成了七分。

他使了平生才学，写成一张三寸长、一寸阔的战帖托有几分交情的斗姆姥姥捎给东华，七日后得了斗姥回音，道东华回说近日太晨宫中的茶园正值采茶时节，事忙不允。

得了这个信，一方面，他觉得东华的理由托得是个正经，应时采茶对于他们这些斯文人来说一向是大事；但另一方面，他又很不甘心因这么一件事误了他同东华的决斗。于是，他偷偷地潜进了东华的太晨宫，受累一夜，将待采的几分茶地全帮他采办了，天明时裹了茶包捎去给东华，想着帮他采了茶，照理他该感动，就能腾出几个时辰来同自己打一场了。怎料东华行事不是一般常理可推，心安理得地接了茶包，面无表情道了声谢，又漫不经心道近日得了几棵香花香树需栽种。他以为是东华考验他，一一地接了，去田头一看，哪里是三四棵，足有三四十捆树苗晾在地头。他受累两日，又将三四十捆香树香花替东华栽种了，回来复命。绕不过他事多，又说还有两亩荷塘的淤泥需整饬。他整饬了荷塘，又听他道太晨宫年久失修，上头的旧瓦需翻拣翻拣。翻拣了旧瓦，前院又有半园的杏子熟了须摘下来……

小燕壮士忙里忙外，东华握着佛经坐在紫藤花架底下钓鱼晒太阳，十分悠闲，他宫中的仙使婢子也十分悠闲，阖宫上下都悠闲。小燕壮士为了能同他一战，忍气吞声地将他阖宫上下都收拾齐整，末了以功提醒他向他邀战，请他兑现诺言。东华却持着佛经头也没抬：“我什么时候许诺给你了？”

小燕回他：“你亲口说的，要是老子帮你做了什么什么，你就考虑同老子决斗的事。”

东华慢悠悠地抬头：“哦，我考虑过了，不打。”

小燕愣了，他终于搞明白，东华是在耍他。临潜入九重天时，他座下的两个魔使殷殷劝谏他，说东华虽在海内担了端严持重的名头，恐性子古怪，他们的君主心眼却实，怕要吃亏，他当时还觉得两个魔使废话忒多。如今，真个被白白地戏耍了许久。

一阵恼怒上头，他寻思着，一定要给东华个教训。是夜，便闯了七层地宫拿了被东华封在宫中的锁魂玉，逼他到符禹山同他决斗。壁蓊锁魂玉，锁的正是集世间诸晦暗于一世界的十恶莲花境，此中关押的全是戾气重重不堪教化的恶妖，倘丢失干系到整个四海八荒近百年能不能太平。

东华果真为了这方玉石追他到符禹山顶。符禹山上摆出一场恶战，东华招招凌厉，他一时现了颓败之相，觉得要不是前些日为他忙里忙外费了体力，何至于如此，又气不过，鬼迷心窍就开了那块玉，将东华锁进了玉中的莲花境……

这一番才是这桩事真正的始终。

话末，小燕壮士叹了一声，叹这桩事传出去后是添在自己身上的一笔污名，气馁地拿了一句读书人常说的酸话总结点评：“一切，其实只是天意。”

凤九憋了许久没忍住，扑哧笑出声，瞧着小燕壮士面色不善，忙正了神色道：“他真是太对不住你了，你继续，继续。”

燕池悟抱剑埋头生了会儿闷气，复又抬头冷笑两声，哼哼道：“其实老子如今也不怎么记恨他了，他也遭了报应，听人说激怒仇人的最好办法是怜悯他，老子现在，其实真的很怜悯他。”

凤九宠辱不惊地表示，愿洗耳恭听，话毕，面色淡然地朝着燕池悟挪了几分，微不可察地倾了倾身。

小燕壮士一双柳眉足要飞到天上去：“四海八荒都传闻东华是无欲无求的神仙，老子却晓得他对一个人动过真情，你想不想晓得这个人是谁？”

凤九面无表情地道：“姬蘅。”

小燕吓了一跳：“你怎的晓得？”

凤九在心里咬住小手指：“他爷爷的，真的是姬蘅。”面上仍不动声色，“你请说，我看跟我晓得的是不是同一回事。”

小燕说的，同凤九从前猜的差不了几分，东华果然是因姬蘅在十恶莲花境的照拂，红线一牵对她动了情。这桩事的前半截她其实比燕池悟还清楚些，因十恶莲花境里头姬蘅照拂东华时，她就歪在一旁瞅着。只不过，那时她是一只不会说话的小狐狸。

她的本心并不想在此等关键时刻变作狐狸，但她同人立了死约，这件事说来有些话长。

那时，东华提剑前去符禹山同人打架传入她的耳中，她正捏了笤帚在太晨宫前院扫地，立时丢了笤帚亟亟地奔往南荒，赶着去瞧一瞧到底是怎么个动静。奔出天门才省起不辨方向，幸亏路过的司命肯帮忙，借了她能引路又能驮人的宝贝速行毡，匆匆将她带到战事的上空。

她赶到时，符禹山上已鸣金收兵，只见得一派劫后余生的沧桑，千里焦土间嵌了个海枯石烂的小泽，正中几团稀泥，稀泥中矗了座丈把高的玉山。原应在此对打的二人杳然不知去向，唯有个大热天披着件绛丝貂毛大氅的不明男子浮立在云头，炎炎烈日下，手中还捧了个暖炉，朝凤九道："你是来救人的？"凤九看着他，觉得很热。

稀泥中的玉山正是变化后的锁魂玉。东华被关在里头。燕池悟拿不走收了神仙的玉石，将它胡乱一丢喜气洋洋地打道回去了。穿着绛丝貂毛大氅的不明男子是玄之魔君聂初寅，他路过此处，正碰上此事，隐身留在此境，原本想讨些便宜。

锁魂玉这个东西，进去很容易，出来何其艰难，东华造它原本又留了些参差，例如，收了神仙后再难移动半分。聂初寅讨不着什么便宜正欲撒手离去，时来运转碰上匆匆赶来的凤九，有着九条尾巴的红狐狸——白家凤九。

聂初寅平生没有什么别的兴趣，只爱收集一些油光水滑的毛皮，他家中姬妾成群，全是圆毛，没一个扁毛，也足见他兴趣的专一。寻常神仙相见，都没有启开法眼去瞧别人原身的道理，但在他这里这个礼是不作数的。透过凤九虽然还没有长得十分开但已很是绝代的面容，他一双法眼首先瞧见的是隐在她皮相下的原身，和身后的九条赤红且富丽的长尾。

他抬手向凤九："你是个神仙？同东华是一伙的？你是来救

他的？”得她点头，他由衷地笑了，“他已被燕池君锁入了你脚下的十恶莲花境，要进去救他，凭你身上的修为是不够的。”说到此处，略顿了顿，更加由衷地笑道，“你愿不愿意同本君做个交易，将你身上的毛皮和身后的九条尾巴借本君赏玩三年，本君将自己的力量借你五分来救他，你意下如何？”

情势有几分危急，凤九乍一听东华被锁进了十恶莲花境，魂都飞了一半，待飞了一半的小魂魄悠悠飘回来时，只听见聂初寅说要将自己的力量借她五分助她营救东华。天下竟还有这等好人，她想，虽然这一身打扮着实让人肉紧。

她的意下当然甚合，非常感激地点了头，连点了十几个头。照魔族的规矩，这一点头，契约就算成了。一道白光一闪，莫名其妙间毛皮和尾巴已被聂初寅夺了去，她才晓得方才的话自己漏听了极重要的一半。失了九条尾巴其实没怎的，顶多是个秃尾巴不够漂亮，但失了毛皮，也就失了容貌，失了声音，失了变化之能。亏得姓聂的还有几分良心，换了她一顶极普通的红狐狸皮，让她暂时穿在身上。其时也容不得理论，先救东华要紧些。

无论什么时候回忆，凤九都觉得，她当年在十恶莲花境中的那个出场，出得很有派头。

当是时，她头顶一团宝光，脚压两朵祥云，承了聂初寅的力，身子见风长得数百倍大，转入十恶莲花境中，仰脖就刮起一阵狂风，张口就吐出一串火球，打个喷嚏都是一通电闪，整一个会移动的人间凶器。

她觉得这样很是气派，很是风流。但，那时东华有没有注意到她这么气派又风流的一面，多年来并没有求证过。

彼时莲花境中的无边世界已被东华搭出一道无边的结界，结界彼端妖影重重，见得万妖之形。此端不知东华在使何种法术，苍何剑立在他身前两丈远，化出七十二道剑影罗成两列，罗列的剑影又不知何故化作排排娑罗树，盘根错节地长出丛丛菩提往生花，于弹指间盛开凋零，幻化出漫天飘舞的花雨。飘零的花瓣在半空结成一座八柱银莲佛轮，奕奕而动。佛轮常转，佛法永生，衍出永生佛法的佛轮中乍然吐出万道金光，穿过接天的结界往彼端狰狞发怒的妖物身上一照，隔得近些的妖受金光的临照度化，立时匍匐皈依。瞧着挺漫长的一个仙术，实则只是一念，连一粒沙自指尖抛落坠地花费的时刻都不到。

多年以后，凤九才晓得这个花里胡哨的法术，乃是发自西天梵境的佛印轮之术，意在大行普度之力，以佛光加持普照众生，世间仅三人习得。她当时并不知它这么稀罕，只是激动地觉得，这个法术使起来如此地有派，如果她的陶铸剑也能这么一变，变出七十二把扫帚来，扫院子时该有多快。

习得此术的三人，一为西天梵境的佛陀，一为昆仑虚的墨渊，一为她眼前的东华。前两位倒确然一颗菩提心，使这个时一般为的真普度；东华此时使这个，却纯属逼于无奈。要走出十恶莲花境，只有将以锁魂玉圈出的这个世界毁了，倘若不将关在此处的妖物先行处理，毁掉这个世界冲出去时必然将妖物也带出去；倘若以他一贯的风格将他们一剑灭了，成千上万被灭的妖物集成的怨念又要溢往四海八荒，被有心的一利用，搞不好将天地都搅一个翻覆。考虑下来，他只有费许多的心力，将这些妖物能度化的先度化了，不能度化的再灭不迟，届时有怨念也不至于那么许多，成不了什么大器。岂知度化人着实是个力气活，妖物万万千千又甚众，佛光照完一圈，已费了他八成的仙力，一时体力恢复不及，结界外却还有几个不堪度化活蹦乱跳的恶妖头头。

东华落一回难，着实很不容易。凤九分外珍惜这个机会，欢天喜地地登上了历史的舞台。站在历史的大舞台上，她豪情满怀。一来，今时不同往日，她承了聂初寅五分的力，已是一只货真价实的威武红狐；二来，下头东华在看着，她难得在他跟前风光，不风光够本真是对不住聂初寅诈骗她一回。

她迎风勇猛一跃，腾出东华铺设的结界，妖物们方才被佛光照得有些迟钝，还没反应过来，头顶上已迎来好一串火球天闪，或劈或滚，一劈一滚都是一个准，绝不虚发。你来我往几十回合，素来为非作歹、纵横妖道的几个大恶妖，居然，就这么被她顺顺利利地、一气呵成地给灭了。

当然，她也受了些伤，皆是意外，一是喷火时，因这个技艺掌握得不是那么熟练，将肚子上的毛燎了一些，鼓起几个水疱；二是打电闪时，也不是特别熟练，电闪已经劈出去了，抬起的爪子却忘了收回去，将爪子劈了个皮焦肉烂……

她神经有些粗，当时不觉如何疼痛，妖物一灭，心一宽，突然觉得疼痛入骨，顺着骨脊钻入肺腑，一抽，直直地从云头上摔下来，半道疼晕过去，也不知道自己掉下来时，正砸在抬头仰望她的东华怀中。

时隔这么多年，凤九还记得那个时候她其实并没有马上醒转过来。

她做了一个梦。

这个梦的主题如同佛祖舍身饲虎一般，极有道义。

梦里头烈日炎炎，烟尘裹天，碧海苍灵干涸成九九八十一顷桑田。

田间裸出一张石床来，东华就躺在那上头，似乎有些日子没吃饭了，饿得气息奄奄的。

她瞧着他，心疼得不得了，不知道为什么就能说话了，伸手递给他："要不你先啃啃我的爪子打个尖吧，已经烤好了的，还在冒油，你看。"

东华接过她的爪子，端详半天，果然从善如流地咬了一口。她觉得有点疼，又有点甜蜜，问东华："我特地烤得外焦里嫩的，肉质是不是很鲜美可口呢？"

他伸手不知拿过一个什么："我觉得还要再加点盐。"话落地，好一把雪白的盐巴从天而降……她疼得嗷了一声，汗流浃背地一个激灵，疼醒了。

她睁开眼睛，映入眼底之人果然就是东华，但握着她那只负伤累累的小爪子的，却是个白裳白裙、没有见过的美人。她的爪子上被糊了什么黑乎乎的膏药，美人正撕开自己的一道裙边，用一道指头宽的白绫罗，纤纤十指舞动，给她一根一根地包她方才威风作战时被烤伤了的手指头。

凤九后来晓得，这个国色天香的美人，就是传说中的姬蘅，因听说自己做了红颜祸水，引得燕池悟跑来符禹山找东华决斗，抱着劝架的心匆匆赶来阻止他二人的厮杀，半路上却走岔了道不幸错过收尾，又不知怎么一脚踏进这个十恶莲花境，就遇着被困的东华。

多年以后，往事俱已作古，凤九已能凭着本心客观一想，才觉得，姬蘅委实要比她和东华有些许缘分。她从前，却没有深虑过这个问题。那时她窝在姬蘅的怀抱里，眼底现出两三步外东华靠坐的身影，心中早已激动非常，哪里还有什么空闲考虑旁人之事。

其时，距东华在琴尧山救下她已过了两千多年。

两千多年来，他们离得比较近的一回是东华在前院的鱼塘钓鱼，她在鱼塘的对面扫地；一回东华在后院的荷塘同人下棋，她在荷塘的对面扫地；还有一回东华提了个瓷水壶在茶地里悠闲地给茶苗浇水，她在田埂的对面扫地……虽然她其实许多年不曾近前瞧过东华，但是他的模样在她心中翻覆地熨帖了多年，比幼时先生教导一日三诵的启蒙读物《往世经》还记得牢固。

他并没有什么变化，俊美威仪自古及今，但失了一些仙力，看上去像刚睡醒的模样，面容中透露出些许慵懒。他懒懒地坐在一旁，撑头瞧着姬蘅水葱样的手指在她火红的狐狸皮间来来往往，默然的神色里，隐约含着几分认真。

姬蘅的手法确是熟练，但魔族但凡美女都爱留个尖尖长长的手指甲，凤九的肉嫩，禁不住姬蘅的长指甲不经意一戳又一戳，痛得呜呜了两声又哼哼两声。东华虽然打架打得多，战事历了不少，仙根尚幼时负伤也是时有，但包扎伤势这等细致的事倒还从来没沾过，随手挑了几根白绫罗，拿无根水浸了浸又往手上比了比，言简意赅地开口道："我来吧。"

凤九不晓得他没有什么经验，眼泪汪汪地朝他挪了挪，还委屈地抽了抽鼻子。

莲花境正是入夜之时，有一些和暖的雾气升腾上来，在结界中一撩，云蒸霞蔚间，虚示了几分轻浮。

白绫罗裹着雾气缠上她受伤的爪子和肚皮。东华的面容瞧着还是一番与己无关的冷静淡泊，指法却比姬蘅要温柔许多，她没有怎么觉得痛，已经包完了。他给她包伤口的模样有一些细致认真，她从前远远地瞧过他在院子里给烧好的酒具上釉，就是这么一副淡漠又有点专注的派头，她觉得很好看。

东华打好最后一个结，姬蘅凑上去："帝君你……把它包成这样，它怎么走路啊？"

凤九举起包得像小南瓜一样的小爪子，眨巴眨巴眼睛，无根水浸过的东西没有十天半月是干不了的，她觉得自己的爪子凉悠悠湿漉漉，没有了方才的痛楚。但三只腿立久了自然不稳当，眼看一歪就要摔倒在地，万幸被东华轻飘飘一捞拎到了怀中，捉住她被包好的爪子放在她的身前："再吐一个火球试试。"

凤九不甚明白他的用意，还是从善如流地吐了一个，火球碰到爪子上的绫罗，哧一声，灭了。东华将绫罗上几个没有立时熄彻底的火星拨开，道："包厚点，不容易烧穿。"

姬蘅愣了愣，又瞧了瞧凤九，悟过来他话中的意思，笑道："依奴的浅见，此前作战，小狐狸受这个伤，乃是情势相逼，平素它并不至于喷出火球来自己伤着自己，帝君怕是多虑了。"瞧着凤九也反应过来，羞怒地睁大眼睛的样子，怜爱地又补了一句，“你瞧它这一副聪明相，也不像是个会笨到这种境地的。”

凤九听姬蘅夸自己一脸的聪明相，顿时对她徒增几分好感。

东华的手搭在她头顶的绒毛上，缓缓梳理，闻言瞟了她一眼：“难说。”

凤九觉得，东华对自己产生了很大的误会，她一向就晓得东华其实喜欢一脸聪明相的，他从前的几头坐骑一头比一头聪明，这就是例证。前后一思索，她觉得为今之计，只有喷一个有力道的，且对外物有杀伤力而对自己完全没有杀伤力的火球才能解除他对自己的误会了。于是她撑起身子，竭尽全力地一开口——火球倒是从肚子里酝酿了出来，却因用力过猛，喉咙口灌了风，痒得一阵咳嗽，呛在嘴里被咳嗽引出口，遇风即着，正落在她没受伤的那只爪子上，刺啦，爪子上的绒毛被点着了……

东华见势急伸手握住她的小爪子，指间的仙泽笼着寒气一绕，立时将火球冻成了个冰珠。他将她抱起来，像是对姬蘅说，又像是自言自语：“果然这么笨。”凤九抬起眼皮瞧一瞧被燎掉一点毛的右爪子，又瞧一瞧目不转睛看着她的东华，惭愧得将头默默扭向一旁，在心里郁闷地、痛苦地、丢脸地翻了个跟头。

在凤九如同一张旧宣纸的泛黄的记忆中，十恶莲花境里头，她同东华，还有姬蘅共处了七日，盖因要摧毁此间的世界供他三人走出去，需东华用这些时日蓄养精神，以恢复以往的仙力。有一句话说的是，心所安处，即是吾乡。凤九待在东华的身边极是心安，看着这个一片荒芜的十恶莲花境也觉得百般可爱，可怜前爪坏了一只，走路不利索，才勉强压抑住这愉快的心情，没有撒泼打滚地庆祝。

东华日日打坐，姬蘅则到处找吃的，找了一圈发现此地只产地瓜。其实以她的修为，一年半载不进食也无妨，东华更不用提，但凤九却是刚历了场大战，仙力折损极大，第一天没吃东西已经饿得前胸贴后背，站都站不稳，姬蘅才专为她去辛苦地寻找吃食，拿来给她吃。凤九觉得，姬蘅这么为自己，她是个好人。头三四天，她还能自己吐出火球来将地瓜烤一烤，哪里晓得聂初寅算盘打得忒精，渡给她的法力不过能撑三天，三天后化得连烟都没了。姬蘅习的是水系术法，也变不出什么火苗来帮她烤地瓜。她很发愁。她有点挑食，没有烤过的地瓜，她吃不下去。

其时，一旁打坐的东华正修回第一层仙力，似涅槃之凤，周身腾起巨大的白色火焰，煞是壮观美丽。因他化生的碧海苍灵虽是仙乡福地，纳的却是八荒极阴之气，一向需天火的调和。每修回一层仙力，势必以天火淬烧后才能为己身所用，正是他修行的一个法门。姬蘅看得很吃惊，凤九比姬蘅还要没见过世面，更加吃惊，惊了片刻，眼中一亮，忍着左前爪的痛楚撑在地上，右前爪抓起一个地瓜铆足劲儿地往火中一扔——见扔成功了很振奋，开心地一鼓作气又扔了七八个。扔完了，两眼放光地静静等候在一旁，果然，不一会儿天火渐渐熄灭，结跏趺坐的东华身旁，七零八落地散着好几只烤熟的地瓜，飘着幽幽的香气，他怀中还落了两只。

姬蘅目瞪口呆地垂头去瞧凤九，凤九没有感受到她的目光，正颠颠地瘸着一个爪子歪歪倒倒地朝熟地瓜们奔跑过去，先将两个落在东华怀里的用右爪子小心刨出来，再将散落一旁的堆成一个小堆。

还没堆完已经被东华拎着后颈子提了起来，姬蘅惊恐地闭上了眼。凤九怀里头两只小爪子还抱着一个地瓜，有点烫肚子，但东华将她提得这么高，放手的话，这个地瓜摔下去一定会摔坏，多么可惜。

东华瞥了她一眼，将地瓜从她怀里头抽走："你一次吃得完这么多？"

凤九眼巴巴地点头，她正值将养身体，其实食量很大，但瞧见东华微不可查地扬了扬眉。她不晓得他要做什么，见他将她放下来，若无其事地把手中的地瓜掰成两份，一大一小，只递给她尤其小的一份："今天，只能吃这么多。"

她不可置信，爪子在地上刨圈圈，这么小的一份，她根本吃不饱，听到东华慢悠悠地道："要么贴着那个石头罚站半个时辰，就把剩下的给你。"

凤九委委屈屈地抱着那一小份地瓜去石头旁罚站，站了一刻，姬蘅背着东华过来看她，蹲在她身前："你晓不晓得方才你丢那几个地瓜进去的时候，有两个直直砸在了帝君的脑门上，我都替你捏把冷汗。"凤九转过身背对着不理她，觉得她刚才没有帮自己求情，没有义气。姬蘅将她转过来，笑道："帝君是逗着你玩儿，你猜我方才看到什么？其实天火烤的那几个地瓜烤得并不好，烤地瓜是要用小火慢慢地来烤才好吃，否则外头烤得焦了，里头还是生的，吃了非拉肚子不可。帝君正在那边用小火帮你慢慢烘烤剩下的几个，你罚站完了就吃得上了。"

那天下午，凤九吃上了三万多年来最好吃的一顿烤地瓜。

以凤九的经验，倘若记忆在脑子里，很容易混乱，尤其像他们这等活得长久的神仙。但记忆若在舌头上，便能烙成一种本能，譬如孩提时阿娘做给她的一口家常菜，许多年之后仍能记得它的味道，也譬如东华烤给她的这顿地瓜。

其实那个时候，凤九瞧着姬蘅那堪描入画的一张脸，听着她可以和东华说说话，有时也有点羡慕，但每当莲花境入夜之时，她又很庆幸自己此时是只小红狐。像此时姬蘅就须得远远睡在巨石的另一侧来避嫌，但她就能睡在东华的身旁，而且东华果然对毛茸茸的、油亮亮的物种很喜爱，夜里寒气腾上来，她觉得受冻的时候，他也时常将她拎到怀中来帮她取一取暖。

头几天的夜里，她乖乖地依偎在东华身旁，还有点不好意思，不敢轻举妄动，后头几天，她已经不晓得不好意思几个字该怎么写，时常拿爪子去蹭东华的手，入睡时还假装没有知觉地把身体贴在东华的胸口，假如东华退后一寸，她就贴上去两寸，假如东华打算挪个地方睡，她就无耻地在睡梦中嘤嘤嘤地假哭，这一套都是她小时候未断奶时对她阿娘使的招式，她无耻地将它们全使到东华的身上，竟然也很管用。

十恶莲花境最后的一夜，天上淅淅沥沥飘了一场雨，东华用仙术化出一个透明的罩子，凤九贴在罩子上仰观雨夜，觉得很好奇，雨珠从遥遥无尽的天顶坠下，竟是翠蓝色的，蒙蒙的天幕上还有星光闪烁，衬着莹莹水光，像洪荒时从混沌中升起照亮大地的天灯。她很有感触地看了一会儿，想着明日从这个地方走出去，万一东华并不想带她回天上，说不得就有终须的一别。就算她想再神不知鬼不觉地混进太晨宫，也须得三年后。她伤感地摇头晃脑了一会儿，听着叮咚的雨声，越加感到一点孤寂，颓废地打算踱回来睡觉，一抬头却见东华已经睡熟了，银色的长发似山巅之雪，又似银月之辉，他平日里脸上有表情的时候，因偶尔闲散，故显得脸廓柔和一些，闭眼熟睡的时候，眉眼间却像是冰雕而成。

凤九眼睛一亮，顿时将那微末的伤感都忘到九霄之外，蹑手蹑脚地匍匐着爬过去，趴在东华的面前，默默地，又有点紧张地看了一小会儿，她觉得东华是真的睡着了，闭着眼睛凑上去就要亲一亲他。她早就想趁他睡着的时候对他做这样的事，只是前几夜东华在入睡之前总还要屏息打坐个一时半刻，她等不及先睡了。今夜可能是老天爷怜悯她的虔诚用心，给她掉下来这个便宜，老天爷这么向着她，她很喜欢。

但此时她是只小狐狸，要嘴唇相贴地亲一亲东华，其实有些难度。她为难地伸出舌头，比了半天，在东华的嘴唇旁快速地舔了一口，舔完迅猛地趴下装睡，眼睛却从爪子缝里往外瞟。东华没有醒过来。她候了片刻，蹭得近两分，又分别在东华的下巴和脸颊旁舔了两口，见他还是没有什么反应，她心满意足，胆子也大起来，干脆将两只前爪都撑在他的肩上，又在他的眼睫、鼻子上各舔了好几口。但是一直有点害羞，不敢往东华的嘴唇上舔。

她觉得他的嘴唇长得真是好看，颜色有些淡，看上去凉凉的，不晓得舔上去，不，她在心中神圣地将这个行为的定义上升了一个层次，是亲，不晓得他的双唇亲上去是不是也这么凉。酝酿半刻，“这就是我的初吻”，她在心中神圣又庄严地想道，神色也凝重起来，试探地将舌头沾上东华的唇。千钧一发的一瞬，一直睡得十分安好的帝君，却醒了。凤九睁大眼睛，她早就想好了此种状况，肚子里已有对策，是以并不那么惊慌，有些哀怨地想，这一定是全四海八荒最短的一个初吻。

璀璨的星光之下，翠蓝色的雨落在透明罩子上，溅起朵朵的水花，响起叮叮咚咚的调子来，像是谁在弹奏一把瑶琴。东华被她舔得满脸的口水，倒是没动什么声色，就那么瞧着她。

凤九顿了一顿，端庄地收回舌头，伸出爪子来爱惜地将东华脸上的口水揩干净，假装没有发生什么。她觉得她此时是只狐，东华不至于想得太多，假装她是个宠物在亲近主人应该就能蒙混过去，这就是她想出的对策。她一派天真地同东华对视了片刻，预测果然蒙混了过去，纵然亲东华的唇亲得不算久，没有将油水揩够，但也赚了许多，她感到很满足，打了个呵欠，软软地趴倒在地准备入睡，还无意识地朝东华的身旁蹭了蹭。罩子外雨声渐小，她迷迷糊糊地入睡，东倒西歪地翻了个身，在东华的眼皮子底下，一会儿睡成个“一”字，一会儿睡成个“人”字。

第二天一大早，凤九醒来时天已放亮，翠蓝色的雨水在罩子外头积了一个又一个水坑，几缕朝阳的光芒照上去，像宝石一样闪闪发亮，很好看。东华远远地坐在他寻常打坐的山石旁养神，姬蘅不知从哪里找到了一捆柴火，拿了一个方方正正的木料和一个尖利的石头，琢磨着钻木取火给凤九烘烤地瓜。凤九慢慢地走到姬蘅的身旁，好奇地看她准备怎么用石头来燧这个木，胃却不知怎么的有些酸胀。她打了一个嗝。姬蘅的火还没有钻出来，她已经接二连三地打了七八个嗝。姬蘅腾出一只手来摸了摸她的肚皮，胀胀的。东华许是养好了神，看着姬蘅这个一向习水系法术的拎着一个木头和一个石头不知所措，缓步走过来。

此处姬蘅正将凤九翻了一个身，打算仔细地检查一下她的症状，看见东华过来，忧心忡忡地招呼道："帝君你也过来看一看，小狐狸像是有一些状况。"凤九被摆弄得四仰八叉躺在地上，还有一些朦胧的睡意尚未消散，睁着一双迷茫的眼瞧着东华的云靴顿在她的身前，蹲下来，随着姬蘅，也摸了摸她圆滚滚的肚子。她有点脸红，摸肚子这个事，倘若在男女之间，比在脸上舔一舔之类要出格许多，一定要十分亲密的关系才能做，她的爪子有点紧张地颤了颤。

姬蘅屏住呼吸，探身问道："小狐狸它这是怎么了？该不是这个莲花境有什么浊气，它前些日又受了伤，或是什么邪气入体的症候……"

东华正捏着凤九的爪子替她把脉，道："没什么。"凤九虽然半颗心都放在了东华捏着她的手指上头，另半颗心还是关切着自己的身体，闻言静了静心。却听到这个清清冷冷的声音慢条斯理地又补充道："是喜脉。"直直地盯着她一双勉强睁大的狐狸眼，"有喜了吧。"

姬蘅手上的长木头哐当一声掉下来，正中凤九的后爪子，凤九睡意全消，震惊难当，半天才反应过来脚被砸了，嗷呜哽咽了一声，眼角痛楚得滚出两颗圆滚滚的泪花来。

东华面上的表情八风不动，一边抬手帮凤九揉方才被砸到的爪子，一边泰然地看着她，雪上添霜地补充："灵狐族的族长没有告诉你，你们这一族戒律森严，不能胡乱同人亲近的原因，因一旦同人亲近，便很容易……”

未尽的话被一旁的姬蘅结结巴巴地打断：“奴……奴还真……还真尚未听说这等……这等逸闻……”

东华眯了眯眼睛：“你也是灵狐族的？”

姬蘅摇了摇头。

东华慢悠悠地道：“非他们一族的，这样的事当然不会告知你，你自然没有听说过。”

凤九其时，却已经蒙了。她并不是灵狐一族，但此时确是披着灵狐的皮。也许承了灵狐的皮，也就承了他们一族的一些特性。她虽然一直想和东华有一些发展，但是未料到，无意间发展到了这个程度，她一时，并不是那么能够接受。

不过，既然是自己的骨肉，还是应该生下来的吧？但孩子这个东西，到底是怎么生下来的？听说养胎时还有各种需注意的事项，此种问题该向何人请教？还有，倘若这个孩子生下来，应该是跟着谁来姓，东华是没有什么姓氏的，论家族的渊源，还是应该跟着自己姓白，不过，起一个正式的学名乃是大事，也轮不到自己的头上，但是可以先给他起一个小名，小名就叫作白滚滚好不好呢？

一瞬间，她的脑海里闪过许多念头，踉跄地从地上爬起来，踉跄地走了几步想找一个地方静一静，顺便打算一下将来，一瘸一瘸的背影有点寂寥和忧郁，却没有看到东华淡漠的眼中一闪而逝的一抹笑意。

那个时候她很天真，不晓得正儿八经地要人，一直是东华一个特别的爱好和兴趣。似夜华和墨渊这种性子偏冷的，假若旁人微有冒犯，他们多半并不怎么计较。似连宋这种花花公子型的，其实很乐得别人来冒犯他，他才好加倍地冒犯回去。至于东华，他的性格稍有些许特别，但这么万万年来，倒是没几个人冒犯了他能够全身而退。

说来丢脸的是，她被东华整整骗了一个月，才晓得自己并没有因亲了他就平白地衍出一根喜脉来。这还是东华带着她回到九重天，她无意间同司命相认，用爪子连比带写地同司命求教孕期该注意些什么事项，被他晓得了前因后果，才告知她真相。她记得，那个时候司命是冷笑了的，指天发誓道："你被帝君他骗了，你能亲一亲他，肚子里就立刻揣上个小东华，我就能谁都不亲地肚子里自己长出个小司命。"她觉得司命敢用自己来发誓，说明这个誓言很真。她晓得这件事的真相，竟然还没出息地觉得有点可惜，有点沮丧。

至于据燕池悟所说，东华与后来同他生出缘分来的姬蘅的一些故事，她没有听说过。在她的记忆中，当东华一把苍何剑将十恶莲花境裂成千万残片，令锁魂玉也碎成一握齑粉的时候，他同姬蘅不过在符禹山巅客套地坐了坐，便就此分道扬镳了。

那时她还十分担心东华可能会觉得她是一只来路不明的狐，他一向好清静，不愿将她领回太晨宫，姬蘅又这么喜欢她，或许他要将她赠给姬蘅。

她这个毛茸茸的样子天生讨少女们的欢喜，又兼懂人言，就更加惹人怜爱。分手时，姬蘅果然如她所料想要讨她回去抚养。东华正在帮她拆换爪子上的纱布，闻言没有同意。凤九提心吊胆地得到他这个反应，面上虽还矜持地装作他如此回答于她不过一朵浮云，心中却高兴得要命。昂首时，瞧见美目流盼的姬蘅为了争抢她眼中蓄出了一些水汽，又有些愧疚地觉得不忍，遂在眼中亦蓄出一些模糊的水汽，做出依依不舍的模样瞧着姬蘅，想凭此宽慰她一二。

姬蘅果然心思缜密，她这微妙的表情变化立刻被她捕捉在眼中，拭了拭眼角不存在的眼泪，执意地同东华争抢她："小狐狸也想跟着奴，你瞧它得知要同奴分开，眼中蓄着水汽的模样多么可怜，既然这是小狐狸的意愿……"

凤九听着这个话的走向有点不大对头，刚要警戒地收起眼中的水汽，却已被东华拎起来。她眨巴眨巴眼睛，瞧见他一双眉微微蹙起，下一刻，自己被干脆又直接地塞进他宽大的袖子里："它一个心智还未长健全的小狐狸，懂得什么，魔族的浊气重，不适合它。"语声有些冷淡，有些疏离。

她在他袖子里挣扎地探出头，不远处恰逢两朵闲云悠悠飘来，不容姬蘅多讲什么道理，东华已带着她登上云头，轻飘飘御风走了。凤九觉得东华很冤枉她，他们九尾狐一族，因大多时以人身法相显世的缘故，恢复狐身时偶尔的确要迟钝一些，但她已经三万多岁，心智长得很健全。

她拽着东华的袖子回头目送姬蘅，听见她带着哭腔在后头追喊："帝君你尊为四海八荒一个德高望重的仙，却同奴争抢一只小狐狸，不觉十分没气量吗？你把小狐狸让奴养一养，就养一个月，不，半个月，不，就十天，就十天也不行吗……”她觉得自己小小年纪就狐颜祸水到此境地，一点不输姑姑白浅和小叔白真的风采，真是作孽。东华一定也听到了姬蘅这番话，但他御风却仍御得四平八稳，显然他并没有在意。凤九心中顿时有许多感叹，她觉得姬蘅对自己这么有情，她很承她的情，将来一定多多报答，但可见姬蘅并不了解东华，在东华的心中，风度和气量之类的俗物，他一向并不计较。

她对姬蘅的完整些的回忆，不过就到这个地方罢了。另有的一些便很零碎了，皆是姬蘅以东华待娶之妻的身份入太晨宫后的事。

她那时得知东华要娶亲的消息，一日比一日过得昏盲，成天恹恹的，不大记事，只觉得自她入太晨宫的四百年以来，这个幽静的宫殿里头一回这么忙碌，这么喜气洋洋。东华虽仍同往日一般带着她看书下棋，但在她沉重的心中，再也感觉不到这样寻常相处带给自己的快乐和满足。

姬蘅总想找机会同她亲近，还亲手做许多好吃的来讨好她。看来，自莲花境一别后从没有忘记这只她曾经喜爱过的狐，但凤九见着她亭亭的身影总是绕道走，一直躲着她。有一回她瞧见她在花园的玉石桥上端了几个烤熟的地瓜笑盈盈地向她招手，她拔腿就往月亮门跑，奔到月亮门的后头，她悄悄回头望了一眼姬蘅，瞧见她呆呆地端着那一盘烤地瓜，笑容印着将落的夕阳，十分落寞。她的心中，有一些酸楚。她躲在月亮门后许久，瞧见姬蘅亦站了许久，方才捧着那盘烤地瓜转身默默地离开。天上的红霞红得十分耀眼，她看在眼中，却有一些朦胧。

凤九后来想过，这个世上，人与人之间自有种种不同的缘分，这些千丝万缕的缘分构成这个大千世界，所谓神仙的修行，应是将神思转于己身之外，多关注身外之事和身外之人，多着眼他人的缘分，如此方能洞察红尘，不虚老天爷赐给他们神仙这个身份和雅称。譬如司命和折颜都是这样的仙，值得她学习一二。她从前却太专注自己和东华，眼中只见得小小一方天地，许多事都瞧不真切，看在他人眼中也不知有多么傻、多么不懂事。东华自然可能和姬蘅生出缘分，甚至和知鹤生出缘分，她那时身为东华身旁最亲近之人却没有瞧出这些端倪，细想其实有些丢脸。她做神仙做得比普通的凡人高明不了多少，不配做一个神仙。她在青丘反省自己反省了许多时日，在反省中细细回想过几次东华是不是真的对姬蘅生了别念，究竟是何时对姬蘅生出了此种别念，却实在回想不出，这桩事也就慢慢地被她压到了箱底。

不想两百多年后的今时今日，却在梵音谷的谷底，让当初一手造成他们三人孽缘之始的燕池悟同她解开了此惑，缘分，果然是不可思议的事。

六月初，梵音谷毒辣的日头下，小燕壮士抹一把额头上被烤出来的虚汗，目光悠然地望着远方飘荡的几片浮云，同端坐的凤九娓娓道来东华几十万年来唯一的这段情。在他看来，这是段倒霉的情。

第六章

小狐狸的伤心

这个情开初的那一段，凤九是晓得的，其时与姬蘅也还没有什么干系。

三百多年前那一日，当葳蕤仙光破开符禹之巅，东华施施然自十恶莲花境中出来时，做的第一桩事并不是去教训燕池悟，而是揣着她先回了一趟太晨宫。茫茫十三天，桫椤倾城之下，几十个仙伯自太晨宫一路直跪到一十三天门，为护锁魂玉不周而前来请罪。东华踩着茫茫青云、阵阵佛音，目不斜视地直入宫门，众仙伯自感罪责深重，恨不得以头抢地。许多都是洪荒战史中赫赫有名的战将，她念学时从图册上看到过一些。

东华特地点了整个太晨宫最细心的掌案仙官重霖来照看她，但她不想被重霖照看，她觉得东华给她换换伤药洗洗澡顺顺毛的就挺好，小爪子抓住他的衣襟不准他走。东华伸手将她拎得一臂远，她的爪子短，在半空中扑腾许久也够不着他，眼中流露出沮丧。

胆大点的两个仙婢在一旁吃吃地笑，她觉得自尊受到伤害，愤怒地瞪了她们一眼。东华淡漠的眼底也难得泛出点笑意，将她放在软榻上摸了摸她的头，她觉得这是觉得她可爱的意思，眼瞅着这个空当，打算再无耻地蹿上他的胸口。他却已经在她身周画了个圈，结起一道禁住她的结界，吩咐静立的几个奴仆：“小狐狸十分活泼，好好照看，别让它乱跑，免得爪子上的伤更严重。”

她还是想跟着他，使出撒手锏来嘤嘤嘤地假哭，还抬起爪子假模假样地擦眼泪。大约哭得不够真诚，抬眼瞄他时被抓个正着，她厚颜地揉着眼睛继续哭，他靠在窗边打量她：“我最喜欢把别人弄哭了，你再哭大声点。”她的哭声顿时哑在喉咙口。见她不哭了，他才踱步过来，伸手又顺了顺她头上的绒毛：“听重霖的话，过几天正事办完，我再到他手里来领你。”她仰头望着他，良久，屈服地、不情不愿地点了个头。

凤九记得，那时东华俯身看着她的表情十分柔和。其实如今想来，同她姑姑看戏本子或者司命看命格簿子也没有什么两样，那确然是……瞧着宠物的神情。

凤九叹了口气。都是些历历在目的往事，遥记这一别后足有三四天东华都未出现，最后是她等得不耐烦骗重霖解开了结界，待她偷溜出去寻找东华时，才半道在南天门遇到了他。此前她并不觉得这三四天里头能发生什么大事，若干年后的此时听燕池悟眉飞色舞一番言说，才晓得这几天里的事竟件件惊心动魄。

这是她、东华、姬蘅三个人的故事中，她不晓得的那后半截。

东华失踪的那几日，毫无悬念是去找小燕壮士单挑了，且毫无悬念地挑赢了。关于这一段，小燕壮士只是含糊地、有选择地略提了提，末了揉着鼻子嘁声道：“其实，按理说和老子打完了，他就该打哪儿来滚哪儿去，老子想不通他为什么要晃去白水山。”

凤九顶着一片从山石旁采下来的半大树叶，聊胜于无地遮挡头顶毒辣的日头，接口道：“大约打完架他觉得还有空，就顺便去白水山寻一寻传说中的那一对龙脑树和青……”

这个说法刺痛了小燕壮士一颗敏感且不服输的心，用忧郁而愤怒的眼神将凤九口中最后的那个“莲”字生生逼退：“老子这么个强健的体魄，看在你眼中竟是个弱不禁风的对手吗？他和老子打完架，竟还能悠闲地去游游山玩玩水赏赏花看看树吗？”

凤九默默无言地瞧他片刻，面无表情地正了正头顶的树叶：“当然不是，我是说，”她顿了顿，“他也许是去白水山找点草药来给自己疗伤。”

小燕壮士显然比较欣赏这个说法，颔首语重心长地道：“你说得对，冰块脸为了给自己找一些疗伤的草药，于是，他瞎晃到了白水山。”他继续讲这个故事，“要不怎么说老天不长眼，偏偏这个时候，姬蘅也跑去了白水山……”

诚如凤九所言，东华转去白水山，确然是为寻传说中的那两件调香圣品。白潭中长了万把年的青莲和依青莲而生的龙脑树，是白水山的一道奇景。因两件香植相依相傍而生，令莲中生木香，木中藏花息，万年来不知招了多少调香师前仆后继。

这个“仆”字，乃是因白水山本身就很险峻，加之白潭中宿着一条猛蛟，稍没些斤两的调香师前来，一概葬身潭中成了猛蛟腹中的一顿饱餐。凤九小的时候一直很想收服一条猛蛟当宠物，对这条名蛟有所听闻，是以当东华那时甫回太晨宫，漫不经意从袖子里取出烘干的一包青莲蕊和几段龙脑树脂时，她就晓得她曾经很中意的那条白水山的名蛟，怕是倒霉了。

而姬蘅前去白水山这件事，涉及赤之魔族他们一家子的一桩秘辛。

说姬蘅还很小的时候，她的哥哥赤之魔君煦旸就给她配了一个侍卫来照看她的周全。这个侍卫虽然出身不怎么好，但从小就是一副聪明伶俐的长相，在叔伯姨婶一辈中十分吃得开，最得寡居深宫的王太后的喜爱。以至于当煦旸察觉配给姬蘅这么个漂亮小童不大妥当，打算另给她择个丑点的时，首先遭到了他们老娘的激烈反对。王太后一哭二闹三上吊，还不大懂事的姬蘅也在一旁揉着眼睛瞎起哄，叫作闵酥的小侍卫一脸天真地拽着他的袖子摇：“君上，你把太后弄哭了，快去哄哄她呀。”煦旸一个头两个大。煦旸败了。煦旸从了。

后来小侍卫闵酥逐渐长开，越发出落得一表人才，煦旸看在眼中，就越发地觉得不妥。闵酥同他们一道用饭，没动富含营养的芹菜和茄子，煦旸皱着眉，觉得不妥。闵酥穿了件月白袍子，水灵得跟段葱似的，姬蘅赞赏地挨着他多说了两句话，煦旸皱着眉，觉得不妥。闵酥半夜在小花园练剑，练剑就罢了，也不晓得在一旁备张帕子揩揩汗，受了寒如何能照顾好姬蘅，煦旸皱着眉，觉得不妥。闵酥的马近日病了，出行不便，若姬蘅交给他一个长路的差使如何能利索办好，煦旸皱着眉，觉得不妥。于是煦旸下了一道旨，大意分为四点：第一，每个人每顿必须吃芹菜和茄子；第二，宫中不准拿月白的缎料做衣裳鞋袜；第三，出门练剑要准备一张帕子揩汗，没准备的将重罚；第四，宫中建一个官用马匹库，谁的坐骑病了可以打个条子借来用。果然，这个官用马匹库建好才刚把收来的马放进去，闵酥就喜滋滋地跑来领了一匹走，且近日他因坚持吃芹菜和茄子，纤细的身子骨看来壮实许多。煦旸一边觉得欣慰，一边告诉自己，这都是为了姬蘅。他感觉自己的用心很良苦。

身为魔族的七君之一，煦旸的宫务向来多且杂，每日却仍分着神来留心他妹妹和一表人才的小侍卫。今日闵酥同姬蘅说了几句话？是不是比昨天多说了两句？闵酥挨姬蘅最近时隔了几寸？是不是比昨天又挨近了一寸？一件一件，他都无微不至地关心着、忧心着。且只要有闵酥在的场合，他的眼神总要不由自主地朝他扫过去，瞧瞧他有没有对姬蘅有非分之想的端倪。但是，直到同天族议完姬蘅的婚事，定下来要将她嫁进东华帝君的太晨宫了，他想象中他们俩有私情的苗头也没有出现过，他心中不知为何，略有一丝淡淡的失望，但多年来倒是头一回觉得闵酥妥当了，觉得他这个伶俐的模样低眉顺眼起来还是有几分惹人怜爱，慢慢地，同他说话的声调儿也不由自主比往常放柔了几分。

却不知怎的，自打这之后，煦旸就瞧见闵酥时常一个人坐在小花园中默默地发呆。煦旸施施然地走到他面前，他也难得能发现他几次，倘回过神来发现了煦旸，不待煦旸说上一两句话，他像兔子一样噌地一溜烟就跑了。有一回煦旸实在好奇，待他又想遁时一把拎住了他的后衣领，谁想他竟连金蝉脱壳这一招都用上了，硬生生从煦旸手底下挣脱逃开，徒留下一件衣裳空荡荡落在他手里，轻飘飘荡在风中。煦旸握着这件衣裳，在原地站了好一会儿，觉得有点奇怪。后头好几天，煦旸都没有再见过闵酥，或者远远瞧见一个衣角像是闵酥的，定睛一看又没了，他疑心自己的眼睛最近不大好使。

煦旸从小其实很注意养生，一向有用过午饭去花园里走一走的习惯，这一日，他走到池边，远远瞧见荷塘边伏着一个人影像是几日不见的闵酥。他收声走过去，发现果然是闵酥，穿着一袭湖青衫子跟条丝瓜似的正提笔趴石案上涂涂写写什么，神情专注又虔诚。煦旸晓得闵酥自小不爱舞文弄墨，长到这么大能认得全的字不过几百个，这样的他能写出点什么来，煦旸的心中着实有点好奇，沉吟半晌，隐身到闵酥身后随意站定。

池畔荷风微凉，软宣上歪七竖八地已经躺了半篇或图或字，连起来有几句竟难得的颇具文采，像什么“夜来风色好，思君到天明”，就很有意境。煦旸这么多年虽一直不解风情，但也看出来，这是篇情诗，开篇没有写要赠给谁，不大好说到底是写给谁的。

煦旸手一抬，将那半篇情信从石案上利落地抽了起来。闵酥正咬着笔头苦苦沉思下一句，一抬头瞧见是他，脸腾地绯红，本能地劈手就要去抢，没有抢到。

和风将纸边吹得微微卷起，煦旸一个字一个字连蒙带猜地费力扫完，沉吟念了两句：“床前月光白，辗转不得眠。”停下来问他，“写给谁的？”

平时活泼得堪比一只野猴子的闵酥垂着头，耳根绯红，没有答他这个话。

煦旸了然：“写给姬蘅的？”

闵酥惊讶地抬头看了他一眼，又迅速地低下头去。

煦旸在他面前继续站了一站，瞧着他这个神似默认的姿态，慢慢地怒了。这个小侍卫居然还是喜欢上了他的妹妹，从前竟然没有什么苗头。他思忖着，难道是因过去没有遇到什么波折来激一激他？而此回自己给姬蘅定下四海八荒一等一的一门好亲，倒将他深埋多年未察的一腔情给激了出来？瞧这个模样，他一定是已经不能压抑对姬蘅的情了吧，才为她写出这么一封情信来。当然，姬蘅是多么惹人喜爱的一个孩子，无论如何是当得起这封情信的……煦旸烦乱地想了一阵，面上倒是没有动什么声色，良久，哼了一声，转身走了。

两天后，燕池悟于符禹之巅同东华单挑的消息在寂寞了很多年的南荒传开，一来二去地传到姬蘅耳朵里。姬蘅的心中顿生愧疚，在一个茫茫的雨夜不辞而别，独自跑去符禹山劝架了。姬蘅离家的后半夜，几个侍卫闯进闵酥的房中，将和衣躺在床上发呆的他三下五除二地一捆一绑，抬着出了宫门。

煦旸在水镜这头自己同自己开了一盘棋，一面琢磨着棋路，一面心不在焉地关注镜中的动向。他瞧见闵酥起初并未那么呆傻地立着任侍卫们来拘，而是伶俐地一把取过床头剑挡在身前同众人拉开阵势，待侍卫长一脸难色地道出“是君上下令将你拿往白水山思过”这个话时，他手中的宝剑才不稳地掉落在地上，哐当一声，令站着的侍卫们得着时机，蜂拥而上将他五花大绑。在闵酥束手就擒的这个过程中，煦旸听见他落寞地问侍卫长：“我晓得我犯了错，但……君上他有没有可能说的不是白水山？”侍卫长叹了一口气："君上吩咐的确然是白水山。"听到这个确认，闵酥垂着头不再说话。煦旸从各个角度打量水镜也打量不出他此刻的表情。只是在被押出姬蘅的寝宫时，煦旸瞧见他突然抬头朝他平日议政的赤宏殿望了一望，一张脸白皙得难见血色，眼神倒是很平淡。

将闵酥暂且关起来，且关在白水山，做出这个决定，煦旸也是费了一番思量。说起来，四海八荒中，最为广袤的土地就是魔族统领的南荒，次广袤的乃是鬼族统领的西荒。像九尾白狐族统领的青丘之国，下辖的以东荒为首的东南、东北、西南、西北五荒，总起来也不过就是一个南荒大。天族占的地盘是要多一些，天上的三十六天、地上的东、西、南、北四海并北荒大地都是他们辖制，不过天族的人口也的确是要多一些，且年年四海八荒神仙世界以外的凡世修仙，修得仙身之后皆是纳入天族，他们的担子也要沉一些。然而，虽然魔族承祖宗的德占据了四海八荒中最为广袤的一片大陆，方便统辖，但这块大陆上穷山恶水也着实不少，譬如白水山就是其中最为险恶的一处。来了就跑不脱的一座山，是附近的村落对这座山的定位。此山山形之陡峻，可说壁立千仞、四面斗绝，山中长年毒瘴缭绕，所生草木差不多件件含毒，长在其间的兽类因长年混迹在如此恶劣的自然环境中，脾性也变得十分暴躁凶残。谁一旦进了这座山，不愁找不到一项适合自己的死法，实乃一片自杀的圣地。是以闵酥听说煦旸要将他拘往白水山，脸色灰败成那个模样，也不是没有原因。

其实思过这等事，在哪里不是个思，煦旸千挑万选出白水山，一来是将闵酥同姬蘅分开，他觉得倘若闵酥胆敢同姬蘅表这个白，姬蘅是个多么纯洁又善良的好孩子，指不定就应了他，做成这桩王族的丑闻。二来将闵酥发往白水山，就算姬蘅从符禹山回来晓得他被罚了，本着从小一起长到大的交情要去救一救他，也没有什么门路，大约会到自己面前来闹一闹，也不是什么大不了之事，他本着一个拖字诀拖到她同东华大婚了再将闵酥放出来，这个做法很稳妥。再则闵酥自小的本领中最惹眼的就是天生百毒不侵，虽然白水山中猛兽挺多，但他身为公主的贴身侍卫连几头猛兽都降服不了也不配当公主的侍卫。怀着这个打算，煦旸轻飘飘一纸令下，将闵酥逐出了宫。闵酥隔着水镜最后望过来那一眼，望得他手中的棋子滑了，沿着桌沿一路滚下地，煦旸看出来他那双平淡的眼睛里其实有一些茫然。他捡起滑落的棋子想，闵酥自小没有出过他的丹泠宫，将他丢进白水山历练历练，也不是什么坏事。但万一闵酥回不来怎么办，他倒是没有想过。

姬蘅从符禹山回来那一夜，南荒正下着一场滂沱的大雨，闵酥被罚思过之事自然传到她的耳中。煦旸边煮茶边端坐在赤宏殿中等着她来兴师问罪，连茶沫子都饮尽了，却一直未见到她的人影。直至第二天一大早，服侍姬蘅的侍女提着裙子跌跌撞撞地一路踉跄到他的寝殿门口，他才晓得，姬蘅失踪了。当然，他也猜出来她是去白水山搭救闵酥了。他觉得此前的思量，倒是低估了他这个妹妹的义气。

而这峰回路转的一段，正是姬蘅在白潭中碰到东华帝君的真正前因。

那几日雨一直没有停过，似天河被打翻，滚滚无根水直下南荒，令人倍感压抑。所幸丹泠宫中四处栽种的红莲饱食甘霖，开出一些红灯笼一样的花盏来，瞧着喜庆些。侍卫派出去一拨又一拨，连深宫中的王太后都惊动了，却始终没有传回来关于姬蘅的消息。王太后虽然上了年纪，哭功不减当年，每顿饭都准时到煦旸的跟前来哭一场，哭得他脑门一阵一阵地疼。就在整个王宫都为姬蘅公主的失踪急得团团乱转，甚至煦旸已将他的坐骑单翼雪狮提出来，准备亲自往白水山走一趟时，这一日午后，一身紫裳的东华帝君却抱着昏迷的姬蘅出现在了丹泠宫的大门口。

许多魔族小弟其实这辈子也没想过他们能窥见传说里曾经的天地共主，所以，那一幕他们至今都还记得很深。雾霭沉沉的虚空处，无根水纷纷退去，仅留一些线丝小雨，宫门前十里红莲铺成一匹红毯，紫光明明处，俊美威仪的银发青年御风而下。红莲魔性重，受不住他磅礴仙泽的威压，紧紧收起盛开的花盏，裸出一条宽宽的青草地供他仙足履地，直通宫门。而姬蘅披散了长发，紧闭双眼，脸色苍白地躺在东华的怀中。她的模样十分孱弱，双手牢牢圈住他的脖子，身上似裹着他的外袍，露出一双纤细幼白的脚踝，足踝上还挂着几颗妖异鲜红的血珠。

白水山中这一日两夜到底发生了什么，世上除了东华和姬蘅，顶多再算上白潭中那尾倒霉的猛蛟，大约再没有人晓得。所知只是东华在丹泠宫中又待了一日，直等到姬蘅从伤中醒来，顺带供更多的魔族小弟瞻仰他难得一见的仙容。姬蘅醒来后，如恋母的初生雏鸟，对东华很是亲厚，却半个字没再提闵酥。煦旸看在眼里，喜在心中，他还是觉得闵酥关在白水山无什么大碍，他关闵酥虽令姬蘅无故赴险，却能催生出姬蘅同东华的情，这一步棋走得很妙。第三日东华离开丹泠宫时，煦旸请他去偏厅吃茶议事，一盏茶吃过，煦旸本着打铁趁热的意思，提议三个月后的吉日便将姬蘅嫁入太晨宫永结两族之好。东华应了。

燕池悟将故事讲到此处，唏嘘地叹了两口气，又絮叨地嘀咕了两句。凤九听得真切，他大意正在嘀咕若那时他伤得不是那么重，晓得姬蘅失踪去了白水山一定半道上截住她，如此一来必定没有东华什么事，该是他同姬蘅的佳缘一桩，老天爷一时瞎了眼如何如何。

凤九顶在头上的树叶被烈阳炙得半焦，在叶子底下蔫耷耷地问燕池悟："你怎么晓得东华一定就喜欢上了姬蘅？说不定他是有什么难言之隐。"

小燕将拳头捏得嘎嘣响，从牙齿缝里挤出来两个字气愤道："他敢！"更加气愤地道，"姬蘅多么冰清玉洁蕙质兰心沉鱼落雁闭月羞花美不胜收啊，一个男人，喜欢上姬蘅这样的美人居然还能说是难言之隐，"他露出森森的白牙，"他就不配被称为一个男人！"

燕池悟一介粗人，居然能一口气连说出五个文雅的成语令凤九感到十分惊诧，考虑到姬蘅在他心中举世无匹的地位，她原本要再张口，半道又将话拉了回来，默默无言把头上顶的半焦树叶扶了扶，又扶了扶。

瞧着她这个欲言又止的模样，燕池悟语重心长地叹了一口气："老子其实晓得你是怎么想的，你们妇道人家看上一个男人，一向觉得只有自己才最合适这个男人，其他人都是过眼浮云。"他诚心诚意地道，"你觉得冰块脸看不上姬蘅，老子也是可以理解，想当年老子也曾经觉得姬蘅看不上冰块脸的。”他惨然地叹一口长气，“可他们独处了一天两夜，设身处地一想，嗳，老子其实不愿意想的，多少怨偶就是要么掉进悬崖，要么流落荒岛日久独处出情来的。”他颓然地又叹一口气，“退一万步，冰块脸要是果真对姬蘅没意思，何必娶她，你们天族还有哪个有能耐拿这个婚事逼到他的头上去不成？”说完这一席话，将凤九伤得落寞垂了眼，回头来微一揣摩整套话的含义，自己也伤得不轻，哑口无言地忍着袭上心头的阵阵心痛，怅然若失地坐在地上。

凤九觉得小燕一席话说得有道理，落寞地扶着叶子沉吟了片刻，想起一事来又偏头去问燕池悟：“可我晓得，”她咳了一声，“我听说那回他们一同被困在那个什么莲花境，分手时姬蘅问东华讨要一只两人同觅得的小灵狐来养，他不是没有应她吗？若他果真很看承姬蘅就不该这么小气，这桩事有些……”

燕池悟打断她的话：“你懂什么，这是一种计策！”又循循善诱地向她道，“就好比你中意冰块脸，一定设法和他有所交集，那我问你，最自然的办法是什么？”不等她回答，已斩钉截铁地自问自答，“是借书！你借他的书看一看可见他一面，还他的书又可见一面，有借有还一来二往地就慢慢熟了，一旦熟了什么事不好办？东华他不将你说的那只灵狐让给姬蘅养，也是这个道理。依你的形容，姬蘅既然这样喜爱那只灵狐，以后为了探看它必然常去他的太晨宫，这样，不就给了他很多机会？”他皱着眉真心实意地一阵惆怅，又一阵叹息，“冰块脸这个人，机心很重啊！”

凤九往深处一想，恍然又一次地觉得燕池悟说得很对。细一回忆，当时虽然不觉得，其实姬蘅进太晨宫后东华对她着实很不同。她那时是不晓得他二人还有白水山共患难一事，记忆仍停留在符禹山头东华直拒姬蘅，是以平日相处中并未仔细留心二人之间有什么非同寻常。如今想来，原来是她没有看出深处的道理。

三百年前，太晨宫中的姬蘅是一个十分上进的少女，凤九记得，当她伴在东华脚边随他在芬陀利池旁钓鱼养神时，时常会遇到姬蘅捏着一本泛黄的古书跑来请教，此处该做何解，有什么典故，东华也愿意指点她一二。从她的眼里看出去，彼时二人并没有什么逾矩之处，但姬蘅的上进着实激励了她。东华偶尔会将自己刚校注完没来得及派人送去西天还给佛祖的一些佛经借给姬蘅看。东华很优待她。

七月夏日虚闲，这一天，元极宫的连宋君拿了个小卷轴施施然来找东华帝君，顾左右而言他半日，迂回道出近日成玉元君做生辰，欣闻近日她爱上收集短刀，自己就绘了个图，来托东华给他做个格外与众不同的。

这个与众不同，需这把短刀在近身搏斗时是把短刀，远距离搏斗又是把长剑，实力较对方悬殊太大时能生出暗器打出一些银针致人立仆，当打猎时又能将它简单一组合成为一把铁弓，除此之外，进厨房切菜时还能将它改造成一把菜刀。连宋君风度翩翩地摇着扇子，其实打的是这样的算盘：如此，成玉带着它一件就相当于带了短刀、长剑、暗器、铁弓、菜刀五件，且什么时候都能派上用场，有这样的好处，她自然要将它日日贴身地带在身边。并且，连宋还细心地考虑到，这个东西绝不能使上法术来造，必须用一种自然的奇工做成才显得新奇，送给成玉才能代表他连三殿下绝世无双的这份心意。但连三殿下的问题在于他虽然常做神器，一向擅长的却是以法力打造钟鼎一类的伏妖大器，打一个如此精巧的小短刀就有些犯愁。他想来想去，觉得要徒手做出这种变态的东西只能找东华。

凤九从东华怀中跳上摊开图卷的书桌，蹑手蹑脚转了一圈，发现这个图设计得固然精妙，有几个地方却衔得略粗糙，拆组后可能留下一些痕迹，巧夺天工四个字必然被连累得少一笔。连宋虽在四海八荒一向以风流善哄女人著称，但难免难以细致到这个程度。凤九觉得心中怦怦直跳，今日正是苍天开眼，叫她逮着一个可以显摆自己才能的时机。她觉得，她将这个图改一改，东华一定觉得她才气纵横不输姬蘅，她想到这个前景顿时激动且开心，一边默默地用爪子小心翼翼挡住图卷上两个衔接不当之处，一边唯恐连宋说着说着自己发现了。

她纯粹多虑，连宋此时正力图说动东华帮他此忙："你一向对烧制陶瓷也有几分兴趣，前几日我在北荒玄冥的地盘探到一处盛产瓷土之地，集结了海内八荒最好的土，却被玄冥那老小子保护得极严密。你帮我打造这把短刀，我将这块地的位置画给你，你找玄冥要，他不敢不给你。"

东华抬手慢悠悠地倒茶："不如我也将打这把刀的材料找给你，你自己来打？"

连宋叹气道："你也不是不晓得我同玄冥的过节，那年去他府上吃小宴，他的小夫人不幸瞧上我天天给我写情诗，对这件事他一直郁在心头。"

东华漫不经心搁了茶壶："我这个人一向不大欠他人的情，

也不喜欢用威压逼迫人。”一只手给凤九顺了顺毛，对连宋道，“你近日将府中瓷器一一换成金银玉器，再漏些口风出去，碰了瓷土瓷器全身过敏，越是上好的瓷你过敏得越厉害。今年你做生辰，玄冥他应该会上供不少他那处的上好瓷土给你。你再转给我。”

连宋看他半晌。

东华慢悠悠地喝了一口茶，抬眼看他：“有问题吗？”

连三殿下干笑着摇头：“没有问题，没有问题。”

连宋心情复杂地收起扇子离开时，已是近午，东华重捡了一个杯子倒上半杯茶放到凤九嘴边，她听话地低头啜了两口，感到的确是好茶，东华总是好吃好喝地养她，若她果真是个宠物，他倒是难得的一位好主人。东华见她仍一动不动蹲在摊开的图卷上，道：“我去选打短刀的材料，你同去吗？”见她很坚定地摇了摇头，还趁机歪下去故作假寐，东华拍了拍她的头，独自走了。

东华前脚刚出门，凤九后脚一骨碌爬起来，她已渐渐掌握用狐形完成一些高难度动作的要领，头和爪子并用将图卷费力地重新卷起来，嘴一叼甩到背上一路偷偷摸摸地跑出太晨宫，避开窝在花丛边踢毽子的几个小仙童，跑到了司命星君的府上。

她同司命不愧从小过命的交情，几个简单的爪势他就晓得她要干什么，将图卷从她背上摘下来，依照她爪子指点的那两处，用写命格的笔各自修饰一番。修缮完毕正欲将图卷卷起来，传说中的成玉元君溜来司命府上小坐，探头兴致勃勃一瞧，顿时无限感叹：“什么样的神经病才能设计出这么变态的玩意儿啊！”凤九慈悲地看了远方一眼，觉得很同情连宋。

待顶着画轴气喘吁吁地重新回到书房，东华还没有回来，凤九抱着桌子腿爬上书桌，抖抖身子将画轴抖下来摊开铺匀，刚在心中默好怎么用爪子同东华表示这图她央朋友照她的意思修了一修，不知合不合东华的意。此时，响起两声敲门声。顿了一顿，吱呀一声门开了，探入姬蘅的半颗脑袋，看见她蹲在桌子上似乎很欣喜，三步并作两步到得书桌前。凤九眼尖，瞧得姬蘅的手中又拿了一册页面泛黄的古佛经。这么喜爱读佛经的魔族少女，她还是头一回见到。

姬蘅前后找了一圈，回来摸摸她的额头，笑眯眯地问她："帝君不在？"

她将头偏开不想让她摸，纵身一跃到桌旁的花梨木椅子上。姬蘅今日的心情似乎很好，倒是没怎么和她计较，边哼着一首轻快小曲边从笔筒里找出一支毛笔来，瞧着凤九像是同她打商量："今日有一段经尤其难解，帝君又总是行踪不定，你看我给他留个字条儿可好？"凤九将头偏向一边。

姬蘅方提笔蘸了墨，羊毫的墨汁儿还未落到她找出的那个小纸头上，门吱呀一声又开了。此回逆光站在门口的是书房的正主东华帝君。帝君手中把玩着一块银光闪闪的天然玄铁，边低头行路边推开了书房门，旁若无人地走到书桌旁，微垂眼瞧了瞧握着一支笔的姬蘅和她身下连宋送来的图卷。

半晌，东华干脆将图卷拿起来打量，凤九一颗心纠结在喉咙口。果然听到东华沉吟对姬蘅道："这两处是你添的？添得不错。"寡淡的语气中难得带了两分欣赏，"我还以为你只会读书，想不到这个也会。"因难得碰上这方面的人才，还是个女子，又多夸了两句，“能将连宋这幅图看明白已不易，还能准确找出这两处地方润笔，你哥哥说你涉猎广阔，果然不虚。”姬蘅仍是提着毛笔，表情有些茫然，但是被夸奖了本能地露出有些开心的神色，挨到东华身旁探身查看那幅画轴。

凤九愣愣地看她靠得极近，东华却没避开的意思，没什么所谓地将画轴信手交给她：“你既然会这个，又感兴趣，明日起我开炉锻刀，你跟着我打下手吧。”姬蘅一向勤学上进，虽然前头几句东华说得她半明不白，后头这一句倒是听懂了，开心地道：“能给帝君打打下手，学一些新的东西，是奴的福分。”又有些担忧，“但奴手脚笨，很惶恐会不会拖帝君的后腿。”东华看了眼递给她的那幅画轴，语声中仍残存着几分欣赏：“脑子不笨一切好说。”

凤九心情复杂且悲愤地看着这一切的发生，没有克制住自己，扑过去嗷地咬了姬蘅一口。姬蘅惊讶地痛呼一声，东华一把捞住发怒的凤九，看着她龇着牙一副怒不可遏的模样，皱眉沉声道：“怎么随便咬人？还是你的恩人？”她想说才不是她的错，姬蘅是个说谎精，那幅图是她改的，才不是姬蘅改的。但她说不出。她被东华提在手中面目相对，他提着她其实分明就是提一只宠物，他们从来就不曾真正对等过。她突然觉得十分难过，使劲挣脱他的手横冲直撞地跑出书房，爪子跨出房门的一刻，眼泪啪嗒就掉了下来。一个不留神后腿被门槛绊了绊，她摔在地上痛得呜咽了一声，回头时蒙胧的眼睛里却只见到东华低头查看姬蘅手臂上被她咬过的伤势，他连眼角的余光都没有留给负气跑出来的她这只小狐狸。她其实并没有咬得那么深，她就算生气，也做不到真的对人那么坏，也许是姬蘅分外怕疼，如果她早知道说不定会咬得轻一点。她忍着眼泪跑开，气过了之后又觉得分外难过，一只狐狸的伤心就不能算是伤心吗？

其实，凤九被玄之魔君聂初寅诓走本形，困顿在这顶没什么特点的红狐狸皮中不好脱身，且在这样的困境中还肩负追求东华的人生重任，着实很不易，她也明白，处于如此险境中凡事了不得要有一些忍让，所谓舍不得孩子套不着狼，然此次被姬蘅掺和的这桩乌龙却着实过分，激发了她难得发作的小姐脾气。

她觉得东华那个举动明显是在护着姬蘅，她和姬蘅发生冲突，东华选择帮姬蘅不帮她，反而不分青红皂白地先将她训斥一顿，她觉得很委屈，落寞地耷着脑袋蜷在花丛中。

她本来打算蜷得远一些，但又抱着一线希望，觉得东华那么聪明，入夜后说不定就会省起白日冤枉了她，要来寻她道歉？届时万一找不到她怎么办？那么她还是蜷得近一些吧。她落寞地迈着步子将整个太晨宫逡巡一番，落寞地选定蜷在东华寝殿门口的俱苏摩花丛中。为了蜷得舒适一些，她又落寞地去附近的小花溪捡了些蓬松的吉祥草，落寞地给自己在花丛里头搭了一个窝。因为伤了很多心，又费神又费力，她趴在窝中颓废地打了几个呵欠，上下眼皮象征性地挣扎一番，渐渐合在一起了。

凤九醒过来的时候，正有一股小风吹过，将她头顶的俱苏摩花带得沙沙作响，她迷糊地探出脑袋，只见璀璨的星辉洒满天际，明亮得近旁浮云中的微尘都能看清，不远处的菩提往生在幽静的夜色里发出点点脆弱蓝光，像陡然长大好几倍的萤火虫无声无息地栖在宫墙上。她蹑手蹑脚地跑出去想瞧瞧东华回来没有，抬头一望，果然看见数步之外的寝殿中已亮起烛火。但东华到底有没有找过她，却让她感到很踌躇。她噌噌噌爬上殿前的阶梯，踮起前爪抱住高高的门槛，顺着虚掩的殿门往殿中眺望，想看出一些端倪。仅那一眼，却像是被钉在门槛上。

方才仰望星空，主生的南斗星已进入二十四天，据她那一点微末的星象知识，晓得这是亥时已过了。这个时辰，东华了无睡意地在他自己的寝殿中提支笔描个屏风之类无甚可说，可姬蘅为甚也在他的房中？凤九愣怔地贴着门槛，许久，没有明白得过来。

琉璃梁上悬着的枝形灯将整个寝殿照得有如白昼，信步立在一盏素屏前的紫衣青年和俯在书桌上提笔描着什么的白衣少女，远远看去竟像是一幅令人不忍惊动的绝色人物图，且这人物图还是出自她那个全四海八荒最擅丹青的老爹手中。

一阵轻风灌进窗子，高挂的烛火半明半灭摇曳起来，其实要将这些白烛换成夜明珠，散出来的光自然稳得多，但东华近几年似乎就爱这种扑朔不明的风味。

一片静默中，姬蘅突然搁了笔，微微偏着头道：“此处将长剑收成一枚铁盒，铁盒中还需事先存一些梨花针在其中做成一管暗器，三殿下的图固然绘得天衣无缝，但收势这两笔，奴揣摩许久也不知他表的何意，帝君……”话中瞧见东华心无旁骛地握着笔为屏风上几朵栩栩如生的佛桑花勾边，静了一会儿，轻声地改了称呼，“老师……”声音虽微弱得比蚊子哼哼强不了几分，倒入了东华耳中。他停笔转身瞧着她，没有反对这个称呼，给出一个字：“说。”

凤九向来觉得自己的眼神好，烛火摇曳又兼隔了整个寝殿，竟然看到姬蘅蓦然垂头时腮边腾上来一抹微弱的霞红。姬蘅的目光落在明晃晃的地面上：“奴是说，老师可否暂停笔先指点奴一二……”

凤九总算弄明白她在画什么，东华打造这类神器一向并非事必躬亲，冶铁倒模之类不轻不重的活计多半由些擅冶铸之术的仙伯代劳，此时姬蘅大约正临摹连三殿下送过来的图卷，将他们放大绘得简单易懂，方便供这些仙伯详细参阅。

晓得此情此景是个什么来由，凤九的心中总算没有那么纠结，瞧见姬蘅这么笨的手脚，一喜，喜意尚未发开，又是一悲。她喜的是，困扰姬蘅之处在她看来极其简单，她比姬蘅厉害；她悲的是，这是她唯一比得过姬蘅之处，这个功却还被姬蘅抢了。她心中隐隐生出些许令人不齿的期待，姬蘅连这么简单的事也做不好，依照东华的夙性不知会不会狠狠嘲讽她几句。她打起精神来期待地候着下文。

可出人意料的是东华竟什么也没说，只抬手接过姬蘅递过去的笔，低头在图纸上勾了两笔，勾完缓声指点：“是个金属阀门，拔下铁片就能收回剑来，连宋画得太简了。”三两句指点完又抬头看向姬蘅，“懂了？”一番教导很有耐心。

凤九没什么意识地张了张口，感到喉咙处有些哽痛。她记得偶尔她发笨时，或者重霖有什么事做得不尽如东华的意，他总是习惯性地伤害他们的自尊心。但他没有伤害姬蘅的自尊心。他对姬蘅很温柔。

幢幢灯影之下，姬蘅红着脸点头时，东华从墨盘中提起方才作画的笔，看了她一眼又道："中午那两处连宋也画得简，你改得不是很好？这两处其实没有那两处难。"

姬蘅愣了一会儿，脸上的红意有稍许褪色，许久，道："……那两处，"又顿了顿，"……想来是运气吧。"勉强堆起脸上的笑容，"但从前只独自看看书，所知只是皮毛，不及今夜跟着老师所学良多。"又有几分微红泛上脸来，冲淡了些许苍白，静寂中目光落在东华正绘着的屏风上，眼中亮了亮，轻声道，"其实时辰有些晚了，但……奴想今夜把图绘完，不至耽误老师的工期，若奴今夜能画得完，老师可否将这盏屏风赠奴，算是给奴的奖励？"

东华似乎有些诧异，答应得却很痛快，落声很简洁，淡淡道了个"好"字，正巧笔尖点到绷紧的白纱上，寥寥几笔勾出几座隐在云雾中的远山。姬蘅搁下自个儿手中的笔，亦挨在屏风旁欣赏东华的笔法，片刻后却终抵不住困意，掩口打了个呵欠。东华运笔如飞间分神道："困就先回去吧，图明天再画。"

姬蘅的手还掩在嘴边，不及放下来道："可这样不就耽误了老师的工期？"眼睛瞧着屏风，又有些羞怯，"奴原本还打算拼一拼，绘完好将这个奖励领回去……"

东华将手上的狼毫笔丢进笔洗，换了支小号的羊毫着色："一日也不算什么，至于这个屏风，画好了我让重霖送到你房中。"

其实直到如今，凤九也没闹明白那个时候她是怎么从东华的寝殿门口离开的。有些人遇到过大的打击会主动选择遗忘一些记忆，她估摸自己也属此类。所记得的只是后来她似乎又回到白天搭的那个窝里去看了会儿星星，她空白的脑子里还计较着看样子东华并没有主动找过她，转念又想到原来东华也可以有求必应，怎么对自己就不曾那样过呢？

她曾经多次偷偷幻想若有一天她能以一个神女而不是一只狐狸的模样和东华来往，更甚至若东华喜欢上她，他们会是如何相处。此前她总是不能想象，经历了这么一夜，瞧见他同姬蘅相处的种种，她觉得若真有一天他们能够在一起，也不过就是那样吧。又省起姬蘅入太晨宫原本就是来做东华的妻子，做他身边的那个人，只是她一直没有去深想这个问题罢了。

自己和东华到底还会不会有那么一天，她第一次觉得这竟变成极其渺茫的一件事。她模糊地觉得自己放弃那么多来到这人生地不熟的九重天，一定不是为了这样一个结果，她刚来到这个地方时是多么地踌躇满志。可如今，该怎么办呢，下一步何去何从，她没有什么概念，她只是感到有些疲惫，夜风吹过来也有点冷。抬头望向漫天如雪的星光，四百多年来，她第一次感到很想念千万里外的青丘，想念被她抛在那里的亲人。

今夜天色这样好，她却这样伤心。

东华不仅这一夜没有来寻她，此后的几日也没有来找过她。凤九颓废地想，他往常做什么都带着她，是不是只是觉得身边太空，需要一个什么东西陪着，这个东西是什么其实没有所谓。如今，既然有了姬蘅这样一个聪明伶俐的学生，不仅可以帮他的忙，还可以陪他说说话解个闷，他已经用不上她这只小狐狸了。

她越想越觉得是这么一回事，心中涌起一阵颓废难言的酸楚。

这几日姬蘅确然同东华形影不离，虽然当他们一起的时候，凤九总是远远地趴着将自己隐在草丛或是花丛中，但敏锐的耳力还是能大概捕捉到二人间的一些言谈。她发现，姬蘅的许多言语都颇能迎合东华的兴趣。譬如说到烧制陶瓷这个事，凤九觉得自己若能说话，倘东华将刚烧制成功的一盏精细白瓷酒具放在手中把玩,她一定只说得出这个东西看上去可以卖不少钱啊这样的话。但姬蘅不同。姬蘅爱不释手地抚摩了一会儿那盏瘦长的酒壶，温婉地笑着对东华道：“老师若将赤红的丹心石磨成粉和在瓷土中来烧制，不定这个酒具能烧出漂亮的霞红色呢。”姬蘅话罢，东华虽没什么及时的反应，但是凤九察言观色地觉得，他对这样的言论很欣赏。

凤九躲在草丛中看了一阵，越看越感到碍眼，耷拉着尾巴打算溜达去别处转一转。蹲久了腿却有些麻，歪歪扭扭地立起身子来时，被眼尖的姬蘅一眼看到，颠颠地跑过来还伸手似乎要抱起她。

凤九钦佩地觉得她倒真是不记仇，眼看纤纤玉指离自己不过一段韭菜叶的距离，姬蘅也似乎终于记起手臂上齿痕犹在，那手就有几分怯意地停在半空中。凤九默默无言地看了她一眼，又看了随姬蘅那阵小跑缓步过来的东华一眼，可恨脚还麻着跑不动，只好将圆圆的狐狸眼垂着，将头扭向一边。这副模样看上去竟然出乎意料地很温良，给了姬蘅一种错觉，原本怯在半空的手一捞就将她抱起来搂在怀中，一只手还温柔地试着去挠挠她头顶没有发育健全的绒毛。见她没有反抗，挠得更加起劲了。

须知凤九不是不想反抗，只是四个爪子血脉不畅，此时一概麻着，没有反抗的实力。同时又悲哀地联想到当初符禹山头姬蘅想要抢她回去养时，东华拒绝得多么冷酷而直接，此时自己被姬蘅这样蹂躏，他却视而不见，眼中瞧着这一幕似乎还觉得挺有趣的，果然他对姬蘅已经别有不同。

姬蘅满足地挠了好一阵才罢手，将她的小脑袋抬起来问她："明明十恶莲花境中你那么喜欢我啊，同我分手时不是还分外不舍吗？嗯，兴许你也不舍老师，但最近我和老师可以共同来养你，小狐狸你不是应该很高兴吗？"盯着她好一会儿不见她有什么反应，干脆抱起她来就向方才同东华闲话的瓷窑走。

凤九觉得身上的血脉渐渐通顺了，想挣扎着跳下来，岂料姬蘅看着文弱，箍着她的怀抱却紧实，到了一张石桌前才微微放松，探手拿过一个瓷土捏成尚未烧制的碗盆之类，含笑对她道："这个是我同老师专为你做的一个饭盆，本想要绘些什么做专属你的一个记号，方才却突然想到留下你的爪子印岂不是更有意思。"说着就要逮着她的右前爪朝土盆上按以留下她玉爪的小印。

凤九在外头晃荡了好几天的自尊心一时突然归位，姬蘅的声音一向黄莺唱歌似的好听，可不知今日为何听着听着便觉得刺耳，特别是那两句"我和老师可以共同来养你""我同老师专为你做的一个饭盆"。她究竟为了什么才化成这个模样待在东华的身旁，而事到如今她努力那么久也不过就是努力到一个宠物的位置上头，她觉得自己很没用。她原本是青丘之国最受宠爱的小神女，虽然他们青丘的王室在等级森严的九重天看来太不拘俗礼，有些不大像样，但她用膳的餐具也不是一个饭盆，睡觉也不是一个窝。自尊心一时被无限地放大，加之姬蘅全忘了前几天被她咬伤之事，仍兴致勃勃地提着她的玉爪不知死活往饭盆上按，她蓦然感到心烦意乱，反手就给了姬蘅一爪子。

爪子带钩，她忘记轻重，因姬蘅乃是半蹲地将她搂在怀中，那一爪竟重重扫到她的面颊，顷刻留下五道长长血印，最深的那两道当场便渗出滴滴血珠子来。

这一回姬蘅却没有痛喊出声，呆愣在原地，表情一时很茫然，手中的饭盆摔在地上变了形。她脸上的血珠子越集越多，眼见着两道血痕竟汇聚成两条细流，汩汩沿着脸颊淌下来染红了衣领。

凤九眼巴巴地，有些蒙了。

她隐约地觉得，这回，凭着一时的义气，她似乎，闯祸了。

眼前一花，她瞧见东华一手拿着张雪白的帕子捂在姬蘅受伤的半边脸上帮她止血，另一手拎着自己的后颈将她从姬蘅的腿上拎了下来。姬蘅似是终于反应过来，手颤抖着握住东华的袖子眼泪一滚："我、我只是想同它亲近亲近。"抽噎着道，"它是不是很不喜欢我，它、它明明从前很喜欢我的。"东华皱着眉又递给她一张帕子，凤九愣愣地蹲在地上看到他这个动作，分神想他这个人有时候其实挺细心的，那么多的眼泪淌过，姬蘅脸上的伤必定很疼吧，是应该递一张帕子给她擦擦泪。

身后窸窣地传来一阵脚步声，她也忘记回头去看看来人是谁，只听到东华回头淡声吩咐："它最近太顽劣，将它关一关。"直到重霖站到她身旁毕恭毕敬地垂首道了声"是"，她才晓得，东华口中"顽劣"二字说的是谁。

凤九发了许久的呆，醒神时东华和姬蘅皆已不在眼前，唯余一旁的瓷窑中隐约燃着几簇小火苗。小火苗一丈开外，重霖仙官似个立着的木头桩子，见她眼里梦游似的出现一点神采，叹了口气，弯腰招呼她过来："帝君下令将你关关，也不知关在何处，关到几时，方才你们闹得血泪横飞的模样，我也不好多问，"说完他又叹了口气，"先去我房中坐坐吧。"

从前她做错了事，她父君要拿她祭鞭子时她一向跑得飞快。她若不愿被关，此时也可以轻松逃脱，但她没有跑，她跟在重霖的身后茫然地走在花荫浓密的小路上，觉得心中有些空荡荡的，想要抓住点儿什么，却不知到底想要抓住什么。一只蝴蝶花枝招展地落到她面前晃了一圈，她恍惚地抬起爪子一巴掌将蝴蝶拍飞了。重霖回头来瞧她，又叹了一口气。

她在重霖的房中也不知闷了多少天，闷得越来越没有精神。重霖同她提了提姬蘅的伤势，原来姬蘅公主是个从小不能见血的体质，又文弱，即便磕绊个小伤小口都能流上半盅血，遑论结实地挨了她狠狠一爪子，伤得颇重，折了东华好几颗仙丹灵药才算是调养好，颇令人费了些神。

但重霖没有提过东华打算关她到什么时候，也没有提过为什么自关了她后他从不来看她，是不是关着关着就忘了将她关着这回事了，或者是他又淘到一个什么毛绒油亮的宠物，便干脆将她遗忘在了脑后。东华他，瞧着事事都能得他一段时日的青睐，什么钓鱼、种茶、制香、烧陶，其实有时候她模糊地觉得，他对这些事并不是真正地上心。所以她也并没有什么把握，东华他是否曾经对自己这只宠物，有过那么一寸或是半点的心。

再几日，凤九自觉身上的毛已纠结得起了团团霉晕，重霖也像是瞧着她坐立难安的模样有些不忍心，主动放她出去走走，但言语间切切叮嘱她留神避着帝君些，以免让帝君他老人家瞧见了令他徒担一个失职的罪名。凤九蔫耷耷地点了点头算是回应重霖，蔫耷耷地迈到太阳底下，抖了抖身上被关得有些暗淡的毛皮。

东华常去的那些地方是去不得的，她脑中空空，深一脚浅一脚，也不知逛到了什么地方，耳中恍惚听到几个小仙童在猜石头剪子布的拳法，一个同另一个道："先说清，这一盘谁要输了，今午一定去喂那头圆毛畜生，谁要赖谁是王八乌龟！"另一个不情不愿地道："好吧，谁要赖谁是王八乌龟。"又低声地好奇道，"可这么一头凶猛的单翼雪狮，那位赤之魔君竟将它送来说从此给姬蘅公主当坐骑，你说姬蘅公主那么一副文雅柔弱的模样，她能骑得动这么一头雪狮吗？"前一个故作老成地道："这种事也说不准的，不过我瞧着前日这头畜生被送进宫来的时候，帝君他老人家倒是挺喜欢。"

凤九听折颜说起过，东华喜欢圆毛，而且，东华他喜欢长相威猛一些的圆毛。她脑中空空地将仙童们这一席话译了一译：东华另寻到一个更加中意的宠物，如今连做他的宠物，她也没有资格了。

这四百多年来，所有能尽的力，她都拼尽全力地尽了一尽，若今日还是这么一个结果，是不是说明因缘簿子上早就写清了她同东华原本就没什么缘分？

凤九神思恍惚地沿着一条清清溪流直往前走，走了不久，瞧见一道木栅栏挡住去路，她愣了片刻，栅栏下方有一个刚够她钻过去的小豁口，她猫着身子钻过去顺着清清的溪流继续往前走。走了三两步，顿住了脚步。

旁边有一株长势郁茂的杏子树，她缩了缩身子藏在树后，沉默了许久，探出一个毛茸茸的脑袋尖儿来，幽幽的目光定定望住远处不知什么时候冒出来的一头仅长了一只翅膀的雪狮子。

雪狮子跟前，站着好几日不见的东华帝君。

园子里飘浮着几许七彩云雾，昭示此地汇盛的灵气。她这样偷偷地藏在杏子树后，偷偷地看着东华长身玉立地闲立花旁，心中不是不委屈，但也很想念他。可她不敢跑出来让他看见，她不小心伤了姬蘅，惹他动了怒，到现在也没有消气。虽然她觉得自己更加可怜一些，但现在是她追着东华，所以无论多么委屈，都应该是她去哄着他而不是他来哄她，她对自己目前处的这个立场看得很透彻。

东华脚旁搁了只漆桶，盖子掀开，漆桶中冒出几朵泛着柔光的雪灵芝。凤九晓得雪狮这种难得的珍奇猛兽只吃灵芝，但东华竟拿最上乘的雪灵芝来喂养它，这么好的灵芝，连她都没有吃过。她见他俯身挑了一朵，几步开外的雪狮风一般旋过来，就着他的手一口吞掉，满足地打了个嗝。她觉得有些刺眼，把头偏向一边，眼风里却瞧见这头无耻的雪狮竟拿头往东华手底下蹭了蹭。这一向是她的特权，她在心中握紧了拳头，但东华只是顿了片刻，反而抬手趁势顺了顺这头雪狮油亮雪白的毛皮，就像她撒娇时对她那样。

凤九觉得这几日自己发呆的时刻越来越多，这一次神游归来时，东华又不见了，雪狮也不见了。她抬起爪子揉了揉眼睛，眼前只有七彩的云雾。她觉得自己是不是在做梦，抬头时却撞到杏子树的树干，正模糊地想若方才是做梦，那自己躲到这株老树后头做什么，就听到一个懒洋洋的声音：“喂，你就是太晨宫中从前最受帝君宠爱的那只灵兽？”

凤九感到“从前”这两个字有一点刺耳，但她正在伤心和落寞中，没有精力计较。她目光涣散地顺着那语声回过头，蓦地一个激灵，清醒过来。立在她身后问她那句话的，正是方才隔得老远的单翼雪狮，它巨大的身形遮住头顶的小片日光，将她覆在树角草丛的阴影中。

雪狮垂着眼饶有兴致地看着她，依然懒洋洋道：“我听那些宫奴私下议论，说帝君从前对你如何地宠爱，还以为是只多么珍罕难见的狐，”哼笑了一声，“原来，也不过就是这么个模样。”

凤九的自尊心又被小小地刺激了一下，她垂头瞧见自己的爪子，上面的绒毛果然乱糟糟的，再看雪狮的爪子，每一根毛都亮晶晶的，似乎还在风中微微地拂动。她难堪地缩了缩爪，突然又觉得自己果然已经沦落到和一头真正的宠物争宠的地步，心中顿时无限萧瑟凄凉，掉头就打算离开。

身前的雪狮却旋风一般地封住她的退路，还抬起爪子推了她一把：“走那么快做什么？”她被推得一个趔趄，爬起来沉着眼看向挡住她路的放肆雪狮，但她忘了此时她是只狐，这样一副威怒的模样若是她人形时做出来确然威慑力十足，但这么一只小红狐怒睁着圆圆的双眼，效果着实有些勉强。

雪狮懒洋洋地眯着眼，又推了她一把：“怎么，这样就不服气了？”见她挣扎着还要爬起来，干脆一只爪子压在她心口将她钉在地上翻身不得，居高临下地看着她，“我还听说，你仗着帝君的宠爱恃宠而骄，不知好歹地伤了我的小主人姬蘅公主？”另一只爪子伸过去按住她扑腾的两只前爪，抓了一把，她两只小爪子立时冒出血珠，它瞧着她这副狼狈模样，挺开心地道：“我的小主人善良又大度，被你这只劣等杂毛伤了也不计较，不过我却不是那么好打发的，今天算你倒霉碰上了我。”

它后面的话凤九没有听得太真切，只是感到继爪子的刺痛后脸上又一热，紧接着有什么锋利的东西刺进脸颊，一钩，撕裂般的刺痛瞬间蔓延半张脸。她痛得要喊出来，觉得自己像条鱼似的拼命张开了嘴巴，但理所当然地没有发出什么声音。

雪狮缓缓抬起的爪子上沾了不少血珠，滴落在她的眼皮上。她喘息着睁大眼，感到整个视野一片血红，天边的云彩，远处白色的佛铃花，此时皆是一片绯色。眼前顶着红色毛皮的漂亮狮子似乎有些惊讶，脸上却绽出一个残忍的笑来：“果然如他们所说，你是不会说话的呀。”

凤九其实早听说过单翼雪狮的勇猛，九重天上有多少爱显摆的小神仙、老神仙想猎它们来当坐骑，这么些年也不过天君的小儿子连宋君猎到一头送给他侄子夜华君，但夜华君对坐骑之类不大有兴趣，徒将一头来之不易的灵兽锁在老天君的猎苑中随意拘着。凤九看得清自己的斤两，虽然自己的原身便是狐形，但修炼的法术皆是以人身习得，譬如许多强大的法术需手指结出印伽才能引出，她目前这个模样比起雪狮来实力着实太悬殊，不宜和它对着来。

雪狮拿爪子拍了拍她伤重的右脸，她叫不出声来分担，徒留入骨的疼痛钻进心底，不知姬蘅当初是不是这么疼，应该不会这么疼，她是无心，而且她的爪子远没有这头雪狮的锋利残忍。

狮子像是玩上瘾了，如同餍足的猫摆弄一只垂死的耗子，又拍了拍她血肉模糊的右脸："你是不是还妄想着帝君会飞奔来救你？你就是装得这么一副可怜相，从前才得了帝君的垂青吧？不过你觉得有了我这样的坐骑，帝君还有可能恢复对你的宠爱吗？我上天以来，帝君日日陪着公主来看我，却从没在我的面前提起过你这只小杂毛。我听宫奴说他已经关了你许久。"它笑起来，"对了，据我所知，帝君并没有下令将你放出来，你是怎么出来的？"

凤九深知，这种凶猛的灵兽其实爱看爪下的猎物服软，越是挣扎反抗，吃的苦头说不定越多，依如今眼前这头雪狮的残忍和兴头，依着性子折腾死她也不是没有可能。俗话说，死有轻于鸿毛者有重于泰山者，白家的子息若今日以此种方式死在此种地方，死后连牌位都没有资格祭在青丘的。

她奄奄地瘫在草地上喘着气，突然有点不明白自己好端端一个神女，为什么要跑到这人生地不熟的九重天来，还落难到这步境地。姬蘅受了委屈还有东华来护着她，还有一头忠心护主的雪狮罩着她替她报仇，可她的委屈，远在青丘的亲人甚至都不晓得。

雪狮拍打她一阵，瞧她没什么反应，果然渐渐感到无趣，哼了一声，用爪子扯下她颈间的一个小玩意儿慢悠悠地踱步走了。那东西是东华抱她回九重天后拴在她颈间的一块白玉，很配她的毛色，她从前很喜欢，也将它看得很重，等闲人摸都不要想摸。此时，这块白玉不仅被这头雪狮摸了还被抢走了，她却没有太大的反应，她只是太疼了。三个多月前十恶莲花境中她其实也受过重伤，但那时东华在她身边，她并没有觉得很疼。此时竟感到一种难言的痛苦，也说不清是身上还是心上，或者两者兼而有之。她望着天上飘移的浮云，眼睛渐渐有些干涩，几滴眼泪顺着眼尾流下来，她忍着疼痛，抬起爪子小心翼翼地避开伤处擦了擦。爱这个东西，要得到它真是太艰难了。

凤九在空旷的野地里躺了许久，她疼得连动一动都没什么力气，指望着路过的谁能怀着一颗慈悲心将她救回去涂点止疼的伤药，但日影渐渐西移，已近薄暮时分，她没有等到这个人，才想起这其实是个偏僻之地，等闲没有谁会逛到这个地方来。

九月秋凉，越是灵气聚盛之地入夜越冷，瞧着此处这灵气多得要漫出去的样子，夜里降一场霜冻下来指时可待。凤九强撑着想爬起来，试了许久使出来一丁点劲，没走两步又歪下去，折腾许久不过走出去两三丈远，她干脆匍匐状一寸一寸向前爬行，虽然还是蹭得前爪的伤处一阵一阵疼，但没有整个身子的负担，是要快一些。

眼看暮色越来越浓，气温果然一点点降下来，凤九身上一阵热一阵冷，清明的头脑也开始发昏，虽然痛觉开始麻木，让她能爬得快些，但天黑前还爬不出这个园子找到可避寒的屋舍，指不定今夜就要废在此处，她心中也有些发急。但越急越不辨方向，也不知怎么胡乱爬了一阵，扑通一声就掉进附近的溪流。她扑腾着爪子呛了几口水，一股浓重的血腥猛地蹿进喉咙口，眼前一黑，晕了过去。

据司命的说法，他老人家那日用过晚膳，剔了牙，泡了壶下界某座仙山他某个懂事的师妹进贡上来的新叶茶，搬了个马扎，打算趁着幽静的月色在自家府邸的后园小荷塘中钓一钓鱼。鱼竿刚放出去就有鱼咬钩，他老人家瞧这条鱼咬钩咬得这样沉，兴奋地以为是条百年难遇的大鱼，赶紧跳起来收竿，没想到钓上来的却是个半死不活、只剩一口气的小狐狸。这个小狐狸当然就是凤九。

凤九在司命府上住了整三日，累司命在会炼丹炼药的仙僚处欠下许多人情债讨来各种疗伤的圣药，熬成粉兑在糖水中给她吃，她从小害怕吃苦，司命居然也还记得。托这些圣药的福，她浑身的伤势好得飞快，四五日后已能下地。司命捏着他写命格的小本儿不阴不阳地不知来问过她多少次："我诚心诚意地来请教你，作为一个道行不浅的神女，你究竟是怎么才能把自己搞到这么惨一个境地的？"但她这几日没有什么精神，懒得理他。

她时不时地窝在云被中发呆，窗外浮云朵朵，仙鹤清啸，她认真地思考着这两千多年的执念是否已到了应该放弃的时候。

她真的已经很尽力。四百多年前，当司命还担着帮天上各宫室采办宫奴的差使时，她托他将她以宫女的名义弄进太晨宫，就是为了能够接近东华。怕她爹娘晓得她不惜自降身份去九重天当婢女，还特意求折颜设法将她额头上的凤羽胎记暂收掉，总之，做了十足的准备功夫。临行前，折颜还鼓励她："你这么乖巧漂亮好厨艺，东华即便是个传说很板正的神仙，能扛得过你的漂亮和乖巧，但一定扛不过你的厨艺，放心去吧，有我和你小叔做你后盾。"她便满心欢喜壮志凌云地去了。但，四百多年一日日过一月月过一年年过，虽同在一个宫殿，东华却并没有注意到她，可见一切都讲一个缘字。若果真两人有缘，就该像姑姑珍藏的话本中所说，那些少年郎君和妙龄女子就算一个高居三十六天，一个幽居十八层冥府，也能碰到。比如天突然塌了，恰巧塌掉少年郎君住的那一层，使他正好掉在妙龄女子的面前这种事，绝不至于像她和东华这样艰难。

后来她变成只狐狸，总算近到了东华的身旁。聂初寅诓走她的毛皮，提前将它们要回来虽艰难些，也不是不可能，托一托小叔白真或是折颜总能办成。但东华似乎很喜欢她狐狸的模样，他对那些来同他献殷勤的神女或仙子的冷淡，她都看在眼中，私下里她很有自知之明地觉得她同那些神女或仙子没什么不同，若是将毛皮要回来变成人形，也许东华就会将她推开，她再不能同他那么地亲近，那虚妄度过的四百多年不就是证明吗？当然，她不能永远做他的灵宠，她要告诉他，她是青丘的小神女凤九，不过，须得再等一些时候，等他们更加亲近、再更加亲近一些的时候。可谁会料到这个时刻还没有到来，却半途杀出来一个姬蘅入了太晨宫。大约，这又是一个他们无缘的例证吧。

想到此处，正迎来司命日行一善地来给她换伤药。

自她落魄以来，每每司命出现在她的眼前，总带着一些不阴不阳、怒其不幸、恨其不争的怪脾气，今日却像撞了什么大邪转了性，破天荒没拿话来讽她，一张清俊的脸严肃得堪比她板正的父君，一贯满含戏谑的丹凤眼还配合地含了几分幽幽之意。

她禁不住多看了他两眼，看得一阵毛骨悚然，往被子里缩了缩。

司命将内服的伤药放进一个紫金钵中拿药杵捣碎了，又拿来一个勺子先在勺底铺一层砂糖，将捣好的药面匀在砂糖上，在药面上再加盖一层砂糖，放到她的嘴边。

凤九疑惑地看着他。

司命幽幽地回看她："这种伤药不能兑在糖水里，服下一个时辰后方能饮水。"又从床边小几的琉璃盘中拿出个橘子剥了给她，"如果还是苦，吃个橘子解苦，听说没有什么大碍。"

凤九伸出爪子来接过橘子，低头去舔药，听到司命叹了口气，此回连语声都是幽幽的："我闲着也是闲着，去一十三天探了探你的事,听说是伤了南荒的什么公主被东华关起来了？你这个伤，不是被那个什么公主报复的吧？"

她舔药的动作顿了顿，很轻地摇了摇头。

司命又道："两日后东华大婚，听说要娶的就是被你抓伤的那个什么魔族的公主。你，打算怎么办？"

她看着爪子里的橘子发怔，她知道他们会大婚，但是没有想到这么地快。她抬起头疑惑地看向司命，有一些想问的事尚未出现在眼神中，司命却好像已读懂她的思绪："没有人找你，他们似乎都不知道你失踪了。"

她低下头去继续看爪子中连白色的经络都被剥得干干净净的橘子。

司命突然伸手抚上她的额头，他这样的动作其实有些逾矩，但抚着她冰冷额头的手却很温暖，她眼中蓄起一些泪水，愣愣地望着他。

迷茫中，她感到他的手轻轻地揉着她的额头，像是在安抚她，然后听到他问她："殿下，你是不是想回青丘了？"

她点了点头。

他又问她："两千多年的执念，你真的放得下？"

她又点了点头。

他还在问她："那你想不想见他最后一面？"

她还是点了点头。

她觉得司命的每一句都像是她自己在问着自己，像是另一个坚强的自己在强押着这个软弱的自己同这段缘分做一个最后的了结。这段情她坚持到这一刻其实已经很不容易，从前她能坚持那么久是因为东华身边没有其他人，她喜欢他是一种十分美好的固执。但既然他立刻便要成婚，变成他人的夫君，若她还是任由这段单相思拖泥带水，只是徒让一段美好感情变成令人生厌的纠缠，他们青丘的女子没有谁能容忍自己这样没有自尊。尽管她还属于年少可以轻狂的年纪，但既然已经到这个地步了，徒让自己陷得更深，今后的人生说不定也会变得不幸。还有那么长那么长的人生，怎么能让它不幸呢？

她小心翼翼地剥开橘子肉分给司命一半，眼中黑白分明得已没有泪痕。司命接过橘子，半晌，低声道："好，等你明天更好一些，我带你去见见那个人。"

在凤九的记忆中，她作为小狐狸同东华最后的这次相见，是一个略有小风的阴天。说是相见其实有些辜负了这个"相"字，只是司命使了隐身术遁入太晨宫，将她抱在怀中容她远远地看上东华一眼。

是东华常去的小园林，荷塘中莲叶田田，点缀了不少异色的莲花，其上还坐落着专为她乘凉造起来的白檀木六角亭，此时亭中伏坐的却是多日不见的姬蘅同那头单翼雪狮。

亭中的水晶桌上摊了张洒金宣，姬蘅正运笔抄写什么，那头雪狮服帖地蹲在她两步开外。凤九打了个冷战，如今她看到这头狮子反射性就感到浑身疼。

姬蘅很快地抄完一张，招手让雪狮靠近。这头本性凶狠的狮子竟然很听话，安静待姬蘅将抄满字的宣纸摊在它背上晾墨，又拿头拱了拱姬蘅的手，大约拱得姬蘅有几分痒意，咯咯笑着向亭外荷塘边随意把玩一柄短刀的东华道："看样子索萦许是饿了，雪灵芝在老师你那儿，虽然不到午饭，暂且先喂它一棵吧。"

凤九在心中记下，原来这头雪狮叫作索萦。东华的脚边果然又放着一口漆桶，揭开来仍是一桶泛着柔光的灵芝。

索萦是头好宠物，听到姬蘅的吩咐，并没像上回那样风一般地蹿到东华的跟前。它驮着背上的洒金宣步履优雅且缓慢地迈下六角亭的台阶，仰头叼走东华手中的灵芝，惹得姬蘅又一次赞叹。

凤九卧在司命的怀中，微抬眼看着不远处这一幕。放下那些执着和不甘，客观评价眼前的情景，俊美的男主人、美丽的女主人，还有一头听话的两人都喜爱的灵宠，连她都觉得这样的场景如诗如画，十分完满和谐。

园子里几株佛铃花树正值花季，铃铛般的花盏缀满枝头，风一吹，摇摇坠落。凤九在司命怀中动了动，他附在她耳边轻声道："走了吗？"

一人一狐正欲转身，一枚寒光闪电般擦过身旁的微风钉在附近的佛铃花树干上。凤九屏住呼吸，瞧见不远处颀长的紫色身影在飘零的佛铃花雨中缓步行来，那样步步皆是威仪的姿态，她从前总是跟在他的身边，并没有像现在这样认真地注意过。

她看到他移步靠近那株钉了长剑的佛铃树干，抬手拾起剑身上一片被劈开的花瓣，对着暗淡的日光，眉眼中浮出探究的神态。她想起这柄剑方才还是把短刀握在他手中，大约就是代连宋君打成的那把送给成玉元君的生辰贺礼。他这是在借佛铃花试这把剑的重量和速度。若是剑太重，速度太慢，带起的剑风必然吹走小小的佛铃花，更别说将它一劈为二。他查看了一会儿，眉眼中的专注让她觉得很熟悉，她一直觉得他这样的表情才最好看。

他抬手将长剑自树干中取出来，又漾起一树花雨，那瓣劈开的佛铃花被他随手一拂飘在风中。她伸出爪子来，小小的残缺的花瓣竟落在她的爪子里。她有些诧异，怔怔地注视手中残损的花瓣，许久后抬头，视野中只留下妙曼花雨中他渐远的背影。

她想，他们曾经离得那样近，他却没有看到她。

其实东华有什么错呢，他从不知道她是青丘的凤九，从不知道她喜欢他，也从不知道为了得到他，她付出了怎样的努力。只是他们之间没有缘分。所谓爱，并不是努力就能得到的东西，她尽了这样多的力还是没有得到，已经能够死心。虽然他们注定没有什么缘分，但她也可以再没有遗憾了。

她的脑海中响起一问一答的两个声音，又是那个软弱的自己和坚强的自己。司命揉了揉她的头，叹了口气抱着她离开，她听见脑中的那场对话私语似的停留在耳畔。

"离别很难过吧？"

“有什么好难过的，总有一天还能再见到。”

“但是，下次再见的话，就不再是用这样的心意看着他了。”

“应该珍惜的那些，我都放进了回忆中，而失去了我对他的心意，难道不该是他的损失吗？此时难过的，应该是他啊。”

但不知为何，却有眼泪滑落眼角，滴在爪心的佛铃花上，像是从残花的缺口溢出来一段浓浓悲伤。她没有忍住，再次回头，蒙眬视野中却只看到花雨似瑞雪飘摇，天地都那么静。她抬起爪子来，许久，轻轻在司命手心中写下她想问的一句话：“以后，一切都会好起来吧？”她感到他停下脚步来，良久，手再次逾矩地抚上了她的额头，回答她道：“是的，殿下，一切都会好起来的。”

第二日，九月十三，星相上说这一日宜嫁娶、祭祀、开光、扫舍，一十三天总算是迎来东华同姬蘅的大婚。这场想望中将办得空前盛大的婚事却行得十分低调，除了一十三天太晨宫中喜气一些，其余诸天皆没什么动静，果然很合东华一向的风格。

凤九原本便是打算在这一夜离开九重天，临行前她借司命府中的灶头烤了几只地瓜包起来，驮在背上悄悄往一十三天走了一遭。她把包好的地瓜搁在太晨宫门口，算是给东华大婚送上的贺礼，即便了断因缘，东华这几个月对她的照拂，她却牢牢记在心上。她没有什么好送他的，烤的这几只地瓜也不知最后能不能到他的手上，他看着它们，不知是不是能够想得起她这只小狐狸。不过，若是想不起也没有什么。明月高悬，她隐约听到宫中传来一些喜乐的丝竹声，心中竟然平静得既无悲也无喜，只是感到一种不可言明的情绪缓缓将她淹没，就像上回在拴着单翼雪狮的园子里不慎跌落园旁的小河流，却不知这情绪到底是什么。

三百多年后，再仔细将这些前事回忆一番，竟有一些恍惚不似真实之感。这也是三百年来她头一回这么细致地回想这一段令人神伤的往事，才明白情绪是一种依附细节之物。一些事，若细想，就不是那么回事，若不细想，不就是那么回事？

至于燕池悟口中所述东华这几十万年唯一陷进去的一段情，为什么是一段倒霉的情，凤九约莫也猜测出来一二。纵然东华喜欢姬蘅，甚而他二人离修成正果只差那么临门的一步，但这临门的一步终归是走岔了。传说中，大婚当夜姬蘅不知所终，顶了姬蘅穿了身红嫁衣搭个红盖头坐在喜房中的是知鹤公主。此事如此峰回路转，凤九其实早所有人一步晓得，她去太晨宫送地瓜时已被一身红衣的知鹤拦在宫墙边说了一大顿的奚落话。彼时知鹤还用一些歪理让她相信她同东华实乃有情人终成眷属，意欲狠狠伤她一伤。凤九记得有一个时刻她的确觉得此事很莫名其妙，但终归是东华的大婚，她那时还未确信东华对姬蘅有意这一层，觉得无论他是娶姬蘅还是娶知鹤，对她而言都没有什么分别，也谈不上会不会更受伤之类。她那时，无论是身上还是心上，那些伤口虽还未复原，但也不知是这一番蜕变的经历阵痛得太厉害以至于麻木，还是什么其他原因，反而再也感觉不到疼痛。

梵音谷中，烈日炙烤下偶尔可闻得几声清亮的蝉鸣，燕池悟在一旁越发说得有兴致："传闻里虽说的是新婚当夜姬蘅她不知所终了，但是老子从一个秘密的渠道里听说，姬蘅那一夜是和从小服侍她的那个小侍卫闵酥私奔了。”他哈哈大笑一阵，“洞房花烛夜，讨的老婆却跟别的男人跑了，这种事有几个人扛得住，你说冰块脸是不是挺倒霉的？”

凤九讶了一阵，她那夜离开九重天后，便再未打听过东华之事，听到燕池悟谈到姬蘅竟是如此离开，一时间倍觉讶异。但她对燕池悟所说还是有所怀疑，她尚在太晨宫时，见到姬蘅对东华的模样，全是真心实意地钦佩崇拜，或许还有一些爱慕，并不像只将他当作一个幌子，此事或许另有蹊跷也说不一定。

渐渐有些云彩压下来，日光倒是寸寸缩回去，这情形像是有雨的光景。凤九一面看了看天，一面瞧见燕池悟仍是一副笑不可抑，与她此时回忆了伤感往事后的沉重心情不可同日而语，略感扎眼，忍不住打击他一两句：“英雄你既然也喜欢姬蘅公主，她同旁人私奔又不是同你私奔，何况她虽未同东华行圆房之礼，终归二人同祭了天地，还是应算作夫妻，终归比你要强上一些，何至于如此开心。”

燕池悟面色奇异地看向她：“同祭了天地？你不是东华府中的家眷吗？奇怪，你竟不知？”

凤九愣了愣：“知道什么？”

燕池悟挠了挠头：“冰块脸并没有和姬蘅同祭天地啊，听说他养了只红狐当作灵宠，祭天前忽然想起要瞧瞧这只灵宠，命仙官们将它牵来，令旨吩咐下去，才发现这只灵宠已不知失踪多久了。”

凤九站起来打断他：“我去瞧瞧这个突出的扇形台有没有什

么路可上或可下，一直困在此处也不是办法。小燕壮士你讲了许久兴许也累了，我觉得咱们还是多想想如何自救。”

燕池悟在她身后嚷：“你不听了吗？很好听的。”两三步赶上她，仍然絮絮叨叨，“后来冰块脸急着去寻那只灵狐了，也没来得及和姬蘅行祭天礼。说来也真是不像话，他还跑来找过老子要那只走丢的狐狸，以为是老子拐了去，老子长得像是会拐一只狐狸的模样吗？要拐也是拐天上的宫娥仙女，他也忒看不起老子了。不过听说三百年来他一直在找也没有找到。老子觉得，这只狐狸多半是不在世上了吧，也不晓得是只什么样的狐狸这么得他喜爱。”

他絮絮叨叨完，抬头瞧见凤九正单脚踏在悬崖边朝下探望，脚踏的那块石头嵌在砂岩中似有些松动。他慌忙提醒道:“小心！”陡然飙高的音量让凤九吓了一跳，不留神一脚踏空。燕池悟额头上噌地冒出来两滴冷汗，直直扑了过去。

第二卷

梵音谷

这次我不会走，
睡吧小白，
醒了我们就
到家了。

第一章

比翼鸟族的宗学

凤九裹了顶毛大氅坐在东厢的窗跟前，一边哈着气取暖，一边第七遍抄写宗学里夫子罚下来的《大日经疏》。

她小的时候念学调皮，他们青丘的先生也常罚她抄一些经书，但那时她的同窗们的老爹老娘大多在她的老爹老娘手底下当差，因这个缘故，他们每天都哭着抢着地来巴结她，先生让她认的罚总是早早地就被这些懂事的同窗私下代领了。她念学念了那么多年，学塾里正儿八经的或文罚或武罚一次也没有受过。不料如今时移事易，她自认自己三万多岁也算得上有一些年纪，堂堂一个青丘的女君，此时却要在区区一个比翼鸟的宗学里头抄经受罚，也算是十分可叹的一件事。

她由此而得出两个结论：一、可见强龙不压地头蛇，老祖宗诚不欺她；二、可见一个猪一样的队友抵过十个狼一样的敌人，老祖宗再次诚不欺她。地头蛇是比翼鸟一族那个严厉的宗学夫子，而猪一样的队友，自然唯有燕池悟才配得起此响亮名头。

事情是如何走到了这一步田地，半年来凤九也时常地考虑，考虑了再考虑，只能归结于时命。

半年前，她不幸同小燕壮士落难掉至梵音谷中一处突出的崖壁，两人和和气气讲了一两刻故事后又不幸从崖壁上掉落至谷底，最后不幸砸中了长居于此谷中的比翼鸟一族的二皇子，就一路不幸到如今。

那位二皇子皇姓相里，单名一个萌字，全名相里萌，人称萌少。

因比翼鸟一族历来有未成婚男子不得单独出谷的定则，但萌少他虽未成婚却一心向往谷外的花花世界，蓄了许久时力挑了一个黄道吉日打算离家出走，没想到刚走出城门口就被从天而降的凤九给砸晕了。

燕池悟垫在凤九与萌少的中间，其时也很晕，凤九则更晕，待清醒时，二人已被拘拿往比翼鸟王宫的大殿前。王座上坐的是全族女君，也就是萌少他娘。

凤九虽诸多功课不济，所幸上古史学得好，晓得比翼鸟一族曾同他们青丘结过梁子，如今自己算掉进比翼鸟的窝里了，万不可亮出身份，给小燕使了个眼色。神经比铁杵粗的小燕盯了她半晌，未曾领教她目中真意，不过幸而原本他就不晓得她乃青丘的帝姬。

砸晕皇子之事可大可小，皇子若长久醒不来这事就算大，皇子若及时醒来一旁再有个讲情的此事亦好说。

凤九很运气，萌少醒得很及时，浇熄了座上女君作为慈母的一腔熊熊怒火。原本判二人发落至死牢，中途改往水牢押着。但这厢水牢的牢门还没拧开，却又传来令旨说是不关了，速将二人恭敬地请回上殿。

凤九一派懵懂地被簇拥至此前受审的大殿，听说方才有人急切赶至殿中替他二人讲了情。说验明他二人原是一河相隔的夜枭族的小王子并他妹妹，因仰慕邻族宗学的风采，一路游学至此地，才不幸砸晕皇子，纯属一个误会。

凤九私心里觉得这才是个误会，但女君竟然信了，可见是老天帮衬他们的运气，不可辜负了老天爷。

一番折腾后的二次上殿，殿上的女君一改片刻前金刚佛母般的怒容，和蔼又慈悲地瞧着他们，亲切又谦顺地颁下敕令：二人身份既是同盟友邻的友客，又是这样热爱学习，特赐二人入住王族的宗学，一来全了他们拳拳的好学之心，二来也方便两族幼小一辈间相互切磋云云。

比翼鸟的朝堂上，凤九原本觉得，自己虽然一向最讨厌学塾，但好歹念了万八千年学，拘出来一些恬淡性子，再重返学塾念一念书不是什么大事，忍一忍便过了，但小燕壮士如此狂放不羁之人想必是受不得宗学的束缚，怕忍不了那一忍，搞不好宁愿蹲水牢也不愿对着书本卷儿受罪。

有这么一层思虑，凤九当日当时极为忐忑，唯恐燕池悟蓦然说出什么话来使二人重陷险境。这种事，她觉得以他的智商是干得出来的。但没想到小燕当日居然十分争气，他原本神色确然不耐，上殿后目光盯着某处愣怔了一会儿，不耐的火花竟渐次湮灭，微垂着头做得反倒像是很受用女君的安排。

亏他生得秀气，文文静静立在那里，大家也看不出他是个魔君。彼时凤九沿着燕池悟的目光瞧去，两列戳在殿旁像是看热闹的臣属里头，小燕目光定定，系在一位白衣白纱遮面的姑娘身上。她不由得多看了这位姑娘两眼，因小燕的反常还特地留了心，但恕她眼拙，这个年头穿白衣的姑娘委实太多，以她本人居首，她着实没有从她身上看出什么道道来，遂收了目光作罢。

是夜，二人在比翼鸟的宗学落了脚。

初几日，凤九还时常想着要找空子逃出这一隙深谷，经多番勘察探索，却发现着实上天无路、遁地无门。若是法术在还可想一些办法，但此地怪异之处在于，仅王城内能用上法术，一旦踏出王城，即便只有半步，再高妙的术法也是难以施展。她曾经自作聪明地在城中使出瞬移术，想着移到谷外是不可能，但移到谷口也算是成功了一半。最后的结果是她同小燕从城西移到了城东某个正在洗澡的寡妇家中，被寡妇的瞎子婆婆抄着笤帚打出了门。

眼看竟像是要长久被困在此处的光景，起先的半月，凤九表现得十分焦躁，一日胜一日的焦躁中，难免想起致她被困此处的罪魁祸首——十三天的东华帝君。虽然她心中绝意要同东华划清界限，但考虑到谷外虽有众生芸芸，但只得东华一个活人晓得她掉进了这个梵音谷，她还是很渴望他能来救她的。当然，她晓得她坠谷之前曾经得罪了东华，指望他三四日内就来营救不大可能，所以她给了他一个平复缓和情绪的过渡期。她觉得若他能在一个月内出现在她面前捎她回去，他擅自将她拐来符禹之巅致她遇险的罪责，她也就大度担待了。虽然传说此梵音谷历来是六十年开一次，但她相信东华若愿意救她，总有进来的办法。

但一个月、两个月、三个月过去，她没有等到东华来救自己。

梵音谷入夜多凄清，凤九裹在蓬松的棉被中，偶尔会木然地想东华这个人未免太记仇，即便只是出于同为仙僚的情谊，难道竟丝毫不担心她这个小辈的安危？可翻个身一转念又觉得这也是说不准的事，从前做狐狸时她就晓得他一向对什么人什么事都很难认真，大约这世上，只得姬蘅一人是个例外吧。

她平日里许多时候表现得虽稳重，但毕竟年纪还没到如此看得开的境界，就东华未救她之事短暂地委屈了几日。数日后，她终于打起精神来脚踏实地地盘算，觉得既然如此，只能等六十年后梵音谷再次开谷了。其实静心瞧一瞧此处，也很不错，比她从前在太晨宫当扫地的婢子强出不知多少倍。家里头大约会找她一找，但也无须忧心，他们晓得她出不了什么大事。她想通这些，精神也好起来。

作为同落难的难友，燕池悟瞧着她兴致比前几个月高出不知多少，由衷地开心，领着她出去吃了几顿酒，又宽慰了她一些人生需随遇而安才能时时都开心的道理，将她一颗心真正在梵音谷沉定了下来。

此去，不知不觉就过了半年。

雪霁天微晴，凤九合上抄了十遍的经书，小心翼翼将洒金宣上未干的墨迹吹干，捏着四个角儿将它们叠好，盘算着明日要彬彬有礼地呈递给夫子。

她有这等觉悟着实很难得，这个夫子授他们课业时主授神兵锻造，但本人是个半吊子，只因比翼鸟一族多年不重此道才得以滥竽充数。凤九因在锻造神兵上微有造诣，课上时常提一些颇着调的题目来为难于他，从此便成了他眼中的钢钉、肉中的铁刺。凤九觉得自己命中注定这辈子不会有什么夫子缘，从她老爹为了匡她的性情第一天将她送进学塾始，她就是各种各样夫子梗在心中的一桩病。她已将此类事看得很开，关于如何当一个合格的眼中钉、肉中刺，更是早摸出了心得，着实没有觉得有什么，也一向不太搭理宗学中这位留着一把老学究山羊须的夫子。

但近来，这位夫子却掌了个大权。

梵音谷中比翼鸟的宗学每十年会有一度学子生徒的竞技，优胜者能获得种在解忧泉旁的频婆树这一年结出的鲜果。解忧泉乃梵音谷一处圣泉，生在深宫之中，泉旁相生相伴了一株频婆树，十年一开花，十年一结果，且一树唯结一果，据年成的不同结出的果子各有妙用。说来频婆树往昔也是九重天继无忧、阎浮提、菩提、龙华的第五大妙树，古昔的经书里头还有记载“佛陀唇色丹洁若频婆果”这样的妙喻，但数十万年前，这些频婆树不知为何皆不再结果，如今天地间能结出果子的树也就梵音谷这么一株，万分稀奇。且据一些小道得来的消息，今年结出的果于凡人乃有生死人肉白骨的奇效，仙者食用则可调理仙泽增进许多修为，而倘若女仙者食用还可葆容颜更加美丽青春，比九重天天后娘娘园中的蟠桃还强上许多。占出这只果的功用，连最为懒散的一位同窗都突然在一夜之间生出上进之心，这场竞技未办先火。

那位山羊须老夫子手握的大权便是此。因今年报名的生徒着实众多，若像往年直接杀进赛场断然行不通，因着实没有如此宽广的赛场。宗学便将此情况呈报给了宫中女君，女君手一挥御笔一点，令宗学的夫子先筛一遍。如此，圣恩之下谁能杀进决赛，就全仰这位山羊须老夫子一句话。这位老夫子的风头一时无两。

凤九曾寻着一个时机溜至解忧泉附近遥望过一回那棵频婆树，瞧见传说中的珍果隐在叶间闪闪发亮，丹朱之色果然有如西天梵境中佛陀嘴唇的法相。她遥遥立在远处瞧了许久，倘这枚小果果真能生死人肉白骨，有个已辞世多年的故人，她想救上一救。

既然夫子握着她能否得到频婆果的大权，她当然不能再同他对着干。他为图心中痛快罚她的经书，她也断不能再像往常一样置之一旁，该抄的还是要抄写，要顺他的意，要令他一见她就通体舒坦心中畅快。此外，她还审慎地考虑了一番，自觉以往得罪这位夫子得罪得略过，此时不仅要顺从他，还需得巴结。

但如何来巴结夫子？凤九皱着眉头将叠好的洒金宣又一一摊开来，夫子原本只罚她抄五遍《大日经疏》，她将它们抄了十遍，这便是对夫子的一种示好、一种巴结吧？但转念一想，她又感到有些忧心：这种巴结是否隐晦了一些？要不要在这些书抄的结尾写一句“祭韩君仙福永享、仙寿无疆”的话会显得更有巴结味？不，万一夫子根本没有心情将她的书抄看完不就白写了？看来还是应该把这句令人不齿的奉承话题在最前头。她重提起笔，望着窗外的积雪发了半天呆，又辗转思忖了半晌，这个老夫子的名字是叫祭韩，还是韩祭来着？

恰适逢风尘仆仆的燕池悟裹着半身风雪推门而入。他二人因在此谷中占了夜枭族王子、公主的名头，被人们看作一双兄妹，因而安置在同一院落中。这个院子起名也很有比翼鸟的族风，称作疾风院，就建在宗学的近旁。因燕池悟似乎果真忘怀姬蘅，另看上了当初于肃穆朝堂上惊鸿一瞥的白衣姑娘，下学后多在姑娘处奉承，并没有太多机会碍凤九的眼，二人同住半年，相安无事，相处颇好。

凤九探头向正整理长衫的燕池悟："你晓不晓得我们夫子叫个什么名儿？"

小燕十分惊讶："不就叫夫子吗？"兴致勃勃地凑过来，"那老匹夫竟还有个什么别的名儿？"

第二章

梵音谷中再相遇

第二日凤九赶了个大早前往学塾，想打听打听夫子究竟叫什么名讳，她着实未料到巴结人乃是如此困难的一桩事，且这位夫子的名号捂得竟比姑娘们的闺名还严实，宗学中除了燕池悟，她这半年独与二皇子相里萌交好，结果去萌少处一番打探，连萌少亦无从得知夫子他老人家的尊讳。

卯正时分，天上一轮孤月吐清辉，往常此时只有几个官门薄寒的子弟在宗学中用功，今日却远远听到学中有些吵嚷，声儿虽不大，但能发出这么一派响声儿也不是一人两人。凤九隐隐感到竟是有热闹可看，原本还有些模糊的瞌睡顿醒了大半，加紧脚下步伐，心道“早起的鸟儿有虫吃”，今日少睡一个时辰不亏。

学塾中不知谁供出几颗夜明珠照得斗室敞亮，凤九悄然闪进后门，抬眼见大半同窗竟都到了场，且各自往来忙碌，似乎是在往学堂的周围布置什么暗道陷阱。面朝课堂掐腰拎着张破图纸指挥的是萌少堂妹洁绿郡主。

凤九在一旁站了一时半刻，其间同窗三两入席，有几个同洁绿交好的上前打探，凤九听个大概。

原来今日本该九重天某位仙君莅宗学授他们茶席课，昨日下晚学时却听闻夫子言那位仙君仙务缠身此行不便，差了他身旁一位仙伯来替他，今日正好这位仙伯前来授课。洁绿她们的计划是，用这些暗道陷阱喝退那仙伯，如此她们的茶席课无人授讲，兴许天上那位仙者晓得她们待他此情深笃，会下来亲自将这门课补予她们。凤九觉得她们有这等想法实属很傻很天真。

其实凤九来宗学着实日浅，关于这位仙者的传闻只听过些许。传闻中大家出于恭敬都不提及他的名号，似乎是位很尊贵的仙者。这位尊贵的仙者据说在九重天地位极高，佛缘也极深，但从未收过什么弟子，传言当年天君有意将太子夜华送予他做关门徒亦被拒之门外，总之，是个了不得的大人物。这样了不得的大人物如此看得起他们区区一族比翼鸟，愿在他们族中讲学，虽十年才来一回且一回不过逗留一月半月，也是让阖族都觉得有面子的一件事。唯一的遗憾是他们族向来不同外族通往，以致这份大面被捂在谷中炫耀无门，令人扼腕。

凤九初听闻这位仙者的传说时，将九重天她识得的神仙从头到尾过滤一遍，得出两个人，一是东华，一是三清四御中的太清道德天尊又称太上老君。将年幼的夜华拒之门外倒的确像是东华干得出来的事，但凤九琢磨东华不是个性喜给自己找麻烦之人，来此处讲学，此处有如此多烦人的女弟子，他从前不正是因为怕了纠缠他的魔族女子才弃置魔道吗？反倒兜率宫的太上老君他老人家，瞧着像是个很趣致的老头子，不过，老君他老人家竟在梵音谷有如此多拥趸，倒是凤九未曾预料的一件事。

天色渐明，可见窗格子外山似削成，颓岚峭绿，风雪中显出几许生气。

诸学子将陷阱暗道铺设罢，喘气暂歇时正逢相里萌悠悠晃进学堂，见此景愣了一愣。凤九瞧他的模样像是要开口劝说他堂妹什么，竖着耳朵朝他们处凑了一两步。

萌少果然向着洁绿叹了口气：“本少晓得你对那位用情至深，但他知几何，可曾上心？他年纪已够做你老祖宗的老祖宗的老祖宗，你如此兴许还惹得他心烦，从此再不来我族讲学。”续叹一口长气又道，“其实他不来我族讲学于本少倒没什么，但母君届时若治你一项大罪，你兴许又会怪本少不为你说项。再则，本少前几日听说他在九重天已觅得一位良配，虽未行祭天礼，俨然已做夫人待，传他予那名女子极珍重、极有荣宠，甚有同寝共浴之事……喂喂喂喂，你哭什么，你别哭啊……”

斜前方洁绿郡主说哭就哭，一点不给她堂兄面子，可惜萌少长得一副风流相，偏偏不大会应付女人眼中的几颗水珠子，全无章法地戳在那里。

凤九转个身抬手合住方才惊落的下巴，扶一处桌子缓坐下给自己倒了杯凉茶压惊：天上风流者原应首推天君三皇子连宋，但就连连宋君也未传出与什么女子未行祭天礼便同寝共浴之事，退一万步，这种事即便做了也该捂得严严实实，倒是小觑了老君他老人家，乖乖，他老人家原来并非一个吃素的，忒率直，忒本事，忒了不得了。

凤九正在心中钦佩地咬住小手指感叹，耳中却听得洁绿郡主此时亦抽抽噎噎地放出一篇话："你存心的，你私心恋慕着青丘的帝姬思而不得，才望天下人都同你一样一世孤鸾一人独守白头，尊上他那样的高洁怎会被俗世传闻缠身，你说他如何如何，我一个字也不信。"话罢跺脚出了门。

凤九抬眼见萌少，他脸色似有泛白，方才洁绿一番话中青丘帝姬四个字她听得很真切，有些讶然，随即恍然。心道姑姑她老人家即便嫁了人依然芳帜高悬，盛名不减当年，如此偏远之地尚有少年人为她落魄神伤，真是为他们白家争光。但萌少他，同姑父比起来还是嫩了些，即便他有机缘到姑姑的跟前，姑姑也定然看不上他吧。凤九遥遥望向愣神的萌少，无限唏嘘且同情地摇了摇头，正碰见他转头向她瞟过来，视线碰在一处。

两人相视一瞬，萌少拎着前一刻还被洁绿郡主拽在手中的破图纸朝她招了招手："九歌你过来，布置暗道陷阱之类你最熟。我看洁绿这个图诸多不尽如人意处，她既然存了打算做此机关，最好是来替课的仙伯掉进陷阱中三两日也出不来再无法替课方为好。你过来看看如何重设一下？"

这一声"九歌"，凤九晓得是在唤她，她在梵音谷中借了夜枭族九公主的身份，九公主的闺名正是九歌。萌少这个堂兄做得挺不错，被堂妹如此一通编排依然很为她着想，胸襟挺博大。凤九捧着凉茶挨过去探头瞧了瞧他手中的图纸，不过是些粗糙把戏，可能害届时来授课那位倒霉仙伯淋些水摔几跤吃些石灰，依她多年同夫子们斗智斗勇斗出来的经验之谈，上不得什么台面。

她手指伸过去独点了点讲堂那处："别的都撤了吧，此处施法打口深井同城外的思行河相连，再做个障眼法儿。我担保那位一旦踩上去嗖一声落下，必定十天半月不会再出现在你我面前。”

萌少略思忖回她：“是否有些狠了？若仙伯回去后怪罪……”

凤九喝了口茶：“或者也可以考虑此处挖一个深坑，下面遍插注满神力的尖刀，待他掉落时红刀子进白刀子出就地将他做了，此乃一了百了之法。当然比之先前那个法子，抛尸是要稍麻烦些。”

萌少拎着图纸半晌：“……那还是先前那法子本少觉得要好些。”

符禹山头石磊磊、木森森，虽入冬却未染枯色，浓树遮阴，参差只见碎天。半空掠过一声仙鹤的清啸，和以一阵羽翼相振之声，一看就是座有来头的仙山。

太晨宫的掌案仙者重霖立在梵音谷的石壁跟前，万分纠结地叹了口长气。自两百多年前妙义慧明境震荡不安始，帝君每十年借讲学之名入梵音谷一次，将境中逸散的三毒浊息化净。帝君避着众仙来此谷，每一趟皆是他随扈照应，今次没有他跟着，也不晓得帝君他老人家在谷中住得惯否。

妙义慧明境的存在，除上古创世的神祇外没有几人晓得，它虽担着一个佛名，其实不是什么好地方。洪荒之始，天地如破壳的鸡子化开后，始有众仙魔居住的四海六合八荒，而后在漫长的游息中，繁育出数十亿众大千凡世。凡世中居的是凡人，但凡人因凡情而种孽根，不过百年，为数众多的凡世各自便积了不少以贪爱、嗔怪、愚痴三毒凝成的浊息。受这些厚重的浊息所扰，各凡世礼崩乐坏、战祸频发、生灵涂炭，几欲崩塌。为保凡世的无碍，东华闭关七夜在天地中另造出一个世界，以吸纳各世不堪承受的三毒浊息，就是后来的妙义慧明境。几十万年如白驹驰，因慧明境似个大罐子承了世间一应不堪承受的三毒，天地间始能呈一派宁和无事之相。

但有朝一日若妙义慧明境崩塌，将是诸人神的万劫。

重霖窃以为，不幸的是，这个有朝一日其实三百年前就来了；幸的是，帝君他老人家花了些时日将其补缀调伏，使一干神众在不知不觉中避过了一劫；更深一层的不幸是，帝君他老人家的调伏其实只是将崩溃之期延续了时日，究竟能延到几时无从可考。且这两百多年来，慧明境中的三毒浊息竟开始一点一点朝外扩散，幸而有梵音谷这处不受红尘污染的洁净地特别吸引逸散的浊息，才使得帝君不用费多少工夫先将它们收齐便能一次性净化；也幸而比翼鸟的体质特殊，这些三毒浊息不若红尘浊气那样对他们有妨害。

重霖扶着石头再叹一记。许多人误以为帝君他老人家避世太晨宫是在享着清福，当然，大部分时间他老人家的确是在享着清福，但这等关键的时刻帝君他还是很中用很靠得住的。

但今日重霖在此叹气并不只为这些天地的大事，帝君今日有个地方令他十分疑惑。因昨日西天梵境的佛陀大驾，明里同帝君论经，暗中实则在讨论着慧明境一事。他作为一个忠心且细心的仙仆感觉这等涉及天地存亡的大事，两位尊神必然要切磋许久，那么今日原定去梵音谷讲学兴许耽搁。从前也出现过原定之日帝君另有安排的境况，皆是以其他仙伯在这日代劳，于是他忠心且细心地传了个话至梵音谷中，临时替换一位仙伯代帝君讲学。但当今日他同宫中擅茶事的仙伯二人齐驾云来到符禹山巅，却瞧见帝君他老人家仙姿玉立，已站在符禹山头上，正抬手劈开一道玄光，顺着那玄光隐入梵音谷中。

重霖觉得，虽然这梵音谷着实古怪，唯有每年冬至起的两个月间，一个法力高强的仙者以外力强开此谷才不会致其为红尘浊气所污，而今日为冬至，是安全启开此谷的第一日，但也不必着急。再说帝君向来不是一个着急之人，今日后的整两个月他皆可自由出入此谷。但他老人家竟抛开尚做客太晨宫中的佛祖，不远万里地跑来符禹山，难道就为了能第一时间遁入谷中给比翼鸟一族那窝小比翼鸟讲一讲学吗？他老人家的情操有这样高洁吗？

重霖纠结地思虑半日不知因果，掉头心道：就权当帝君他这两年的情操越发地高洁了吧，同齐来的仙伯再驾上云头回了太晨宫。

比翼鸟的宗学建成迄今有万八千年余，据说造这个书院的乃是位有品位的仙者，不仅址选得好，学中的小景亦布置得上心。譬如以书斋十数余合抱的这个敞院，院中就很有情趣地添了一泓清溪。溪水因地势的高低从院东流向院西，高低不平的地势间修砌出青石铺成的小台阶，拾级或上或下都种了青槐老松，夏日里映照在水中时颇有几分禅意在里头。像冬日里，譬如此时，被积雪一裹一派银装，瞧着又是一种清旷枯寂的趣味。

凤九原本很看得上这一处的景，常来此小逛，今日却提不起什么兴致，徒袖了昨夜抄誊的几卷经书蹙眉沿溪而下。

一个时辰前她翘了茶席课溜出来寻祭韩夫子，因听闻下午第一堂课前，夫子便要宣布今年竞技可入决赛之人。她原本打算细水长流地感化夫子，但既然时间有限，那么只有下一剂猛药了。她当机立断：也许她翘课去巴结夫子可以见出她巴结他巴结得真诚，或许令他感动。但她其实也挺想瞧瞧老君他老人家派来的仙伯嗖一声掉进暗道里的风采，于是临走前同燕池悟咬了咬耳朵，嘱咐他下学时记得将其中精彩处讲给自己听。

她自以为两桩事都安排得很适合、很稳妥，但没料到平日里行踪一向十分稳定的夫子却半日找不见人影。外头风雪这样大，她四处溜达溜达得越来越没有意趣，还一刻比一刻冷。遥望学塾的方向，不晓得代课的仙伯成功掉进暗道没有，若这位仙伯很长脑子没有掉进去，自己半道折回学堂中倒是能避风，但受仙伯关于她翘课的责罚也是不可避免。她左右思量，觉得还是在外头待着。又觉得倘若不用讨好祭韩夫子，此时掏出火折子将袖中的几卷经书点了来取暖该有多好。话说回来，她抄了十卷，点上一卷应该是没有什么问题吧？

凤九正蹲在一棵老松树底下提着袖子纠结，肩上被谁拍了一拍，回头一望，小燕壮士正手握一把尖刀对着自己水葱一般的一张脸，一边正反比画着，一边面色深沉地向她道：“你看，老子是这么划一刀好，还是这么划一刀好，还是先这么划一刀再这么划一刀好，依你们妇人之见，哪一种划下去可以使老子这张脸更英气些？”

凤九表情高深地抬手隔空在他的额头上画了个“王”字：“我

感觉这种划下去要英气一些。”

小燕杀气腾腾地同她对视半晌，颓然甩刀同她蹲在老松下：“你也感觉在脸上划两刀其实并不算特别英气？”忧郁地长叹一声，“那你看老子再蓄个胡子怎么样，那种络腮胡似乎挺适合老子的这种脸型……”

燕池悟的絮叨从凤九左耳进右耳出，她欣慰于小燕近来终于悟到姑娘们不同他好乃是因他那张脸长得太过标致，但她同时也打心底里觉得，小燕要是有朝一日果真留络腮胡子，脑门上还顶一个“王”字，这个造型其实并不会比他今日更受姑娘们的欢迎。

树上两捧积雪压断枯枝，凤九打了个喷嚏，截断小燕的话头：“话说你沿途有没有见过夫子，今日他老人家不知在哪一处逍遥，累人好找。”

小燕猛回头讶然看向她：“你不晓得？”

凤九被唬得退后一步，背脊直抵向树根：“什、什么东西我该晓得？”

小燕烦恼地抓了抓头：“老子瞧你在此又颓然又落寞，还以为下学有一炷香，萌兄早就来跟你知会了这个事。”抓着头又道，“也不是什么大事，对你而言其实忧喜参半，你先看看老子这个成语用得对不对啊？你不要着急，老子一层层讲给你听，忧的一半是你设的那个暗道，该诓的人没有诓进去，倒是你一直找的夫子在引……这个属于喜事范畴了。第二层再说，就是，他引那个谁谁进来的时候不留神一脚踏空踩了下去，中了你的陷阱。”小燕顿了顿，容她反应，续道，“萌兄推测可能夫子土生土长，对当地的水路比较熟悉，也没有给你什么跑路的时间，半个时辰就从思行河里爬了出来，还扬言说要扒了你的皮。据萌兄分析他当时的脸色，这个话很有可能说得很真心。”话到此又恍然地看了她一眼，“老子还奇怪既然你晓得了此事不赶紧逃命坐在这里等甚，老子片刻前已经在心中将你定义为了一条英雄好汉，原来你是不晓得啊。”

凤九贴着树晕头转向地听小燕说清事情的来龙去脉，遥望远处一个酷似夫子的小黑点正在徐徐移进，眼皮一跳，条件反射地撒脚丫子开跑。

跑的过程中，凤九思索过停下来同暴怒的夫子讲道理说清楚这桩误会的可能性有多大，思索的结果是她决定加把劲再跑快些。

世事就是这样的难料，此时不要说还能指望巴结上夫子拿一个人竞技赛得频婆果的名额，就算她将袖中的十卷佛经三跪九叩呈上去，估摸也只能求得夫子扒她的皮时扒得轻些。

燕池悟追在凤九的后头高声提醒：“老子还没有说完，还有后半截一桩喜事你没有听老子说完——”眼风一斜也看到夫子迅速移近的身影，担心方才朝凤九的背影吼的两声暴露了她的行踪，赶紧停步换个相反方向又逼真地吼了两声，感到心满意足，自以为近日越发懂得人情世故，进步真是不容人小觑啊。

清溪的上游有一片挨着河的摩诃曼殊沙，冰天雪地中开得很艳。三界有许多种妙花，凤九对花草类不感兴趣，一向都认不全，独晓得这一片乃是摩诃曼殊沙，只因从前东华的房中常备此花用作香供。她记得片刻前从此处路过时并未见着花地中有人，此时遥遥望去，摩诃曼殊沙中却像是闲立着一个紫色的颀长人影。开初凤九觉得是自己眼花，天上地下四海八荒衷心于穿紫衣且将它穿得一表人才的，除了东华帝君不作第二人想。但东华怎可能此时出现在此地，倘若是为了救她，他既然半年前没及时前来，半年后按理更不可能来，他此时自然该是在天上不知哪一处抱本佛经垂钓更说得通些。

凤九在心中推翻这个设定的同时，脚底下不留神一滑，眼看就要栽个趔趄，幸好扶着身旁一棵枯槐颠了几颠站直了，眼风再一扫溪流斜对面生在几棵古松后的花地，果然其实没有看到什么紫衫人影。凤九哈了哈冻得冰坨子一样的手，心道今日撞邪了，打算望一望夫子他老人家有没有追上来，一回头却被拿个正着。

夫子躬着一把老腰撑在她身后数步，瞧见她后退一步又要窜逃的阵势，急中竟难得灵敏伸手一把拎住了她的袖子。凤九震惊于平日病恹恹的夫子今日竟矫捷得猴一般，不及反应，双手双脚又接连被夫子更加矫捷地套上两部捆仙索。耳中听得夫子上句道:“看你这顽徒还往哪里逃！”又听得下句道，“宗学中首要对你们的教诲就是教你们尊师重道，以你今日的作为，为师罚你蹲个水牢你不冤吧！依为师看，这里倒是有个很现成的水牢。”话间就要念法将她往溪流中抛。

被捆仙索捆着施展不出仙泽护体，没有仙泽相护，这等苦寒天在雪水中泡泡十有八九要泡得动及仙元，但凤九的个性是从小少根告饶的骨头，半空中回了句她小叔白真常用的口头禅：“爷今天运气背。”咬咬牙就预备受了。

夫子两撇山羊胡被她气得翘起，食指相扣，眼看一个折腾她进河中的法诀就要成形。此时，绑她手脚的两部捆仙索却突然松动。一个声音不紧不慢地从他们斜后方传过来："你罚她蹲了水牢，谁来给本君做饭？"

鹅绒似的大雪从清晨起就没有停歇过，皑皑雪幕中，东华帝君一袭紫袍慢悠悠地从隐着曼殊沙的两棵老松后转出来，雪花挨着他银色的发梢即刻消隐，果然是四海八荒中最有神仙味儿的仙，神仙当得久了，随处一站，带得那一处的景也成了仙境。

摩诃曼殊沙在东华脚下缓缓趋移出一条苍茫雪道来，凤九垂头看他云靴履地留下一串鞋印，直看到足印到得溪边。她定了定神，抬头瞪了东华一眼掉头就走。

半年来，凤九甚至有一回做梦，梦到她的表弟团子脚踏两个风火小轮，小肥腰别一杆红缨枪亟亟地赶来下界救她，但关于能在梵音谷中再见东华这茬，她真没想过，连做梦都没有梦到过。半刻前，她还以为自己已经不计较东华作为一个长辈却对她这个小辈见死不救的缺德事，此时瞧见活生生的东华面无愧色地出现在她面前，没来由地心间竟腾地冒出一股邪火，她怒了。

祭韩夫子今日的一副精神头全放在了对付凤九那矫捷一拿和矫捷一捆上，此时眼见这陡生的变故，腿先软了一半，双膝一盈行给帝君他老人家一个大礼。但是帝君他老人家没有看到他这个大礼，帝君他老人家去追方才被他狠狠捆了要扔冰水里泡泡的顽徒去了。夫子跪在地上寻思方才帝君金口中那句玉言的意思，是说他今日偶识得九歌这丫头，觉得她挺活泼能伺候自己，随口讨她做几日奴婢呢，还是他从前就识得她，今日见她被罚，特地转出来为她打抱不平？夫子他想到这步田地，一颗老心呼一声蹿到嗓子口，带累半条身子连着腿脚一道软了下去，乖乖，不得了。

风清雪软拂枝头，凤九晓得东华跟了上来，但她没有停步，不过三两步东华已若有所思地拦在她面前。她试着朝前走了几步，看他竟然厚脸皮地没有让开的意思，她抬头又狠狠瞪了他一眼："你是来救爷的？早半年你干什么去了？"她用鼻子重重哼了一声，"哼，今天终于想起救爷来了？告诉你，爷不稀罕了！"说完掉个头沿着溪边往回走，垂头却再一次看见东华那双暗纹的云靴，急刹住脚道，"让开让开，别挡爷的道！"

一尺相隔的东华凝目看了她半晌，忽然开口道："有趣，你是在使小性？我半年后来救你和半年前来救你有什么分别吗？"

凤九往后足跳了三丈，胸中的邪火烧得更旺，这个无耻的长辈，竟然还敢来问自己营救的时间早半年晚半年有什么分别！

凤九手指捏得嘎嘣响："你试试被人变成一张手帕绑在剑柄上担惊受怕地去决斗，决斗完了还被丢进一个悬崖见死不救半年之久，你试试！"喊完凤九突然意识到前半年怎么就觉得自己已经原谅东华了呢，这一番遭遇搁谁身上，幸存下来后都得天天扎他小人吧，顿时豪气干云地添了一句，"爷只是使个小性，没有扎你的小人那是爷的涵养好，你还敢来问爷有什么分别！"她就地掰了根枯死的老松枝，在手上比了比就地啪地折断，豪情地、应景地怒视他总结一句，"再问爷这个蠢问题，这个松枝什么下场就把你揍得什么下场！"

她觉得今天对东华这个态度总算是正常了，半年前在九重天同东华相处时她还是有所保留，总是不自觉介怀于曾经心系他心系了两千年之久，对他很客气、很内敛、很温柔，后来被他耍成那样完全是她自找。她小的时候脾气上来了，连西天梵境的佛陀爷爷都当面痛快骂过，当然没有得着什么便宜，后来被她爹请出大棍子来狠狠教训了一顿，但这才显出她青丘红狐狸凤九巾帼不让须眉的英雄本色嘛。世间有几人敢当着佛陀爷爷的面同他叫板，但是她青丘凤九做到了。世间有几人敢当着东华的面放话把他揍得跟一截断松枝似的，她青丘凤九又做到了。她顿时很敬佩自己，感到很爽很解气。但是也料想到东华大约会生气，这些大人物一向受不得一丝气，想来今日不会就这么平安了结。不过，两人对打一顿，将恩怨了清也很爽快，虽然她注定会输，会是东华将她揍得跟一截断松枝似的，那么能将对方揍得什么样，就各凭本事吧。

凤九觉得，此时自己的表情一定很不卑不亢，因她从东华无波沉潭的一双眼中看到了一丝微讶。这个凤九可以预料，她在九重天将自己压抑得太好，对东华太尊重太规矩，所以她今天不那么尊重和规矩，他需要一点时间来适应和消化一下。

东华眼中的微讶一瞬即逝。所谓一个仙，就是该有此种世间万物入耳都如泥牛入海一般淡定的情绪。

东华八风不动地又看了她一会儿，良久，道："你的意思是，你现在很愤怒，但倘若我愿意试试也变成一张帕子随你驱遣，你可能会不那么愤怒？"眉目思量间几不可察地笑了笑，"这有何难。"不及凤九反应，果真变成了一张紫色的丝帕，稳稳地落在她的脑袋上。

凤九呆住了。许久，她轻轻吹了一口气，丝帕的一角微微扬起，她心中咯噔一声：爷爷的，不是幻觉哇。

丝帕似吉祥的盖头遮住凤九的眉眼，她垂着眼睛，只能看见扑簌的细雪飘飘洒洒落在脚跟前。她踌躇地站定半天，回忆方才一席话里话外，似乎并没有暗示东华须变成一张帕子她才舒心。她刚才骂了他一顿其实已有五分解气，但要怎么才能彻底解气不计较，她自己都不晓得。东华的逻辑到底是如何转到这一步的，她觉得有点神奇。

凤九伸手将帕子从头上摘下来，紫色的丝帕比她先前变的那张阔了几倍，绣了一些花色清丽的菩提往生，料子也要好一些，闻一闻，还萦着东华惯用的白檀香气。她手一抖，眼看帕子从手上掉了下去，结果轻飘飘一转又自动回到她的手上。东华的声音平平静静响起："握稳当，别掉在地上，我怕冷。"

凤九愣怔半晌，立刻蹲下去刨了一包雪捏成个冰团包在帕子里头，包完又兴高采烈地将裹了冰团的丝帕妥善埋进雪坑中。半个时辰后，她戳了戳包着冰团被打得透湿的帕子，问道："喂，你还怕什么？"

"……"

燕池悟回到疾风院时瞧见凤九正撑起一抔炭火烤一张帕子。她什么时候绣了这么一张漂亮帕子，他还挺好奇的，但是他此时藏了一点心事，八卦的心不由得淡了很多。

凤九已经拿着这张帕子玩儿了接近一个时辰，她将他从雪地里掏出来后东华就再也没有开过口，但是她觉得男子汉一言九鼎，变成张帕子让她出气是东华主动提出来的，她原本都没有想到，那么既然他提出了这个建议，就不能辜负他的一片心意。而且，无论从哪个角度来看，她也着实没有辜负东华的心意，继在雪中埋了他半个时辰后，她又将他在冰水中泡了片刻，薄冰泡化泡得帕子软些，她还用他包着橘子肉鲜榨了一两碗橘汁，再将他铺在一个光滑的石头上用一把大刷子把橘子肉染的色儿刷掉，最后又在水里头泡了整一刻才捡起来架起炭火预备将他烘干。整个过程中，东华都没有出声，凤九觉得他很坚强。

小燕推门进来的前一刻，凤九望着烤火架上被折腾得起码掉了三成色的帕子，心中也曾隐隐地升起一丝愧疚，感到这样对待东华是不是过分了些。一转念原本还打算将他丢进油锅里炸一会儿，虽然是因家中没油了才使她放弃了这个想法，但她如果真想对他那么坏，出去买点油回来将他煎一煎也挺容易，这么一看她还是对他很不错的。她在心中说服了自己，就一心一意地烤起他来，准备等他干了后二人便冰释前嫌一笑泯恩仇吧。他们修仙嘛，讲的就是一个宽容，一个大度，一个包涵，她还是应该让他领会一下她的这些优点。

木炭噼啪爆开一个火星，燕池悟面色含愁地挪了一只马扎坐过来和凤九一同烤火，落座时从袖口摸出个纸包剥开，分了她半包瓜子。

炭火在墙壁上拉出小燕一个孤寂又凄凉的嗑着瓜子的侧影。

凤九打量他片刻，觉得小燕不愧一朵娇花，含起愁来也别有风味。他这辈子要想变得英挺，除非回娘胎里重投生一回，否则依这么个长相，就算络腮胡从下巴直长到耳朵尖，头顶上还刻个“王”字，他也依然是朵娇花。

她心中顿生同情，凑近关怀道：“小燕壮士你贵为一介壮士，此时唉声叹气是出了什么大事？”小燕一向喜欢听人叫他壮士，她觉得她这么开场，他会开心一些。

小燕悲情的神色果然松动许多，抬头正欲言却不幸被瓜子皮呛住，慌忙间抓起架上正烤着的丝帕兜嘴一阵咳嗽，瓜子皮咳出喉咙后拿丝帕一包，长舒一口气，叹道：“东华那冰块脸来梵音谷了，你晓得了吧？”

凤九默默无言地看着被他握在手中打算揩嘴后再擤擤鼻涕的紫色丝帕，打了个哆嗦，谨慎地后退一步，沉默地点了点头。

小燕长叹一声：“老子本来以为依老子如今的修为其实已经和冰块脸差不多，不，老子个人感觉可能老子还要更胜一筹。但，”小燕神色狰狞地握紧了手中的帕子，“老子过水月潭时，看到冰块脸正施用叠宙之术将梵音谷同九重天间的万里空间叠压起来……”

叠宙之术，此种法术凤九晓得，一般是一个仙者羽化前若心中有所挂念，能以最后的仙力及仙元叠压空间，使自己转瞬之间便见到挂念的人事，以圆满心中念头顺利羽化的一个仙术。乍听有些像瞬移之术，但瞬移是将仙身在瞬间传送到同一世界的千里以内之地，而叠宙却在千万里不同的世界皆可施用，原理是将彼此的空间压缩，中间仍隔着镜子般的被压缩的时空，只容双方厮见却彼此触摸不得。小燕反应这么大，凤九倒是没有料到，因这个法术于高阶的神仙其实并不那么难，无须在羽化前才使得出，但因使一次，即便高阶的神仙也很费神费力，所以不到万不得已的紧急时刻，大家都并不怎么用它。

凤九隐约觉得有处地方不大对，思索中敷衍地回小燕道：“那么定是太晨宫中出了什么紧急的要事吧。这样重大的法术，不是什么紧急要事一般不会施用。你同东华不对付，他宫中出事，你该高兴才是嘛，再说，这么一个术法我听说你也使得出来啊，还可维系个半炷香的时辰。我有个印象，似乎这个纪录在你们魔界还排第一位，天界也没有几个人超得过，恕我不明白你何至于震惊且悲到如此？”

小燕咬牙狠狠地看了她一眼，咬牙后的表情竟显得更加凄凉，良久，缓缓地道：“下棋……”

凤九道：“啥？”

小燕悲痛地将头扭向一边：“冰块脸施这个术，不过为了方便同天上老友下棋。老子刚才看见他正隔空同你们天界那个花花公子叫连什么的下围棋。”顿了顿，他颓然地道，“老子感觉老子输了。”

凤九无言地立了半晌，看小燕像是受的打击果真非同寻常，他长得这副水灵样，做出这种表情没想到竟十分惹人怜爱，她再一次被击得母性大发，就要不顾后果地伸出手去宽慰揉揉小燕乌黑的长头发，幸亏半道被残存的理智牵住，生生一顿拍在了他的肩膀上。她斟酌半晌宽慰他道：“虽然他这一项赢了你，但是他总有不如你之处，何必以己所短比他人之长？”自觉说了句应时应景的漂亮话。但没想到小燕竟是一种穷根究底的个性，此种情况下还要追问她一个：“比如呢？”

她踌躇地在心中比如了半天，退后一步，试探地道：“比如你比他长得娇艳漂亮？”小燕悲愤地随手将掌心的帕子捏个团扔到了她的脑袋上。

此时炭火再接再厉地噼啪一声又爆出个火星，被刷得有些掉色的明紫划个弧线猛然跃进眼帘时，凤九终于反应过来从方才起她就觉得不大对的地方。

良久，她从头上摘下帕子放在手中，目光炯然地扫视半晌，咬牙切齿地向小燕道：“你方才说，看到东华同连宋君下棋，是在几时来着？”

小燕茫然地看了看她手中的帕子，又茫然地看了看她：“就刚才啊，他们现在应该还在下着。我走的时候看见冰块脸还领先了一步呢。”

第三章

再遇姬蘅

凤九觉得，做神仙，适当地无耻一下并没有什么，但是，怎么可以无耻到东华这个地步呢？她捏着沦为一个罪赃的丝帕，心中被一股愤懑所激荡，急匆匆赶往水月潭，打算同东华算这笔账。

空中飘下来一些清雪，凤九在疾步中垂头又看了一眼手中的丝帕。

因她近来一向将自己定位为一个大度的、能屈能伸的仙者，于是她认为，其实就算东华不提出变成一张帕子供她出气，那么像她这样大度的仙，顶多就是在心中默默记恨他十年九载，几十年后还是很有希望原谅他的。

但他竟然欺骗于她，这个事真是是可忍孰不可忍。东华在做出此种考量的时候，难道就没有想过，倘若她发现这个骗局会记恨他一辈子吗？又或者是他觉得她根本没有识破他这个骗局的智商吧？以她对东华的了解，她觉得应该是后者，心中的愤怒瞬间更深了一层。

水月潭中遍植水月白露，乃是梵音谷的一处圣地。水月白露在传说中乃一种生三千年、死三千年的神木，亦是此潭得名的由来。这个潭虽名中带个“潭”字，其实更类于湖，潭中有水光千顷，挽出十里白露林盈盈生在水中。传说比翼鸟一族的女君尤爱此地白露树挺拔接天，常来此暂歇兼泡泡温泉，所以水月潭景致虽好，寻常却鲜有人至，颇为清净。

云水绕清雾间，凤九果然瞧见东华遥坐在一棵巨大的白露树下同人下棋，棋局就布在水面上，他身周萦了一些虚渺的仙雾。但凤九的修为着实不到层次，大约能看出被东华以叠宙术叠压的空间有些模糊，小燕口中的连宋在她眼中则只得一个白茫茫的轮廓。

白茫茫的轮廓连三殿下倒是一眼就瞧见了她，在连三殿下从良已久的心中，近来值得他关注一二的女仙除了成玉，唯有青丘的这个小帝姬。追溯到他同东华相交日起，他就没有什么印象东华对哪个同他献殷勤的女仙特别有兴趣。东华此人，似乎生来就对风月这类事超脱，连被八荒推崇在风月事上最超脱的墨渊上神，他连宋却晓得他还曾同魔族的始祖女神少绾有一段恩怨情仇。可东华许多年来，愣是一个把柄都没有被他拿捏住，让连三殿下感到很没有意思。

但，这么一个超然不动让他等六根不大净的仙者们自叹弗如仰望莫及的仙，近日却对青丘这位才三万来岁还没长开的小帝姬另眼相看，让连三殿下有段时间，一直感觉自己被雷劈了。

眼看美人含怒一副找人火并的模样已近到百来步远，连三殿下本着看好戏的心态，愉悦地一敲棋盘，兴致勃勃地提醒仍在思忖棋路的东华："刚入梵音谷你就又把白家那位帝姬得罪了？看她冲过来的模样像是恨不得拿钢刀把你斩成八段，我看今日不见血是收不了场，你又怎么惹着她了？"

连三殿下得意忘形，手中的白子一时落偏，帝君手中的黑子围杀白子毫不留情，在连宋抚额追悔时微抬头瞟了眼趋近的凤九，针对三殿下方才的那个"惹"字，极轻地叹了一口气："没什么，低估了她的智商。"

"……"

该如何同东华算这笔账，疾奔而来时凤九心中早已打好腹稿，骂他一顿显然不够解气，祭出兵器来将他砍成八段她倒是想过，但她也不是个不自量力之人，倘若果真祭出兵器，届时谁将谁砍成八段尚未可知。

不过东华变给她的这张帕子果然绣得很好看，她折腾它的时候没有瞧仔细，方才途中又仔细打量一遍，发现在它的一个角落，沿着缝制的针脚处极小地绣了一个"姬"字。看来这并不是随便变出来的一张帕子，倒像是东华随身常用的，可能是他的意中人姬蘅送给他的一张帕子。

她想起曾经她多么宝贝东华送给她、挂在她脖子上的那个白玉坠，觉得东华既然对姬蘅那样上心，那么若是她当着他的面将姬蘅送他的这张帕子糟蹋一通，他的心中一定远比被她砍成八段更感到愤怒且伤心吧。

她觉得自己想出这个点子着实很恶毒，但是越看这张丝帕越是碍眼。她纠结地想，这件龌龊事当然还是要做的，那么，就等她办成此事后回去念两遍佛经，算是自我超度一下这个龌龊的行为吧。

但是，凤九千思量万思量，万没有料到修为有限，刚踏进水月潭中，即被叠宙术叠压的空间逼出原形来。诚然，即使变成狐狸她也是只漂亮的狐狸，毛色似血玉般通红透亮，唯独四个爪子雪白，身后的九条尾巴更如同旭日东升的第一抹朝霞一般绚丽，不管喜不喜欢圆毛的都会被她这个模样迷住。但是，用这个模样去教训东华显然没有什么威势，说不定还会让他觉得非常新奇可爱。可是，就这样打道回府，她心中又很气愤难平。

眼见着东华其实已近在不远处，仿佛同连宋的那盘棋已杀完了，正坐在石凳上耐心地等着她来找自己的麻烦。他竟然这样地气定神闲，令她心中淡淡的纠结感瞬间丢到西天，拽着帕子杀气腾腾地一路小跑到他的跟前。

东华瞧见她这个模样，似乎有一瞬间的愣神。

她心中顿时一个激灵，东华的众多爱好中有一条就是喜爱圆毛，他该不会是看上她了吧？她原身时的模样一向难有人能抵挡，她小的时候有一回调皮在小叔饭中下了巴豆，害得小叔足拉了三天肚子，但她小小地亮了一下自己的原形，她小叔顿时就原谅她了，这就是一个她从小狐颜祸水的鲜活例证。

东华坐在棋桌旁，瞧着她的眼神有几分莫测和专注，像是铸一把剑，制一尊香炉，或者给一套茶具上釉彩时的神情。

此时，水月白露纤细莹白的枝丫直刺向天，月牙叶片簇拥出丰盈的翠蓝树冠，结满霜露似的白花团。一阵雪风拂过，花团盈盈而坠，未掉及水面已化作暄软白雾，湖中一群群白色的小鱼绕着树根，偶尔扑腾着跃起来。雾色缭绕中传来一阵幽远寂寞的佛音，不知谁在唱着几句经诗："须菩提，发阿耨多罗三藐三菩提心者，于一切法，应如是知，如是见，如是信解，不生法相……"

凤九觉得这个场景太缥缈，但似乎天生就很适合东华这种神仙，可他此时这么专注地看着她，她的额头上瞬间就冒出了两滴冷汗。

她想起来这个人是曾经的天地共主，按理说无论他对她做了什么缺德事，她这种做小辈的还是不可废礼，要尊敬他。

那么，她犹豫地想，她现在，到底该不该当着帝君的面蹂躏他心爱的丝帕呢？

周身仙气飘飘的东华撑腮看她这个狐狸模样半天，忽然道："你小的时候，我是不是救过你？"

她手握丝帕，猛地抬头回望他，愣了一瞬，没有点头也没有摇头。

东华竟还记得曾经救过她，让她觉得有点受宠若惊。由于九尾的红狐天上地下就她这么一只，太过珍贵，少不得许多人打她的主意，所以一向出外游玩时，她都将九条尾巴隐成一尾，这项本事她练了许多年，就算修为高深如东华者，不仔细瞧也瞧不出她原是九尾，所以当初他也不晓得救下的原是青丘的小帝姬。

那时在琴尧山中，东华于虎精口中救下她时，大约以为她是山中修行尚浅的野狐吧，将她罩在一团仙雾中护着便一走了之了。

其实也不过是两千多年前的事。两千多年过去，她的狐形并没有什么太大的变化。

但却是在许多年之后的此种境况下让东华晓得了曾经两人还有这个缘分，不晓得是她总是走快一步，还是世事总是行慢一步。

凤九蹲坐在地上，紧盯着右爪中的丝帕觉得有些为难，果然小叔说得很对，报仇这个事是一鼓作气，再而衰，三而竭之事，她奔过来时就该把帕子直接丢在东华的脸上，此时她被如此美好的景色熏陶，感觉精神境界唰地已然上升了一个层次，帕子也丢不出手了。

看她长久没有说话，东华淡淡道：“这么看来，我救过你一命，你还没有报恩，我骗你一次，你不计较就当报恩了，帕子还我，你将它折腾得掉色，我也不和你计较了。”

东华的话凤九听在耳中，不知为何就觉得分外刺耳，感觉精神境界唰地又降回来了。她垂着头：“我其实早已经报了恩。”声音小得蚊子似的。

东华怔了一怔：“什么？”

就见她忽然抬头狠狠地瞪了他一眼，语声中带了变为狐狸后特有的鼻音，恶狠狠问他：“你是不是很喜欢这个帕子？因为是姬蘅绣给你的？”话罢抬起右爪将绞在爪中的丝帕挑衅地在他眼前一招展，接着将帕子捂在鼻子上使劲擤了擤鼻涕，揉成一团咚的一声扔在他的脚下，又狠狠地瞪了他一眼转身就跑了，跑了几步，还转头回来狠狠地同他比了个鬼脸。

东华莫名地瞧着她的背影，感到她近日的确比半年前在九重天上生动活泼许多。

连宋君隐在万里之外的元极宫中看完一场好戏，作为九重天曾经数一数二的情圣，有一个疑问同东华请教，咳了一声道：“我大约也看出来问题所在，其实，你既然晓得她是因你将她变成帕子而生气，也悟了自己也变成张帕子供她蹂躏她就消气了，为什么非要弄出张假的来诓她呢？”

东华低头看了眼滚落脚边，倘若是他变的，此时就该他是这个模样掉了三个色的皱丝帕：“我又不傻。”

连宋噎了半天，道：“……诚然，你不傻。不过造成此种糟糕的境况，你若能干净利落将它处置好，我改日见着你尊称你一声爷爷。”

东华收拾棋子的手顿了一顿，若有所思地向连宋道：“听说太上老君近日炼了一种仙丹，服下即可选择性遗忘一些事，没有解药绝对再记不起来，你择日帮我找他拿一瓶吧。”

连宋嘴角抽了抽：“……你这样是否有些无耻？”

东华的棋盘已收拾毕，挺认真地想了想，简短地道：“不觉得。”又补充了一句，“下次见到我，记得叫一声爷爷。”

“……”

日前，宗学竞技赛入决赛者的名单得以公布，当中果然没有“九歌”这个名字。得知此噩耗的凤九裹了团皱巴巴的披风坐在敞开的窗户旁边散心，奈何凛冽的寒风吹不散闲愁，凤九吸着鼻子万分想不明白地向内屋的小燕道：“按理说，夫子既然晓得我同东华是旧识，我看他一向是个会做人的人，应该不用东华说什么就卖他一个面子让我入决赛，但是为什么决赛册子上却没有我的名字？是不是抄册子的人一时写漏了？”

小燕打了个喷嚏，抹着鼻子感叹道：“想不到那老匹夫竟然是个不畏强权三贞九烈之人，老子对他刮目相看了。”凤九内心里很想点醒他三贞九烈不是这个用法，但转念又觉得小燕近来热爱用成语说话越来越有文化也不失一件好事。她遥望窗外的积雪，感觉同他讨论逻辑性这么强的话题本身就是一种错误，另开了一个简单一些的话题问他：“说起东华，我们掉进梵音谷前你同他还在决斗，我原本以为仇人相见分外眼红，这几天你们总会找一天打起来……”他们一直没有打起来，她等得也有点心焦。

小燕的脸却腾地红了，抬头略有踌躇地道：“你这个，你是在担心老子吗？”他的眼中放出一种豪情的光芒，走过来拍了拍她的肩，“好妹子！虽然你曾是冰块脸宫中的人，但是这么有良心，不愧老子一向看得起你！”

凤九被他拍得往后仰了一仰，问心有愧地坐定，听他语重心长地同她解惑：“其实，冰块脸进梵音谷的第一天，老子同他狭路相逢时就互相立下了一个约定，他不干涉老子同姬蘅的来往，老子也就不找他继续雪恨了。”

凤九揉着肩膀，些许愣神道：“这同姬蘅公主有什么干系？”

小燕更愣：“难道我没有跟你说过，姬蘅她当年和那个小侍卫闵酥私奔，就是私奔到梵音谷来了吗？”他抓了抓头皮，秋花临月的一张脸上浮现一丝红晕，“其实老子也是半年前才晓得，搞了半天，姬蘅一心喜欢的闵酥原来是个女扮男装的娘儿们，而且喜欢的还是她哥哥。晓得这件事后，姬蘅受不了此种打击，同闵酥大吵一架分了，但又感觉没有脸再回魔族，就一心留在梵音谷中做起了宫廷乐师这个闲差。”

小燕的眼中放出比之方才不同的另一种光芒来，热切地向凤九道：“那时我们在朝堂上被问罪你还记得吗？虽然姬蘅脸上蒙了丝巾，但我还是一眼就认出她来了，近半年和她交往得也不错，我感觉我很有戏！”

凤九像听天外仙音一般听着这一串荒唐消息从小燕的口中跳出，脑中却只反应出，小燕壮士终于学会使用“我”这个字，这真是一种进步。

姬蘅这个人，凤九回首往事，依稀觉得她似乎已成为记忆中的一个符号，即便燕池悟说他们曾在比翼鸟的朝堂上同她有过一面之缘，她也不能立刻将那亭亭而立的白衣女子同“姬蘅”这两个字联系起来。

提起姬蘅，其实凤九的心情略有复杂，这个人同知鹤不同，不能单纯地说讨厌她与否，就算因了东华，她对她十分有偏见，但也不可因偏见否定这个人曾经对自己的好。凤九依然记得，十恶莲花境中姬蘅对她的爱护不是假的，当然，九重天上她无意对自己的伤害也不是假的，不过自己也伤害了她，算是扯平了。

她从来没有觉得自己当年对东华的放手是对他们的一种成全，但她也没有想过姬蘅会在大婚这一天放东华的鸽子，从这个层面来说，她内心里着实有几分佩服姬蘅。不过兜兜转转，他们二人在这个梵音谷中又得以重逢，有这种缘分实在感天动地。站在一个旁观者的角度，若东华事到如今仍然喜欢姬蘅，那他们二人在一起也是一桩佳话，毕竟连四海八荒渠道最多、消息面最广的小燕都说过，姬蘅是东华这么多年唯一的一段情，不能因为她凤九同东华没有什么缘分，就私心希望东华一生都孤寂一人才好，这种小娘儿们的思想，也不是她青丘凤九作为一荒之君的气度。

她心中有了这样的思虑，顿时觉得风轻云淡、天地广阔，对自己这么顾全大局顿生几分敬佩。

不过，一码归一码，东华作为一个长辈，随意将她这个小辈丢弃在谷中遇险之事依然不可原谅，这一码她觉得她还是应该继续记恨下去的。

但这些，其实都并不那么重要，此时，更加重要的烦心事是另一件——她未入宗学的决赛，那么，如何才能得到只奖给优胜者的频婆果呢？得不到频婆果，如何才能救叶青缇呢？难不成，只有偷了？偷，其实也未尝不是一种办法，那么，要不要把小燕拖下水一起去做这件危险但是有意义的事情呢？她考虑了一瞬，觉得保险起见，死都要把他拖下水。

但是，能偷到频婆果并不是一件容易的事，这棵树虽然表面像是无人看管，但据相里萌的内线消息，树四周立的那四块华表，若谁信了它们果真是华表谁就是天下第一号傻子。其实四块巨大的华表里头各蹲了一尾巨蟒，专为守护神树，若是探到有人来犯，不待这个人走近伸手触到果子皮，咔嚓一声，它们就将他的脖子咬断了。相里萌在同她讲到这一段时，抬手做了个拧脖子的手势，同时一双细长的丹凤眼中还扫过一星寒芒，让凤九的背脊上顷刻起了一层鸡皮疙瘩，深刻地感受到了这件事情的危险性。

凤九考虑，虽然他们二人中有个小燕法术高强，但尚未摸清这四尾巨蟒的底细，若是让小燕贸然行动被巨蟒给吞了……她思考到这里时还正儿八经地端详了小燕一阵，瞧着唇红齿白的他一阵惆怅，觉得要是被巨蟒吞了，他长得这么好看也真是怪可惜的。

凤九打定主意要想出一个周全的计策。

她绞尽脑汁地冥想了三天。

直到第三天的晨曦划过远山的皑皑瑞雪，她依然没有冥想出什么名堂来，却听说一大早有一堂东华的茶席课，课堂就摆在水月潭中。凤九的第一反应觉得该翘课，用罢早饭略冷静了些，又觉得她其实没有欠着东华什么，躲着他没有道理，沉思片刻，从高如累石的一座书山中胡乱抽了两个话本小册，瞧着天色，熟门熟路地逛去了水月潭。

茶席课这门课，授的乃是布茶之道。在凤九的印象中，凡事种种，只要和“道”这个字沾上边，就免不了神神道道。但有一回她被折颜教训，其实所谓神道，乃是一种细致，对细节要求尽善尽美，是品位卓然和情趣风雅的体现。不过，东华的神道，显然并非为了情趣与品位，她一向晓得，只因他着实活得太长久，人生中最无尽的不过时间，所以什么事情越花时间越要耐心他就越有兴趣。譬如为了契合“境界”这两个字，专门将这堂茶席课摆到水月潭中，且让一派冬色的水月潭在两三日间便焕发浓浓春意。其实说真的，在他心中境界这个东西又值得几斤几两，多半是他觉得这么一搞，算是给自己找了件事做好打发时间吧。这一点上，她将东华看得很透。

但凤九今日记错了开课的时辰，破天荒竟然来得很早。

水月潭中杳无人迹，只有几尾白鱼偶尔从潭中跃起，扰出三两分动静。凤九凝望着水月白露的树梢上新冒出来的几丛嫩芽，打了个呵欠，方圆十里冰消雪融，春风拂面。她没有别的事情可做，几个呵欠后理所当然地被浓浓春意拂出瞌睡来，一看时辰似乎仍早，绕着潭边溜达了一圈，拣了处有大树挡风又茂盛柔软的花地，打算幕天席地地再睡个回笼觉，顺便继续思索如何顺利盗取频婆果这桩大事。

但躺下不足片刻，就听到一阵脚步声渐近。耳中飘进那个声音时，凤九以为尚在梦中还没有醒来，恍惚好一阵才想起自己刚躺下没有多久根本来不及入睡。这个声音的主人，在回忆中想起她时只觉得她已成为一个微不足道的符号，现在才晓得符号要逼真也不过就是一瞬间的事。声音的主人正是姬蘅，莺啼婉转与三百多年前毫无变化。凤九不明白为何她的面目身形都在记忆中模糊，唯独声音让自己印象如此深刻，深刻得姬蘅她刚一喊出“老师”这两个字，她就晓得是她。

既然姬蘅喊了一声老师，来人里头的另一位自然该是东华。

凤九小心地翻了一个身，听到几声窸窣的脚步后，姬蘅接替着方才的那个称呼续道：“老师今次是要煮蟹眼青这味茶吗？那么奴擅自为老师选这套芙蓉碧的茶器做配吧。虽然老师一向更爱用黑釉盏，显得茶色浓碧些，但青瓷盏这种千峰翠色衬着蟹眼青的茶汤，奴以为要平添几分雅淡清碧，也更加映衬今日的春色些。”

东华似乎“嗯”了一声，纵然算不得热烈的反应，但凤九晓得他能在检视茶具中分神来“嗯”这一声，至少表示他觉得姬蘅不烦人。不，传说中他一直对姬蘅有情，那么这一声“嗯”，它的意思当然应该远不止这一层，说不准是相当赞赏姬蘅这一番话里头的见识呢。

凤九在偷听中觉得这真是一场品位高雅的谈话，自己一生恐怕都不能达到这个境界，同时不禁抽空又为小燕扼了一回腕。小燕这种饮茶一向拿大茶缸子饮的，一看就同姬蘅不是一路人，且姬蘅竟然还晓得东华煮茶时喜欢用黑釉盏。虽然小燕觉得自己最近很有戏，但凤九诚心实意地觉得他很悬。说起来，她最初从小燕处确认了东华用情的那个人是姬蘅时，当然很震惊，但今日猛遇姬蘅，看着他俩居然重新走到了一起，心中竟然也不再有多少起伏。她觉得时光果然是一剂良药，这么多年来自己终于还是有所长进。

透过摩诃曼殊沙绯红的花盏，这一方被东华用法术变换了时光季节的天空，果然同往常万里冰原时十分不同。凤九抬手挡在眼前，穿过指缝看见巨大的花盏被风吹得在头顶上摇晃，就像是一波起伏的红色海浪。她被淹没在这片海浪之中，正好将自己藏严实。

前头准备茶事的二人方才说了那么两句话后良久没有声音，凤九闭上眼睛，一阵清风后同窗的脚步声三三两两听到些许，但都是轻缓步子，应该是来抢好位置的姑娘们，看来时辰依然早。昨夜冥思得有些过，此时很没有精神，她正要抓紧时间小睡一睡，忽闻得斜前方不经意又冒出来一串压低的谈话声。白家教养小辈虽一向散漫，但家教不可谓不严，听墙脚绝不是什么光彩事，凤九正要拢着袖子捂上耳朵蒙一蒙，莺声燕语却先一步袅袅娜娜淌入她的耳中。

这两个声音她印象中并没有听过，稚气的那个声儿听着要气派些，清清脆脆地询问："白露树下坐着摆弄一个汤瓶的就是洁绿喜欢的东华帝君？我听说大洪荒始，他便自碧海苍灵化生，已活了不知多少万年，可是为什么看起来竟然这样年轻？"

一个微年长沉稳些的声音回道："因帝君这样的上古神祇天然同我们灵狐族不同，灵狐族一旦寿过一千便将容颜凋零，但帝君他寿与天齐，是以……"

灵狐族的少女扑哧一声笑，仍是清清脆脆地道："传说中，东华帝君高高在上，威仪无二，又严正端肃，不近女色。二哥哥也不近女色，所以身边全是小厮侍童，可我瞧着此时为帝君收拾水注茶碗的分明是个貌美姑娘，"她顿了顿，俏皮地叹了一口气，"可见，传说是胡说了，你说若我……"

沉稳声儿忽然紧张，罔顾礼仪急切地打断道："公主你又在打什么主意？"得不到口中公主的回应，越发着急道，"据臣下的探听，那位白衣姑娘能随侍帝君左右，皆因她非一般人，那位姑娘两百多年前落难到比翼鸟一族做乐师，而帝君来梵音谷讲学正是随后的第二年。这么多年，帝君来此讲学也不过这位姑娘能跟随服侍罢了。公主聪明伶俐，自然推算得出此是为何，倘若要对那位姑娘无礼，后果绝非我灵狐族能够独担，公主行事前还望三思……"

一阵幽霭风过，一地红花延绵似一床红丝毯斜斜扬起，灵狐族的公主在沉稳声儿这番有条有理的话后头静了一阵。被迫听到这个墙脚的凤九也随之静了一阵。她弄明白了三件事。第一，这两个素不相识的声音，原来就是昨日里听说机缘巧合得了女君令，要来宗学旁听一两堂课的灵狐族七公主和她的侍从。第二，人家东华隔了大半年特地来梵音谷原来不是特意救她，人家是趁着这个时机来同姬蘅幽会。第三，灵狐族七公主的这个侍从是一个人才，情急时刻讲话也能讲得如此有条理，可以挖回青丘做个殿前文书。

凤九想了一阵，呆了一阵，听见脚步声窸窣似乎是二人离去，抬手拨了拨额前的刘海。东华此次来梵音谷竟是这个理由。其实这才符合他历来行事，他一向的确是不大管他人死活的。但重逢时她竟然厚颜地以为他是来救自己。凤九心中忽然感到一丝丢脸：他一定觉得她那时同他置气的情态很可笑吧。一个人有资格同另一人置气，退一万步至少后者将前者当作了一回事，放在心中有那么一点点的分量。但东华来这里，只是为了能十年一度地看看姬蘅，同她凤九并没有什么关系。其实这个很正常，他原本就不大可能将她凤九当一回事。她侧身调整了一下睡姿，愣了一时半刻，脑中有阵子一片空空不知在想些什么东西，许久回过神来后，没精打采地打了个呵欠，开始学着折颜教给她的，数着桃子慢慢入睡。

凤九觉得自己似乎睡得很沉，但有几个时刻又是清醒的，茶课没等她，在她睡意沉沉时开了，她在将醒中偶听得几个离她近的学生热火朝天地讨论一些高深的玄学和茶学问题，念得她在半醒中迅速地又折返梦乡。她不知睡了多久，梦中有三两各色脚步声渐远消失，远去的小碎步中传来一个同窗小声的抱怨：“好不容易见到十里白露林春意浓浓，帝君他老人家就不能高抬贵手将它们延些时日吗？”凤九暗叹这个姑娘的天真，不晓得帝君他老人家喜欢的是落井下石，对高抬贵手从来没有什么兴趣。

须臾，一些软如鹅羽的冰凉东西拂上凤九的脸，但，这仅是个前奏，一直笼在花间的薰软清风忽然不见踪影，雪风在顷刻间嗖地钻进她的袖子，长衣底下也立刻渗进一些雪水。她一惊，挣扎着要爬起来，连打了几个喷嚏却始终无力睁开眼睛，寒意沿着背脊一寸一寸向上攀爬，冻得她像个蚕蛹一样蜷缩成一团，昏昏沉沉的脑中悲愤地飘浮出一行字：“白凤九你是个二百五吗？你千挑万选选了这么个鬼地方睡觉，不晓得曼殊沙一旦遇雪就会将置身其间的人梦魇住啊？”然后她的脑中又落寞地自问自答了一行字，“是的，我是个二百五，货真价实的。”她在瑟瑟发抖中谴责着自己的愚蠢，半个时辰后干脆冻晕了过去。

相传凤九有一个毛病，一生病，她就很容易变得幼齿，且幼齿得别有风味。据证实，七十年前，织越山的沧夷神君对凤九情根深种，一发不可收，正是因有幸见过一次她病中的风采。可见这并非一种虚传。

凤九今次在冰天雪地中生生冻了多半个时辰，虽然承蒙好心人搭救，将她抱回去在暖被中捂了半日捂得回暖，但毕竟伤寒颇重，且摩诃曼殊沙余毒犹在。沉梦中，她脑子里一团稀里糊涂，感觉自己此时是一只幼年的小狐狸，躺在床头上病得奄奄一息的原因，乃是同隔壁山头的灰狼比赛谁在往生海中抓鱼抓得多，不幸呛水溺住了。

有一只手在她微有意识知觉时探上她的额头，她感到有些凉，怕冷地往后头缩了缩，整颗头都捂进了被子里。那只手顿了一顿，掀开被沿将她埋入被中的鼻子和嘴巴露出来，又将被子往她小巧玲珑的下巴底下掖实，她感到舒服些，脸颊往那只凉悠悠的手上讨好地蹭了蹭。她小的时候就很懂得讨好卖乖，于这一途是他们白家的翘楚，此时稀里糊涂不自觉就流露出本性。但她昏沉中感觉这只手受了她的卖乖与讨好，竟然没有慈爱地回应她摸摸她的头，这很不正常。她立刻在梦中进行了自省，觉得应该是对方嫌自己讨好的诚意不够，想通了她从被子中伸出手来握住那只手固定好，很有诚意地将脸颊挨上去又往手背上蹭了几蹭。

她握着那只手，感到它骨节分明又很修长，方才还凉悠悠的，握久了竟然也开始暖和。这种特点同她的阿娘很像，她用一团糨糊的脑子艰难思考，觉得将她服侍得这么温柔又细致的手法应该就是自己的娘亲。虽然这个手吧，感觉上要比娘亲的大些，也没有那么柔软，可能是天气太冷了，将阿娘的一双手冻僵了也未可知。她感到有些心疼，撇了撇嘴咕哝了几句什么，靠近手指很珍惜地呵了几口热气，抓着就往胸前怀中带，想着要帮阿娘暖和暖和。但那只手却在她即将要将它带进被中时，不知用什么方法躲开了，独留她箍在锦被中，有一些窸窣声近在耳边，像是那只手又在掖实床舷的那一溜被沿。

凤九觉得娘亲的这个举动，乃是不肯受她卖的乖，不肯领她的情，那么照娘亲的性子，一定是气她不听话坠进往生海中溺了水，十成九动了真怒吧。虽然娘亲现在照顾她照顾得这么仔细，但等她病好了，保不住要给她一顿鞭子。

想到此她一阵哆嗦，就听到娘亲问她："还冷？"这个声音听着不那么真切，虚虚晃晃的似乎从极遥处传来，是个男声还是个女声她都分不清楚。她觉得看来自己病得不轻。但心中又松了一口气，娘亲肯这么问她一句，说明此事还有回转余地，她装一装可怜，再撒一撒娇，兴许还能逃过这顿打。

她重重地在被子中点了一个头，应景地打了两个刁钻喷嚏，喷嚏后，她委委屈屈地咬了咬嘴唇："我不是故意要掉进海里的，一个人睡好冷好冷好冷，你陪我睡嘛——"话尾带了浓浓的鼻音，像无数把小钩子，天下只要有一副慈母心肠的都能被瞬间放倒。凤九在心中钦佩地对自己一点头，这个娇撒得到位。

但她娘亲今天竟然说不出的坚贞，一阵细微响动中似乎拎起个什么盆之类的就要出门去，脚步中仿佛还自言自语了一句："已经开始说胡话了，看来病得不轻。"因声音听来缥缥缈缈的，凤九拿不稳这句话中有没有含着她想象中的心疼，这几分心疼又敌不敌得过病后的那顿鞭子。她思索未果，感觉很是茫然，又着实畏惧荆条抽在身上的痛楚，走投无路中，赶着推门声响起之前使出珍藏许久的撒手锏，嘤嘤嘤地贴着被角假哭起来。

脚步声果然在哭泣中停下，她觉得有戏，趁势哭得再大声些，那个声音却徐徐地道："哭也没用。"她一边哭一边在心中不屑地想，半刻后你还能清醒冷静地说出这句话，我白凤九就敬阿娘你是个巾帼女豪杰，撒手锏之所以被称为撒手锏，并非白白担一个拉风扎耳的名头。

方才还只是嘤嘤小泣，如今她振奋起精神立刻拔高三个调号啕大哭起来，还哭得抑扬顿挫颇有节奏，那个声音叹了口气：“你拔高三个调哭也没用，我又不是……”她立刻又拔高了三个调，自己听着这个哭声都觉得头晕，对方后头那几个字理所当然没有落进她的耳中。

她认认真真地哭了两轮，发现对方没有离开也没有再出声。她深深感到阿娘今日的定力未免太好，寻思再哭一轮阿娘若依然不动声色怎么办，或者暂且鸣金收兵吧，再哭嗓子就要废了，还头疼！

她哭到最后一轮，眼看阿娘依然没有服软，头皮发麻地觉得最近这个娘亲真是太难搞了，一心二用间不留神哭岔了气，呛在嗓子里好一阵翻天覆地的巨咳，但总算将远远站着的娘亲引了过来，扶着她拍了拍她的背帮她顺气。

她哭得一抽一抽地十分难受，握住像是袖子的东西就往上头蹭鼻涕。朦胧中对方捧着她的脸给她擦眼泪，她觉得撑住她的手很凉，下意识地躲来躲去，还蹬鼻子上脸地负气抽噎：“你不用管我，让我哭死好了——”但对方此时却像是突然有了百般耐心，捉住她的手按住她：“乖一点。”她觉得这三个字有一些熟悉，又有一些温馨，也就不再那么闹腾，象征性地挣扎一下就把脸颊和哭肿的眼睛露出来，让对方有机会拧条毛巾将她哭花的脸打整干净。

这么一通闹腾，她感觉虽然同预想略有不同，但应该还是达到了效果，自己坠海的事娘亲多半不会计较了，不禁松了口长气。

呼气中却听到方才那个还一径温柔的声音突然响起道："其实我有点好奇，你最高能拔高到什么音调哭出来，病着时果然很影响发挥吧？"

她一口气没提上来，倒气出了两滴真眼泪，感到方才哭得那么有诚意真是白哭了。她挣扎着边抹不争气掉下的眼泪边往床角缩："你一点不心疼我，我冻死了也活该，哭死了也活该，病好了被你绑起来抽鞭子也活该！"

一只手将她重新拽回来拿锦被裹成一个蚕茧，她感到一股视线在她身上停留了一小会儿，那个声音又再次响起："我觉得，对于把你绑起来抽鞭子这种事，我并没有什么兴趣。"她抽泣地想这也是没有准头的，眼睛难受得睁不开，一边考虑娘亲最近变得这么狠心怎么办，一边琢磨这顿鞭子无论如何躲不过，病好了果然还是要去折颜的桃林处躲一躲才是上策。那么到时候要同小叔的毕方鸟打好关系让他送一送自己才行。

她这么暗暗地计较打算着，感到身上的被子又紧了紧，一阵脚步声远去，一会儿又折回来，锦被拉开一条缝，一个热乎乎的汤婆被推进她的怀中，她搂着汤婆又轻轻地抽泣两声，沉入了梦乡。

一觉睡足睁开眼睛，凤九的额头上唰地冒出来一排冷汗。她在病中有时候神志不清会是个什么德行她很清楚，但眼前的冲击依然超过了接受范围。她此时正衣衫不整地趴在一个人的腿上死死搂定对方的腰，二人所处的位置是一张豪华不可言语的大床，白纱帐绕床围了好几围，帐中置了两扇落地屏风，屏风脚下的丝毯上镇着一个麒麟香炉，助眠的安息香正从麒麟嘴里缓缓逸出。不过是睡觉的地方也能这么闲情逸致地耗时间布置，这种人凤九这辈子就认识两个：一个是十里桃林的折颜上神，一个是太晨宫中的东华帝君。

两页翻书声在她头顶上响起，她不动声色地抬眼，瞧见书皮上镶的是佛经的金印，几缕银发垂下来正落在她眼前。额头上的冷汗瞬间更密了一层，其中一滴滴下来之前，书后头先响起一个声音："不用紧张，我没有对你做什么，你自己睡中黏了上来，中途又嫌热动手松了领口。"佛经顺势拿开，果然是近日最不想招惹的东华帝君。

凤九木然地趴在他身上"哦"了一声，哦完后手脚僵硬地从他身上挪下去。此时装死是下下策，东华的耐心她早有领教。这么件尴尬事，大大方方认栽或许还能挽回几分面子。虽然她要是清醒着绝不希望救她的人是东华，又欠他这么一份大恩，但人昏迷时也没有资格选择到底谁当自己的救命恩人，欠这个恩只得白欠了。她抱着锦被挪到对面的床角，估摸这个距离比较适合谈话，想了片刻，琢磨着道："你这回又救了我，我发自肺腑地觉得很感激，否则交待在这个山谷中也未可知。你算是又救了我一条命，当然若半年前你不将我强带来符禹山，我也不至于落到今天这个境地，但终归、终归这次还是你救了我嘛，大恩不言谢，这两件事我们就算扯平，帝君你看如何？"

帝君的脑子显然很清醒，屈腿撑着手臂看着她："那你一直很介意的我隔了半年没来救你，以及变成丝帕骗你的事呢？"

凤九心道你还敢专门提出这两件事真是太有胆色了，咳了一声道："这两件事嘛——"这两件事在她心中存的疙瘩自然不可能一时半刻内就消下去。

她抬手将衣襟拢好，前几日初逢东华时的情绪确然激动，且一被他逗就容易来气，不过她的性格一向是脾气发出来，情绪就好很多。加之这两日又得知许多从前未曾得知的消息，让她看事的境界不知不觉就又高了一层，能够从另一个高度上来回答东华这个问题："万事有万事的因果，帝君佛法修得好，自然比凤九更懂得个中的道理。这两件事情嘛，我如何看它们不过也就是一种看法罢了。"

答到此处，她神色略有些复杂，续道："比起这个其实我倒是更想问问帝君你，我也晓得我病后有点不像样，但要是我……"她顿了顿，咬着牙继续道，"兴许我病中怯冷，将你当作一个熏笼之类的就贴了上去。但要是你推开我一次，我一定不会再度贴上去。我病中头脑不清醒地贴过去时，你为什么不推开我，非要等我出洋相呢？"

东华的神色十分泰然，对她这个问题似乎还有一点疑惑："你主动投怀送抱，我觉得这件事挺难得，照理说为什么要推开？"

凤九看着他的手指有一搭没一搭地扣在佛经上，搞不懂他的照理说到底照的是哪门子歪理，憋了半天憋出一句："我记得你从前不是这么讲理的人……"

丝毯上，麒麟香炉炉嘴中的烟雾越发淡，东华起身揭开炉盖，边执起铜香匙添香丸，边心安理得地道："我不想讲道理的时候就不讲，想讲的时候偶尔也会讲一讲。"

凤九垂头看着他，想不出该接什么话，不管是只狐还是个人，自己同东华在一起时果然沟通都是这么艰难。她料想今次大病初醒，精神不济，执意地在话场上争个高低恐最后也是自己吃亏，悻悻地闭嘴揉了揉鼻子。其间又往四围瞧了一瞧，见到屏风前还摆着一瓶瘦梅，旁逸斜出的果然是东华的调调。

这一觉她不知睡到什么时辰，估摸时候不会短，想起这一茬时她有些担心小燕会出来找她，趁着东华整饬香灰时从床脚找来鞋子套上，就打算告辞。但就这么撩开帐子走人显然很不合礼数，她心中嘀咕还是该道个谢，咳了一声客气地道："无论如何帝君今次的照拂凤九铭记在心上，时候不早了，也给你添了诸多麻烦，这就告辞。"东华不紧不慢地接口："哦。"他收了香匙，"我听说你小时候因为有一次走夜路掉进了蛇窝，从此再也不敢走夜路，不晓得你仔细看过外面的天色没有，天已经黑了……"

帷帐刚掀开一条缝儿，下一刻被猛地合上，眨眼间刚添完香的东华已被凤九结实地压倒在床上。他愣了愣："你反应是不是过激了点？"最后一个字刚吐出舌尖，嘴就被她捂住。凤九将他压倒在床，神色十分严峻而又肃穆，还有一点可能她自己都没有察觉出来的紧张，贴着他给他比口型："压了你不是我本意，你担待点，别反抗弄出什么声响来。我刚才看到外间闪过一个身影似乎是姬蘅公主，不晓得是不是要走进来。"

压了东华的确不是凤九的本意，她方才撩开帷帐的一条缝儿时，冷不丁瞧见内外间相隔的珠帘旁踌躇过一个白衣的身影，不晓得是不是贴在那个地方已有些时辰，打眼一看很像姬蘅。幸好东华的寝房足够大，中间还隔着一个热气腾腾的温泉水池，他们方才的对话她应该没有听见。疑似姬蘅的身影闪过吓了她一跳，她本能地要回身捂住正说话的东华的嘴免得被姬蘅发现，但转身得太过急切被脚下的丝毯一绊，一个饿虎扑食式就将没有防备的东华扑倒在床。

东华挑眉将她的手挪开，但还是尽量配合着她压低嗓音："为什么她进来，我们就不能弄出声？"

凤九心道，半夜三更她能进你的寝居可见你们两个果然有说不清道不明的关系，要是被发现我刚从你的床上下来，指不定会闹出什么腥风血雨。前几日萌少推了皇历说我最近头上有颗灾星需多注意，此时这种境况不注意更待何时注意？她心中虽这样想着，脱口而出却是句不大相干的话，声音仍然压得很低，此时此境说出来平添了几分同她年纪不符的语重心长："既然有缘分就当好好珍惜，误会能少则少。我从前喜欢一个人的时候想向老天爷讨一点点缘分都讨不着，你不晓得缘分是多么艰难的事。"

她现在能在东华面前风平浪静地说出这种话来自己都愣了愣，低头看见东华在自己这么长久的又压又捂之下依然保持完好风度十分不易，有点惭愧地把身子往床里头挪了挪帮助他减少几分压力，同时竖起耳朵听外头的响动。

东华平静地看她一阵，突然道："我觉得，你对我是不是有什么误会？"这个"会"字刚落地，又一次被凤九干净利落地堵在了口中。

竖起的耳朵里脚步声越来越近，凤九一面捂着东华一面佩服自己的眼力好，果然是姬蘅在外头，但她居然真的走进来还是让她有点惊讶。床帐里烛光大盛，这种光景只要不是瞎子都看得出东华并未入睡，也不晓得姬蘅要做什么。他们的关系难道已经到了……这种程度？难道姬蘅竟是想要表演一个情趣，给东华一个惊喜，深夜来掀他的床帘来了？凤九正自心惊，手也随之颤了颤，但心惊中犹记得分出神来，给东华一个眼神让他将姬蘅暂且稳住支开。一瞬间却感觉天地掉了个个儿，回过神来时不晓得怎么，眼下已经是她在下东华在上的形容。

这个动静不算小，外头的脚步声踌躇了一下。凤九死命给东华递眼色，他银色的头发垂下来，神色间却并不将此时两人即将被发现的处境当一回事，一只手将她制住，另一只手探上去试了试她的额头，动作很强硬，语声倒是温柔："差不多闹够了？闹够了就躺好，我去给你端药。"但坏就坏在这个声音完全没有压制过，隔着外头的温泉池估摸也能听到，凤九心中绝望道：完了，姬蘅倘若就此要一哭二闹三上吊，她可如何招架得住，还是快撤为好。但东华下床前缺德地扰过锦被裹在她身上且下了个禁制，被子裹着她无论如何也挣脱不出。

东华掀开帷帐走出去那一刻，凤九在心中数道一二三，姬蘅绝对要哭出来哭出来哭出来，帷帐一揭又立刻合紧，照进来帐外的半扇光，听到东华在外头淡声吩咐："你来得正好，帮我看着她。"回答那声"是"的明明就是姬蘅，但此情此景之下姬蘅竟然没有哭也没有闹，连两句重话都没有，这让她倍感困惑，印象中姬蘅她有这样坚强吗？东华当着心上人的面来这么一出，究竟是在打什么算盘？凤九闷在锦被中，脑袋一时搅成了一罐子糨糊。

后来她将这件捉摸不清的事分享给燕池悟请他分析这种状况，小燕一语点醒梦中人："哎，老子就晓得冰块脸其实并没有那么大度，他答应老子同姬蘅来往却暗中记恨，将这种嫉妒之情全部发泄在姬蘅的身上。”

凤九表示听不懂，小燕耐心地解释：“你看，他当着姬蘅的面让她晓得他的寝床上还躺着另一个千娇百媚的女人；这个女人刚才还风情万种地同他打闹，哦，这个千娇百媚风情万种的女人就是你。其实，他就是想要伤姬蘅的心，因为姬蘅同老子往来，也同样伤了他的心。可见他对姬蘅的用情很深，一定要通过伤害她的方式才能释然他自己的情怀。对了，情怀这个词是这么个用法吗？你等等，老子先查一查书。喂喂，你不要这样看着老子，许多故事都是这种描述的！”

小燕说到此处时狰狞地冷笑了一声：“冰块脸越是这样对待姬蘅，老子将姬蘅从他身边撬过来的机会就越多，老子感觉老子越来越有戏。”不得不提小燕长成这副模样真是一种悲剧，连狰狞冷笑、目露凶光时也仍然是一副如花似玉的可人儿样。凤九不忍地劝解他：“你别这样，佛说宁拆十座庙，不毁一桩婚。”小燕有些松动，道：“哦？你说得也对，那毁了会有什么后果？”凤九想想：“好像也没有什么后果。不管了，你想毁就毁吧。”这场智慧的对话就到此结束。

凤九觉得，小燕的解释于逻辑上其实是说不通的，但于情理上又很鞭辟入里，可感情这样的事一向就没有什么逻辑，小燕这种分析也算是令人信服。不过，那天的结局是她趁东华拿药还未回来，灵机一动变作狐形从禁锢她的被子中缩了出来，推开帷帐提前一步溜了出去。她溜到温泉池旁就被姬蘅截住，她看见她原本煞白的脸、煞白的唇在见到她的那一刻瞬间恢复容光，似乎有些失神地自言自语："原来只是一只狐狸，是我想得太多了。"她那时候并没有弄明白姬蘅说这句话的意思，只是瞅着这个空当，赶紧跑出了内室，又一阵风地旋过外室偷跑了出去。最近经小燕这么一分析，姬蘅的那句话她倒是模糊有些理解，看来她搞砸了东华的计划，最后并没有能够成功地伤成姬蘅的心。情爱中竟然有这样多婉转的弯弯绕绕的心思，这些心思又是这样地环环相扣，她当年一分半毫没有学到也敢往太晨宫跑想拿下东华，只能说全靠胆子肥，最后果然没有拿得下他，她今日方知可能还有这么一层道理。

第四章

这个英雄比较脆弱

后头几日，凤九没有再见过东华。

开初，她还担忧坏了他的事，他一定砍了她祭刀的心都有，借着养病之机打了一百遍再见他如何全身而退的腹稿，心中想踏实了，才磨蹭地晃去宗学。偏生连着三四日，学上都没有再排他的课。她课下多留意了两分一向关注东华的洁绿郡主一行的言谈，徒听到一阵近日帝君未来授课令她们备感空虚之类的晞嘘感叹，别的没有再听说什么。

她们叹得她也有一些思索，东华既是以讲学之机来幽会姬蘅的，那么会完了应当是已经回了九重天吧？他怎么回去的，她倒是有一些感兴趣。此外她这些天突然想到他既然中意姬蘅，为什么不直接将她从这里带出去，非要每十年来见她一次，这难道是他老人家近几百年新开发出来的一种兴趣？同东华分开的这些年，他果然愈加难以捉摸了。

凤九审视着自己的内心，近日越来越多听到和想到东华同姬蘅如何如何，她的心中竟然十分淡定。这么多年后，她才第一次真切地感受到，从前许多话她说得是漂亮，但将同东华的过往定义为说不得，心中抗拒回忆往事，这其实正是一种不能看开，不能放下，不能忘怀。近日她在这桩事上竟突然有了一种从容的气度，她谦虚地觉得，单用她心胸宽广来解释这个转变是解释不通的。

据她冷静分析，许多事情的道理她在三百年前离开九重天时就看得透彻，但知是一回事，行又是另一回事，她这么多年也许只是努力在让自己做得更好些罢了，重逢东华时偶尔还会感觉不自在，正是因对这桩事的透彻其实并没有深达灵台和内心。但，近日越是听说东华对姬蘅用情深，此种情越深一分，她讶然地感到自己深达内心的透彻就越多一分。她用尽平生的智慧来总结这件事情的逻辑，没有总结出什么。加之盗取频婆果的事迫在眉睫，让她没有时间深想，暂且将这种情绪放在了一旁。

凡世有一句话，叫“无心插柳，柳林成荫”，凤九着实在这句话中感受到一些禅机。

这天萌少无事邀她和小燕去王城中的老字号酒楼醉里仙吃酒。醉里仙新来了一个舞娘舞跳得不错，萌少看得心花怒放，多喝了两杯，醺然间一不留神就将守候频婆树的巨蟒的破绽露给了凤九。但萌少说话向来与他行文一般啰唆，这个破绽隐含在一大段絮叨之中，幸亏小燕的总结能力不错，言简意赅地总结为：每月十五夜至阴的几个时辰里，华表中的巨蟒们忙着吸收天地间的灵气去了，顾不上时刻注意神树，她或许有几个时辰可以碰碰运气。

巧的是，他们吃酒这天正是这月的十五，这一夜，正是行动的良机。眼看频婆果说不定今夜就能到手，凤九心中澎湃，但为了不打草惊蛇，面上依然保持着柔和与镇定，还剥了两颗花生递给看舞娘看得发呆的萌少。小燕疑惑地将她递给萌少的花生壳从他爪子中掰出来，把误扔到桌子上的花生米拣出来默默地重新递到萌少手中。幸亏发生的一切，入痴的萌少全然没有察觉到。

圆月挂枝梢，放眼万里雪原，雪光和着月光似铺了一地乳糖。

小燕听信凤九的鬼话，以为今次的频婆果除了已知的他并不太感兴趣的一些效用外，还有一条食用后能使男子变得更加英伟的奇效，因此帮忙帮得十分心甘情愿，且热情周到。他先在宫墙的外头施术打了条据说直通解忧泉旁频婆树的暗道，不及凤九相邀又身先士卒地率先跳下暗道，说是帮她探一探路。

小燕跳下去之前那满脸的兴奋之色，令凤九感动的同时略有歉疚。但他自跳下去后半天都没有回音，眼看至阴时已过了一半，凤九内心认为小燕身为一介壮士若是被几条正修纳吐息的蟒蛇吞了纯属笑话，但考虑到毕竟他从前也是一个作恶多端的魔君，说不定趁这个机会遭到天谴……她越想越是担忧，低头瞄了一眼这个无底洞似的暗道，一闭眼也跳了下去。

别有洞天是个好词，意思是每个暗洞后头都有一片蓝天，词的意境很广阔。只是，据凤九所知，小燕从宫墙外头不过劈开一条洞，她坠到一半不知为何却遇到三个岔道。她一时蒙了，没有来得及刹住坠落的脚步，反应过来时已循着其中一条暗洞一坠到底。按照小燕的说法，他劈出的那条洞正连着解忧泉，从洞中出来应是直达泉中，见水不见天，为此凤九还提前找萌少要了粒避水珠备着。

但她此刻从这条宽阔的洞中掉下来，抬头只见狂风卷着流云肆意翻滚，低头一片青青茂林在风中摇摆得不停不休，她费力地收身踩踏在一个树冠的上头，觉得怎么看，这里都不像是什么水下的地界。难道说，是走错路了？小燕探路探了许久没有回去原来也是走错了路？好嘛，自己打的暗道自己也能走错也算一项本事，小燕当了这么多年的魔君竟没有被下面人谋权篡位，看来魔族普遍比想象中的宽容。

凤九抱着树冠稳住身形，腾出手来揉了揉方才在洞中被蹭了一下的肩膀，眯眼看到远方的天边挂出一轮绛红色圆月。此地如此，显然呈的是妖孽之相，大约她今日倒霉无意中闯了什么缚妖的禁地。她惦记着小燕，寻思是在这里找一找他，还是折回去先到解忧泉旁瞧瞧，忽听到脚下林中传来一串女子的嬉笑之声。凤九心道，大约这就是那个妖，声音这样地活泼清脆，应该是一个年轻的、长得很不错的妖。她很多年没有见过妖类，觉得临走前溜下去偷瞧一眼应该也耽误不了什么，攀着落脚的树冠溜下去一截，兴致勃勃地借着树叶的掩藏，朝着茂林中的笑声处一望。

极目之处，一条不算长阔的花道尽头，剑立一旁施施然盘腿趺坐的紫衣神君……不是好几日不见的东华帝君是谁？他怎么这个时辰出现在这个地方？凤九十分疑惑。瞧他的模样似乎在闭目养神，她正打算悄悄行得近一些，蓦然瞧见一双柔弱无骨的玉手从趺坐的帝君身后攀上他的肩，又顺着他的手臂向下紧紧搂住他的腰。女子绝色的容颜出现在东华的肩头，泼墨般的青丝与他的银发纠结缠绕在一处，轻笑着呵气如兰："尊座十年才来一趟，可知妾多么思念尊座，等得多么辛苦——"

温言软语入耳，蹲在树上看热闹的凤九没稳住，扑通一声从树干上栽了下来，女妖一双勾魂目分明扫过，一双裸臂仍勾着东华的脖子，含情目微敛咯咯笑道："八荒不解风情者数尊座最甚，同妾幽会还另带两位知己，也不怜惜妾会伤心——"

凤九心道，大风的天你穿这么少也不嫌冷，回头一看，才晓得女妖口中的"两位"是怎么个算法，原来树下除她外早已站了一个人——白衣飘飘的姬蘅公主。今日姬蘅公主不仅衣裳雪白，脸也雪白，一双杏眼牢牢盯住花道那头的东华，嘴唇紧紧抿住，神情哀怨中带了一丝羞愤与伤怀，容色令人怜爱。羞愤伤怀的姬蘅公主听到女妖的一番话后，木然中转眼瞟了瞟新落下来的凤九，两条秀眉拧得更紧，抬头又望了东华一眼，眼中满是落寞忧伤……可巧方才还正自闭目养神的帝君此刻恰好睁开眼，林中的狂风带得飞花飘摇，飞花飘摇中东华向着她二人的方向蹙眉道："你怎么来了？"

用的不是你们，是你。凤九挠着头正要回答，听到身旁的姬蘅泫然欲泣道："奴担忧老师，好不容易找到此处，老师却……奴……"凤九在心中哦了一声，原来东华问的不是她，是姬蘅。她摸了摸鼻子，侧过身竖起耳朵等候姬蘅的下文。等候中，她注意到半空的飞花像是佛铃花，这种从前她最喜欢的九重天的圣花，按理说不应生在这等缚妖之地。姬蘅良久也没有下文，凤九抬眼去瞟她，对面女妖的脸贴着东华的姿态越来越亲密，而东华看起来也并未想过推拒。姬蘅像是终于忍到极限，指节拧得衣袖发白，未发一言跌跌撞撞地转身跑了。

缠着东华的女妖浓妆的眼尾仍含着笑，盈盈向凤九道："这位姑娘却是好定性，不同你姐姐一同识趣离开，难不成想留下来欣赏妾同帝君的春风一度吗？"

凤九摸了半天从袖中摸出许久不曾打理的陶铸剑，剑入手化作三尺青锋，抬头来也是盈盈的一个笑："有本事你继续，我在一旁看看也无妨。"

凤九感觉自己这个笑其实笑得挺和气，这么久她都没有这么心平气和地笑过，伏在东华肩头的女妖却瞬间变了脸色，眉目间阴鸷顿生，低声道："你看出来了？"又冷笑两声，"也罢，既然你想蹚这趟浑水，本座成全你。"眨眼已在三四步处，一根红绫劈面而来，是直取脖颈命门的狠招。

直至方才，凤九其实一直在思考，她该不该管这桩闲事。

沿着树冠刚溜下来瞧见他二人的形容时，她也以为是东华不知什么时候看上这个绝色女妖特地来此同她幽会，有一瞬她还有些蒙。东华怎能喜欢着姬蘅的同时又对别的女子起意，难道世间竟然还有这样的情，情这个东西果真千奇百怪，恕她很多时候不能理解。

直到不经意抬头瞧见天边翻滚得越来越汹涌的流云，和一忽儿红一忽儿白的月色，她的心中突然一阵透亮。

此二者皆为两种强大气泽相抗才能出现的景致，姬蘅醋中疾走，兴许情之所至没有注意到，也可能是她没有自己有见识，东华同这个女妖看上去虽然十分亲密，但私下该是正在激烈的斗法之中。

东华长成那种模样，这个女妖对他有意大约是真，他由着她在身上胡来，按她的推想应该是东华打算借机将她同姬蘅气走，毕竟高人斗法之地危险。她在心中推想出东华不得不为此的初衷，心中顿时觉得他十分有情有义。既然他这样地有情义，她没有看出其中的道理来也就罢了，看出来还能将他一人丢下，从此后就不配再提道义这两个字。

她听说妖行妖道，妖道中有种道乃是诱引之道，越是美丽的女妖越能迷惑人心，摄心术练得极好，无论为仙为魔，但凡心中有所牵挂，便极容易被她们迷惑。虽然东华的修为高不见顶，但他对姬蘅有情，情嘛，六欲之首，万一这个女妖对他使出摄心术，他想不中招都难，自己留下来终归可以帮衬一二。她再一次叹息姬蘅没有瞧出此中的道理，否则添她一个终归多存一分助力，也多一分胜算，女人啊，终归是女人，太感情用事了！

凤九自觉今日自己看事情灵光，身手也灵光，佛铃花缤纷的落雨中，陶铸剑点刺若流芒，拼杀已有半刻，红绫竟无法近她的身。她很满意自己今天的表现。

东华支着手臂遥望花雨中翩翩若白蝶的凤九。像这样完完整整看她舞一回剑还是首次，据说她师从她爹白奕学的剑术。白奕的一套剑术，他没有记错应该是以刚硬著称，被她舞得倒是柔软很多。不过，一招一式折花攀柳的还挺好看，意态上的从容和风流做得也足。算来她这个年纪，这个修为，能同由慧明境三毒浊息幻化而成的缈落的化相斗上这么长一段时间，也算难得。

其实，凤九前半段推得不错，东华他行这一趟的确是来伏妖。但这个女妖非一般的妖，乃妙义慧明境中三毒浊息所化的妖尊缈落。若是缈落的本体现世，少不得需帝君他老人家费力伤神，不过那尊本体一直被东华困在慧明境中不得而出，每十年从境中逃逸出一些三毒浊息，流落世间也不过是她的一种化相罢了，比寻常的妖是要厉害些，于东华而言却不算什么。

他压根没有想过任凭缈落同自己亲昵是借此将姬蘅同凤九气走，以防她二人犯险。当是时，缈落伏在他的身上，因对于她们这种妖而言，要使摄心术惑人时，离想要迷惑之人越近施法越容易，但她靠他越近其实也方便他将她净化，他不觉得有将不怕死贴上来的缈落推开的必要。

凤九感动他此举乃是对她和姬蘅的一种情义，着实是对他的一个误会。

不过此地毕竟妖异，缈落此时虽只是个化相，于凤九、姬蘅二人这种修为并不多么精深的仙魔，也算是个高明恶妖，照理无论如何她们都该有些害怕。不知因何而跟过来的姬蘅在东华看来识趣些，中途意识到危险先跑走了；凤九在他印象中明明比姬蘅更加冰雪聪明，见此危境，照理说应该溜在姬蘅的前头，不晓得为什么竟站着没有动。

他看了一阵，突然有些疑惑，一时摸不准从袖子里抽出把剑扬言在一旁站定，打算留下来帮他的这位白衣少女，到底是不是他认识的凤九。但她额头正中的凤羽花货真价实，眼梢那一抹似笑非笑的神气也是他在九重天时极为熟悉的。她如此果断地祭出三尺青峰，难道是以为他被胁困，想要解救他的意思？

东华撑着手臂冷静地看着携剑而立的凤九，自他从碧海苍灵化世以来，踩着累累枯骨一路至今，六合八荒寻他庇佑者，早年一拨又一拨从未间断过，异想天开起念要来保护他的，这么多年倒是从没有遇到。保护这两个字，同他的尊号连在一起本来就是个笑话。可此时此境，遥遥花雨中，这位青丘的小帝姬却撑着这样纤弱的一具身躯，提着这样薄软的一柄小剑，揣着要保护他的心思站在不知比她强大多少倍的敌人跟前勇敢地对阵。帝君觉得，这件事有意思，很新鲜。

凤九抽出陶铸剑挥出第一道剑光时，就晓得同这个女妖斗法，自己没有多大的胜算。不过，虽然是主动留下帮忙，但她预想中对自己的定位只是来唱个偏角儿，功能在于帮助东华拖延时间或者寻找时机，从没有打算将撂倒缈落这个差事从东华的手中抢过来。

前半场对战中，她自觉自己守得很好，表现差强人意。后续打斗中，她诚恳地盼望东华能尽早从打坐中回神接过下半场。分出精力看过去时，帝君他老人家却支着手臂正目光清明地同她对望，隐约间他薄唇微启说了三个字。凤九默然地在心底琢磨，第一个字和第二、三字间有一个微妙的停顿，或许是十分高深的一句心法，有助她的剑术瞬间飞升，可叹陶铸剑挥出的响声儿太大，帝君口中这高明的三个字，究竟是哪三个字呢？待背后的红绫袭上肩头，她细一思索才终于反应过来，他说的是："喂，小心。"

所幸这条红绫势快却并不如何凶狠，沾上她的肩头不过划破一方绸罗，再要袭过来时被她险险躲过，陶铸剑抬上去挡了一挡。

凤九在招架中有个疑惑，方才明明觉得缈落的红绫劲力无穷即将卷起她格挡的软剑，不知为何陡然松了力道，她趁势一个剑花挽起来疾刺回去，还逼得缈落蹒跚地退了两步。她的剑几时变得这样快了？

重立定的缈落脸上极快地闪过一抹不甘之意，望着凤九的身后又突然浮现一个诡异笑容。凤九电光火石间突然意识到方才打得换了几处地方，此时她们就站在东华打坐的前方数十来步，缈落这个笑分明是冲着东华。她心未思量身先行地旋身就朝侧后方扑过去，这当口果然从缈落手中连化出五匹红绫，似游转的蛟蛇朝着东华打坐处疾电般袭去。

凤九压在东华的身上，转眼瞧近在咫尺被红绫捣个稀烂的他的坐台，心中抹了把冷汗，暗道好险。扑倒东华的一瞬间，她悟出一篇他为何闲坐一旁不出手帮她的道理，这个光景，多半是他着了这个女妖的道儿，被她施了诸如定身术之类无法挣脱吧。幸亏她今日菩萨心肠一回，一念之差留下来助他，否则他不知吃怎样的亏。她的本性中一向十分同情弱者，此时想着难得见东华弱势落魄，对上他在身下望着自己的目光也不觉得尴尬了，亦柔软地反望回去，心中反而充满了一种怜爱的圣光……显然，她一厢情愿地对帝君误会得有点深，帝君他老人家一直不出手，纯粹是等着看她为了救他能做到何种地步罢了。

红绫被缈落操控得像是活物，一击不成极快速地转了个方位，朝着他二人再次疾游而来。看此种力道、此种路数，若硬碰硬迎上去不被呛出几口鲜血来收不了场。倘躲的话，她一个人倒是好躲，但带上一个不能动弹的东华……艰难抉择间，她忽然感到身子被带得在地上滚了几滚，灵巧闪过红绫的攻势，未及出力已被挟着趁风而起，持剑的手被另一只手稳稳握住，腰也被搂住固定。东华贴在她身后，嗓音沉沉响在她耳边：“看好了。”她睁大眼睛，身体不由自主地前移，剑光凌厉似雪片纷飞，她看不清东华带着她握住陶铸剑使出了什么招式，眼光定下来时只见漫天红绫碎片中，雪白的剑尖处浸出一摊黑血，定在双眼圆睁的缈落额心中。

凤九一向定义自己也算个颇有见识的仙，降妖伏魔之事她虽然亲手为得不多，但几万年来瞧她的叔伯姑婶们收妖的经验也瞧了不少，她打心底觉得今次东华收的这位乃是她所见妖孽中长得最为妖孽的。面对这样天上有地下无的绝色，帝君竟能一剑刺下去毫不留情，帝君的这种精神她由衷地钦佩。

东华带着她略僵硬的手收回陶铸剑反手回鞘，林间软如轻雪的佛铃花瓣飘飘摇摇渐渐隐息不知去了何处，偶有两片落在她手背上却没有什么实在的触觉，她才晓得方才眼中所见这一出缥缈的花海许是女妖做出的幻影。

林间风声飒飒，缈落从脚底往上缓慢地散成一团灰雾，是油尽灯枯即将湮灭的症头，却见她忽然睁大青梅似的一双眼，向着东华哼声笑道：“我曾经听闻尊座你是四海八荒最清静无为的仙者，老早就想看看你的内心是否果真如传闻中所说一片梵净海坦荡无求，今次终于了了心愿，”她像是得了什么极好笑的事情，阴鸷的眉眼险险挑起，“原来尊座的心底是一片佛铃花海，有趣，有趣，不知得尊座如此记挂上心的究竟是这片花海，或者是花海后头还藏着一个谁？”话罢自顾自地又笑了两声，“所谓九住心已达专注一趣之境的最强的仙者,竟也有这样不为外人道的秘密，有趣，有趣，有……”第三个趣字尚未出口，已随着她全身化相化灰，泯泯然飘散在了半空之中。

凤九目瞪口呆地听完缈落的临终感言，目瞪口呆地看她化作一阵白灰飘然长逝，她原以为这将是一场史无前例的恶战，心想东华不得已不能帮忙也好，降伏此种恶妖不是人人都有机会的，一腔热血刚刚才沸腾起来，这就……结束了？

眼看污浊妖气尽数化去，徒留天地间一派月白风清。凤九很疑惑，片刻前还枯坐一旁要死不活的东华，是如何在紧要关头露出这么从容镇定的一手的？思索片刻，她转过味儿来，敢情他又骗了她一回。她佩服自己看破这个隐情居然还能这么淡定，果然是被骗得多了就习惯了。她淡定地将陶铸剑缩成寸长揣进袖子里，淡定地转身同东华一点头算是告辞。自己本领有限却还跑来要仗义，一准又被东华看了笑话。算了，她大人不记小人过，这番义气算是白施给他。

正抬脚欲走，月白风清中身后帝君突然不紧不慢道：“你怎么来了？”

凤九一愣，觉得他这一问何其熟悉，偏着头思索一阵，突然惊讶且疑惑地回头，不确定地指着自己的下巴向东华道：“你刚才是在问我？”

白亮的月色被半扇沉云掩住，帝君平静地回望：“我看起来像在自言自语？”

凤九仍保持着惊讶的表情，一根手指比着自己：“我是说，方才我从树上掉下来时，你问姬蘅公主那一句你怎么来了，其实一直问的是我？”

东华抬手化了张长榻矮身坐下，平静而莫名地微抬头望向她：“不然，你以为呢？”眼中见她一派茫然的神情，重复道，“你还没回我，你来做什么？”

他这一提点，凤九茫然的灵台蓦然劈过一道白光，这一趟原本是捏着时辰来盗频婆果，结果热血一个沸腾，陶铸剑一出就把这桩事彻底忘在了脑后。掰指一算，也不知耽误了多少时辰，脑门上一滴冷汗迅速滴下来，她口中匆匆敷衍着“出来随便逛逛，看到你被欺负就随便救救，哪里晓得你在骗人”，脚下已疾疾迈出数步。

东华的声音仍然不紧不慢地跟在身后：“你这么走了，不打算带着我？”

凤九匆忙中莫名地回头：“我为什么要带着你？”却发现东华并没有跟上来，仍悠闲地坐在长榻上，见她回头淡淡道：“我受伤了，将我一人留在这里，你放心吗？”

凤九诚实地点头：“放心啊。”眼风中瞧见帝君微挑的眉不怕死地又添了句，“特别放心啊。”话刚落地，向前的脚步竟全化作朝后的踉跄，眨眼间已颠倒落脚在东华倚坐的长榻旁。她手扶着椅背稳住身形，气急败坏地刚脱口一个“你”字，已被东华悠悠截断话头：“看来你并不是特别放心。”

凤九有口难言，满心只想叹“几日不见，帝君你无赖的功力又深了不止一层”，话到喉咙被脑中残存的理智勒住，憋屈地换了句略软和的道：“恕鄙人眼拙，着实看不出来帝君这一派风流倜傥的到底是哪一处受了伤。”

一阵小风吹过，帝君紫色的衣袖撩起来，右臂果然一道寸长的口子，还在汩汩地冒着热血，方才没有瞧出，大约是衣袖这个颜色不容易察觉。传说东华自坐上天地共主的位子，同人打架从没有流过血，能眼见他老人家挂次彩不容易。凤九欢欣鼓舞地凑上去：“赤中带金，不愧是帝君流出来的血，我看典籍上说这个血喝一盅能抵一个仙者修行千八百年的，不知是不是真的啊？”

东华扬眉看着她的脸，忽然叹了一口气：“一般来说，你这种时刻第一件想到的应该是如何帮我止血。”

凤九还没有从看热闹的兴奋中缓过神来，听他这个话本能地接道：“虽然鄙人现在还算不上一个绝顶的美人，但是再过万八千年长开了，命中注定将很有姿色。我姑姑的话本上从没有什么英雄救美之后主动去跟美人示弱的，你主动把伤处给我看，背后没有阴谋我才不信。你骗我也不是一次两次，这个伤不过是个障眼法，你以为我傻吗？”

东华看了一眼自己的伤处，又看了一眼凤九，良久，平和地道：“你近来的确较从前聪明，不过教你仙法道术的师父在幼学启蒙时没有告诉你，见血的障眼法一向只能障凡人的眼，障不了神仙的眼吗？”

凤九从未一次性听东华说这样长的句子，反应过来帝君这一番剖析讲解的是甚，顿时惊得退后一步：“……喂，你这伤不会是真的吧？”她疑惑地上前一步，血流得如此快速让她有些眩晕，手忙脚乱地扯开衬裙的一条长边将东华鲜血横流的手臂麻溜包起来，嘴中却仍有些怀疑地嘟囔：“可是我见过的英雄，譬如我姑父，他受再重的伤一向也是费心费力瞒着我姑姑，我爹他受伤也从不让我阿娘知道，就是折颜那样感觉很为老不尊的一个人，他受伤也都是一个人默默藏着不给我小叔晓得一星半点儿，你这种反应的我还真是从来没有见过……”

东华坦然地看着她笨手笨脚给自己处理伤处，耐心地同她解惑：“哦，因为我这个英雄比起他们来，比较脆弱。”

“……”

凤九坐在片刻前东华安坐的长榻上，右手撑着矮榻斜长的扶臂想问题，腿上搁着帝君的脑袋，换言之，帝君他老人家此刻正枕在她的玉腿上小憩。事情到底是如何发展到这个境地的，凤九挠了半天脑袋，觉得着实很莫名。

犹记一盏茶的工夫，她以德报怨地帮东华包好臂上的伤口，客气地告辞成功去办手上的正事，其时东华也没有再作挽留，但她沿着记忆中初来的小道一路寻回去，却再找不到方才掉落的出口。急中生智，她感觉是东华做了手脚，杀气腾腾地重回来寻他，未到近处已听到躺在长榻上闭目休整的东华道：“方才忘了同你说，缈落死后十二个时辰内此地自发禁闭，若想出去怕是出不去。”

凤九脑袋一蒙，东华续道：“你有什么要事需及时出去？”

凤九哭丧着脸：“我同燕池悟有约……”原本待说“去解忧泉旁盗频婆果”，话待出口，意识到后半句不是什么可光明正大与人攀谈的事，赶紧噎在喉咙口另补充道，“同他有个约会。”这件事着实很急，此前她在林中四处寻路时还分神反省过对东华是否太过宽容，此时觉得幸亏自己本性良善方才没有趁他受伤落井下石，还帮他包扎了伤口。她急中三两步过去握住东华的右臂，将她对他施恩的证据清晰地摆在他面前，神色凝重地看向他：“帝君，你说我给你包扎的这个伤口包扎得好不好？我是不是对你有恩？你是不是应该报答？”

东华凝视着她道：“包得一般，你要我报答你什么？”

凤九更加急切地握住他的手臂，道：“好说，其实因我此时身负的这桩事着实十分紧急。此地困得住我这种修为浅薄的神仙，却定然困不住帝君您这样仙法卓然的神仙，若帝君助我及时脱困，帝君将我扔在梵音谷半年不来营救之事和变成丝帕诓我之事一概一笔勾销，你看怎么样？”

东华继续凝视着她道：“我觉得，你对我似乎分外记仇。”

凤九感叹在东华这样专注的注视下心中竟然平静无波，一边自觉自己是个做大事的人，果然很沉得住气，一边诚恳状道：“怎么会？”眼见东华眼中不置可否的神气，顿了顿又道，“那是因为除了你，基本上也没什么人喜欢得罪我。”

就听东华道：“燕池悟呢？”

凤九心道小燕多傻啊，我不欺负他已经不错了，他要是还能反过来得罪我，这真是盘古开天一桩奇事，但小燕终归也是一代魔君，凤九觉得是兄弟就不能在这种时刻扫小燕的面子，含糊了一声道：“小燕他啊，呃，小燕还好。”

但这种含糊乍一听上去却和不好意思颇为接近，凤九见东华不言语再次闭目养神，恍然话题走偏，急急再倾身一步上去将话题拽回来："我记仇不记仇暂且另说，不过帝君你这个形容，到底是愿意还是不愿意报答我啊？"

东华仍是闭着眼，睫毛长且浓密，良久才开口道："我为什么要帮你，让你出去会燕池悟？"

凤九想他这个反问不是讨打吗，但她晓得东华一向是个吃软不吃硬的性子，虽然着急，还是克制着心中火气，逻辑清晰地一字一顿告诉他："因为我帮了你啊，做神仙要互相帮助，我帮了你，我遇到危急时刻，你自然也要帮一帮我，这才是道法正理。"她此时还握着东华的手臂，保持这个姿态同他说话已有些时候。她心中琢磨若他又拿出那套耍赖功夫来回她"今天我不太想讲道理，不太想帮你"，她就一爪子给他捏上去，至少让他疼一阵不落个好。哪里想到东华倒是睁眼了，目光在她脸上盘桓一阵，眼中冷冷清清道："我没有办法送你出去，即便你同他有什么要紧之约，也只能等十二个时辰以后了。"

凤九脑子里轰一声炸开："这岂不是注定爽约？"她的一切设想都在于东华的万能，从没有考虑过会当真走不出去误了盗频婆果的大事，但东华此种形容也不像是开玩笑，方才那句话后便不再言语。

她呆立一阵，抬眼看天上忽然繁星密布杳无月色，几股小风将头上的林叶拂得沙沙作响。今夜若错过，再有时机也需是下月十五，还有整整一月，凤九颓然地扶着矮榻蹲坐。星光璀璨的夜空却忽然倾盆雨落，她吓了一跳，直觉跳上长榻，四望间瞧见雨幕森然，似连绵的珠串堆叠在林中，头上蓝黑的夜空像是谁擎了大盆将天河的水一推而下，唯有这张长榻与泼天大雨格格不入，是个避雨之所。

她听说有些厉害的妖被调伏后因所行空间尚有妖气盘旋，极容易集结，需以无根水涤尽七七四十九个时辰，将方圆盘旋的妖气一概冲刷干净，方称得上收妖圆满，这么看此时天上这番落雨该是东华所为。

夜雨这种东西一向爱同闲愁系在一处，什么“春灯含思静相伴，夜雨滴愁更向深”之类，所描的思绪皆类此种。雨声一催，凤九的愁思一瞬也未免上来，她晓得东华此时虽闲躺着却正是在以无根净水涤荡缈落留下的妖气，怪不得方才要化出一张长榻，一来避雨，二来注定被困许久至少有个可休憩之处，东华他考虑得周全。

凤九颓废地蹲在榻尾，她已经接受煮熟的鸭子被夜雨冲走的现实，原本以为今夜频婆果就能得手，哪晓得半道杀这么一出，天命果然不可妄自揣度，但今次原本是她拖小燕下水，结果办正事时她这个正主恍然不见踪迹，不晓得若下月十五她再想拖小燕下水，小燕还愿意不愿意上当，这个事儿令她有几分头疼。

她思量着回头见到小燕，得编个什么理由才能使他谅解爽约之事，实话实说是不成的，照小燕对东华的讨厌程度，遇上这种事，自己救了东华而没有趁机捅他两刀，就是对他们二人坚定友情的一种亵渎和背叛。唔，说她半途误入比翼鸟禁地，被一个恶妖擒住折磨了一夜，所以没有办法及时赶去赴约这个理由似乎不错，但是，如果编这么个借口还需一个自己如何逃脱出来的设定，这似乎有一些麻烦。她心中叨念着不知觉间叹息出声："编什么理由看来都不稳妥，哄人也是个技术活，尤其是哄小燕这种打架逃命一流的，唉！"东华仍闭着眼睛，似乎没什么反应，周围的雨幕却蓦然厚了一层，大了不止一倍的雨声擂在林叶上，像是千军万马踏碎枯叶，有些瘆人。凤九心中有些害怕，故作镇定地朝东华挪了一挪，双脚触到他的腿时感觉镇静很多，却忽然听到他的声音夹着雨声飘来："看不出来，你挺担心燕池悟。"

帝君他老人家这样正常地说话令凤九感到十分惶惑，预想中他说话的风格，再不济此时冒出来的也该是句"哄人也需要思索看来你最近还需大力提高自己的智商"之类。如此正常的问话，凤九一时没有反应过来，顺溜回道："我也是怕下月十五再去盗频婆果，他不愿意给我当帮手不是……"不是二字刚出口，凤九的脸色顿时青了，艰难道，"其实那个，我是说……"

雨声恍然间小了许多，无根水拢着长榻的结界壁顺势而下，模糊中似飞瀑流川，川中依稀可见帝君闲卧处银发倚着长榻垂落，似一匹泛光的银缎。凤九脑中空空凝望结界壁中映出的帝君影子，无论如何偷盗不是一件光彩之事，何况她还是青丘的女君，头上顶着青丘的颜面，倘若东华拿这桩事无论是知会比翼鸟的女君一声，还是知会她远在青丘的爹娘一声，她都完了。

她张了张口，想要补救地说两句什么，急智在这一刻却没有发挥得出，哑了半晌倒是东华先开口，声音听起来较方才那句正常话竟柔软很多："今夜你同燕池悟有约，原来是去盗取频婆果？"她干笑两声往榻尾又缩了缩："没有没有绝对没有，我身为青丘女君怎会干此种偷盗之事，哈哈你听错了。"

东华撑着头坐起身来，凤九心惊胆战地瞧着他将手指揉上额角，声音依然和缓道："哦，兴许果真听错了，此时头有些晕，你借给我靠靠。"凤九小辫子被拿捏住，东华的一举一动皆十分拨动她的心弦，闻言立刻殷勤道："靠着我或许不舒服，你等等我变一个靠枕给你靠靠……"但此番殷勤献错了方向，东华揉额角的手停了停："我感觉似乎又记起来一些什么，你方才说下月十五……"凤九眨眼中会意，赶紧凑上去一把揽住他按在自己腿上："这么靠着不晓得你觉得舒服还是不舒服，或者我躺下来给你靠？那你看我是正着躺给你靠还是反着躺给你靠，你更加舒服些？"她这样识时务显然令东华颇受用，枕在她的腿上又调整了一下卧姿，似乎卧得舒服了才又睁眼道："你是坐着还是躺着舒服些？"凤九想象了一下若是躺着……立刻道："坐着舒服些。"东华复闭目道："那就这么着吧。"

凤九垂首凝望着东华闭目的睡颜，突然想起来从前她是只小狐狸时也爱这样枕在东华的腿上，那时候佛铃花徐徐飘下，落在她头顶带一点痒，东华若看见了会抬手将花瓣从她头上拂开，再揉一揉她的软毛，她就趁机蹭上去舔一舔东华的手心……思绪就此打住，她无声地叹息，自己那时候真是一只厚颜的小狐狸。风水轮流转，今日轮着东华将自己当枕头，她担忧地思索，倘若东华果真一枕就是十二个时辰……那么，可能需要买点药油来擦一擦腿脚。

思绪正缥缈中，耳中听正惬意养着神的东华突然道："可能失血太多手有些凉，你没什么旁的事不介意帮我暖一暖吧？"凤九盯着他抬起的右手，半天，道："男女授受不亲……"东华轻松道："过阵子我要见比翼鸟的女君，同她讨教一下频婆树如何种植，你说我是不是……"凤九麻溜地握住帝君据说失血凉透的右手，诚恳地憋出一行字："授受不亲之类的大防真是开天辟地以来道学家提出的最无聊无羁之事。"殷勤地捂住帝君的右手，"不晓得我手上这个温度暖着帝君，帝君还满意不满意？"帝君自然很满意，缓缓地再闭上眼睛："有些累，我先睡一会儿，你自便。"凤九心道此种状况容我自便，难不成将您老人家的尊头和尊手掀翻到地上去？见东华呼吸变得均匀平和，忍不住低头对着他做鬼脸："方才从头到尾你不过看个热闹，居然有脸说累要先睡一睡，鄙人刚打了一场硬仗还来服侍你可比你累多了。"她只敢比出一个口型，安慰自己这么编排一通虽然他目不能视耳不能闻，自己也算出了口气，不留神颊边一缕发丝垂落在东华耳畔，她来不及抬头，他已突然睁开眼。半晌，帝君看着她，眼中浮出一丝笑意："你方才腹诽我是在看热闹？"看着她木木呆呆的模样，他顿了顿，"怎么算是看热闹，我明明坐在旁边认真地——"他面无愧色地续道，"帮你鼓劲。"

"……"凤九卡住了。

第二日，凤九从沉梦中醒来时，回想起前一夜这一大摊事有三个不得解的疑惑以及思虑。

第一，东华手上那个伤来得十分蹊跷，说是缈落在自己掉下来时已将他伤成那样。她是不信的，因回忆中他右手握住自己和陶铸剑刺向缈落时很稳很疾，感觉不出什么异样。

第二，东华前前后后对自己的态度也令人颇摸不着头脑，但彼时忙着应付他不容细想。其实，倘若说帝君因注定要被困在那处十二个时辰化解缈落的妖气，因感觉很是无聊，于是无论如何要将她留下来解解闷子，为此不惜自伤右臂以作挽留，她觉得这个推理是目前最稳妥靠谱的。但是，帝君是这样无聊且离谱的人吗？她一番深想以及细想，觉得帝君无论从何种层面来说，其实的确算得上一个很无聊很离谱的人，但是，他是无聊到这种程度、离谱到这种程度的人吗？她觉得不能这样低看帝君，糊涂了一阵便就此作罢。事实上，她推断得完全没有什么问题……

第三，凤九脑中昏然地望定疾风院中熟悉的床榻和熟悉的软被，被角上前几日被她练习绣牡丹时误绣的那朵雏菊还在眼前栩栩如生。她记得临睡前听得残雨数声伴着东华均匀绵长的呼吸，雨中仍有璀璨星光，自己被迫握着东华的手感到十分暖和，他的身上也有阵阵暖意，然后她伺候着他，头一低一低就睡着了。她清晰地记得自己是扶着东华那张长榻入眠的，刚开始似乎有些冷，但睡着睡着就很暖和，因此她睡得很好，甜黑一觉不知睡到什么时辰。但，此刻醒来她怎会躺在自己的房中？

她坐在一卷被子当中木木呆呆地思索，或许其实一切只是黄粱一梦，今日十五，她同萌少小燕去醉里仙吃酒看姑娘，看得开心吃得高兴就醺然地一觉至今，因为她的想象力比较丰富，所以昏睡中做一个这么跌宕起伏又细节周全的梦也不是全无可能。她镇定地琢磨了一会儿，觉得要不然就认为是这么回事吧，正准备借着日头照进来的半扇薄光下床洗漱，忽瞄见窗格子前一黑，抬眼正看到小燕挑起门帘。

凤九的眼皮控制不住地跳了跳。小燕今日穿得很有特色，上身一大红的交领绸衣，下裳一派莜麦绿，肩上挎了硕大一个与下裳同色的油绿油绿的包袱皮，活脱脱一个刚从雪地里拔出来的鲜萝卜棒子。

鲜萝卜棒子表情略带忧郁和惆怅地看着凤九："这座院子另有人看上了，需老子搬出去，老子收拾清楚过来同你告个别，山高水长，老子有空会回来坐坐。"

凤九表情茫然了一会儿："是你没有睡醒还是我没有睡醒？"

鲜萝卜棒子一个箭步跨过来，近得凤九三步远，想要再进一步却生生顿住地隐忍道："我不能离你更近，事情乃是这般。"声音突然吊高急切道，"你别倒下去继续睡先起来听我说啊！"

事情乃是哪一般，凤九半梦半醒地听明白了，原来这一切并不是发梦。据小燕回忆，他前夜探路时半道迷了路，兜兜转转找回来时凤九已不知所终，他着急地寻了她一夜又一日未果，颓然地回到疾风院时却见一只红狐就那么躺在她的床上昏睡，他的死对头东华帝君则坐在旁边望着这只昏睡的红狐狸出神，出神到他靠近都没有发现的程度。他隐隐感觉这桩事很是离奇，于是趁着东华中途不知为何离开的当儿钻了进去。说到此处，小燕含蓄地表示，他当时并不晓得床上躺的红狐狸原来就是凤九，以为是东华猎回的什么灵宠珍兽，他凑过去一看，感觉这只珍兽长得十分可爱俏皮，忍不住将她抱起来在手中掂了掂，然后悲剧就发生了。

凤九打眼瞟过鲜萝卜棒子颤巍巍伸过来的包得像线捆猪蹄

一样的手，笑了："然后梦中的我喷了个火球出来将你的手点燃了？我挺厉害的嘛。"

鲜萝卜棒子道："哦，这倒没有。"突然恨恨道，"冰块脸不晓得什么时候从哪里冒出来倚在门口，没等老子反应过来老子的手就变成这样了。因为老子的手变成这样了，自然没有办法再抱着你，你就顺势摔到了床上。但是这样居然都没有将你摔醒，老子实在是很疑惑。接着老子就痛苦地发现以你的床为中心三步以内老子都过不去了。老子正要以眼还眼以牙还牙回去，冰块脸却突然问老子是不是跟你住在一起，住在一起多久了。"

凤九挠着头向鲜萝卜棒子解惑："哦，我睡得沉时如果突然天冷是会无意识变回原身，我变回原身入睡时没有什么别的优点就是不怕冷以及睡得沉。"又挠着头同小燕一起疑惑，"不过帝君他……他这个是什么路数？"

小燕表示不能明白，续道："是什么路数老子也不晓得，但是具体我们一起住了多久老子也记不得了，含糊地回他说也有半年了。老子因为回忆了一下我们一起住的时间就失去了回攻他的先机，不留神被他使定身术困住。他皱眉端详了老子很久，然后突然说看上了老子。"

凤九砰的一声脑袋撞上床框，小燕在这砰的一声响动中艰难地换了一口气："就突然说看上了老子住的那间房子。"话罢惊讶地隔着三步远望向凤九，"你怎么把脑袋撞了，痛不痛啊？啊！好大一个包！"

凤九摆了摆手示意他继续讲下去，小燕关切道："你伸手揉一揉，这么大一个包，要揉散，以免有瘀血。啊，对，他看上了老子的那间房子。没了。”

凤九呆呆道：“没了？”

鲜萝卜棒子突然很扭捏：“他说我们这处离宗学近，他那处太远；我们这里有个鱼塘，他那里没有；我们这里还有你厨艺高超能做饭，所以他要跟老子换。老子本着一种与人方便的无私精神，就舍己为人地答应了，于是收拾完东西过来同你打一声招呼。虽然老子也很舍不得你，但是，我们为魔为仙，不就是讲究一个助人为乐吗？”

凤九傻了一阵，诚实地道：“我是听说为仙的确讲究一个助人为乐，没有听说为魔也讲究这个。”顿了顿道，“你这么爽快地和帝君换寝居，因为知道自他来梵音谷，比翼鸟的女君就特地差了姬蘅住到他的寝殿服侍他吧，你打的其实是这个主意吧。”

鲜萝卜棒子惊叹地望住凤九，揉了揉鼻子：“这个嘛，哎呀，你竟猜着了，事成了请你吃喜酒，坐上座。”想了想又补充道，“还不收你礼钱！”

凤九突然觉得有点头痛，挥手道：“好吧，来龙去脉我都晓得了，此次我们的行动告吹，下月十五我再约你，你跪安吧。”

小燕点了点头走到门口，突然又回过身，正色严肃地道：“对了，还有一事，此前我不是抱过你的原身吗？占了你的便宜，十二万分对不住。兄弟之间岂能占这种便宜，你什么时候方便同我讲一声，我让你占回去。”

凤九揉着额头上的包：“……不用了。”

小燕肃然地忽然斯文道：“你同我客气什么，叫你占，你就占回去。或者我这个人记性不好，三两天后就把这件事忘了反叫你吃亏。来来，我们先立个文书约好哪一天占、用什么方式占，哦，对，要不然你占我两次吧，中间隔这么长时间是要有个利息的。”

凤九：“……滚。”

轩窗外晨光蒙蒙，凤九摸着下巴抱定被子两眼空空地又坐了一阵，她看到窗外一株天竺桂在雪地中绿得爽朗乖张，不禁将目光往外投得深些。

梵音谷中四季飘雪，偶尔的晴空也是昏昏日光倒映雪原，这种景致看了半年多，她也有点想念红尘滚滚中一骑飞来尘土扬。听萌少说两百多年前，梵音谷中其实也有春华秋实夏种冬藏的区分，变成一派雪域也就是近两百余年的事情。而此事论起来要溯及比翼鸟一族传闻中隐世多年的神官长沉晔。据说这位神官长当年不知什么原因隐世入神官邸时，将春夏秋三季以一枚长剑斩入袖中，齐带走了，许多年他未再出过神官邸，梵音谷中也就再没有什么春秋之分。

萌少依稀地提到，沉晔此举乃是为了纪念阿兰若的离开，因自她离去后当年的女君即下了禁令，将“阿兰若”三个字从此列为阖族的禁语。据说阿兰若在时很喜爱春夏秋三季的勃勃生气，沉晔将这三季带走，是提醒他们一族即便永不能再言出阿兰若的名字，却时刻不能将她忘记。席面上萌少勉强道了这么几句后突然住口，像是说了什么不该说的讳言。凤九彼时喝着小酒听得正高兴，虽然十分疑惑阿兰若到底是个什么人物，但无论如何萌少不肯再多言，她也就没有再多问。

此时凤九的眼中蓦然扎入这一幅孤寂的雪景，一个受冻的喷嚏后，脑中恍然就浮现出这一段已抛在脑后半年余的旧闻。其实如今，沉晔同阿兰若之间有什么跌宕起伏的恩怨剧情，她已经没有多大兴致，心中只是有些怅然地感叹，倘阿兰若当年喜爱的是冷冰冰的冬季多好，剩下春夏秋三个季节留给梵音谷，大家如今也不至于这么难挨。想到此处又打了一个喷嚏，抬眼时，就见原本很孤寂的雪景中，闯进了一片紫色的衣角。

凤九愣了片刻，仰着脖子将视线绕过窗外的天竺桂，果然瞧见东华正一派安闲地坐在一个马扎上临着池塘钓鱼。坐在一个破枣木马扎上也能坐出这等风姿气度，凤九佩服地觉得这个人不愧是帝君。但她记得他从前钓鱼，一向爱躺着晒晒太阳或者挑两本佛经修注聊当作消遣，今次却这么专注地瞧着池塘的水面，似乎全副心神都贯注在了两丈余的鱼竿上。凤九远远地瞧了他一会儿，觉得他这个模样或许其实在思量什么事情，他想事情的样子客观来说一直很好看。

帝君为什么突然要同小燕换寝居，凤九此时也有一些思考。小燕方才说什么来着？说帝君似乎是觉得疾风院离宗学近，又配了鱼塘兼有她做饭技艺高超？若是她前阵子没受小燕的点拨，今日说不定就信了他这一番缥缈说辞。但她有幸受了小燕的点拨，于风月事的婉转崎岖处有了深入浅出的了解，她悟到，帝君做这个举动一定有更深层次的道理。她皱着眉头前前后后冥思苦想好一阵，恍然大悟，帝君此举难道是为了进一步地刺激姬蘅？

虽然答应姬蘅同小燕相交的也是东华，但姬蘅果真同小燕往来大约还是令他生气。当初东华将自己救回来躺在他的床上是对姬蘅的第一次报复，结果被她给毁了没有报复成；调伏缈落那一段时姬蘅也在现场，说不准是东华借着这个机会再次试探姬蘅，最后姬蘅吃醋跑了，这个反应大约还是令东华满意，因她记得姬蘅走后她留下来助阵直到她伺候着东华入睡，他的心情似乎一直很愉快。那么，帝君此刻非要住在自己这一亩三分地，还将小燕遣去了他的寝居，必定是指望拿自己再刺激一回姬蘅吧？刺激得她主动意识到从此后不应再与小燕相交，并眼巴巴地前来认错将他求回去，到时他假意拿一拿乔，逼得姬蘅以泪洗面同他诉衷情表心意按手印，他再同她言归于好，从此后即便司命将姬蘅和小燕的姻缘谱子用刀子刻成，他二人必定也再无可能了。

凤九悟到这一步，顿时觉得帝君的心思果然缜密精深，不过这样婉转的情怀居然也被她参透了，近日她看事情真是心似明镜。她忍不住为自己喝了一声彩，但喝完后心中却突然涌现出不知为何的麻木情绪，而后又生出一种浓浓的空虚。她觉得，东华对姬蘅，其实很用心。

窗格子处一股凉风飘来，凤九结实地又打了一个喷嚏，终于记起床边搭着一件长襦。提起来披在肩上一撩被子下床，斜对面一个声音突然响起，自言自语道："重霖在的话，茶早就泡好了。"

凤九一惊，抬眼向出声处一望，果然是东华正掀开茶盖瞧着空空如也的茶壶。他什么时候进了这间屋，她竟完全不晓得，但寄居他人处也敢这么不客气也是一种精神。

凤九看他半天，经历缈落之事后，即便想同他生分一时半刻也找不到生分的感觉，话不过脑子地就呛回去："那你入谷的时候为什么不把重霖带过来？”

东华放下手中空空的茶壶，理所当然地道：“你在这里，我为什么还要带他来？”

凤九按住脑门上冒起的青筋：“为什么我在这里你就不能带他来？”

帝君回答得很是自然：“他来了，我就不好意思使唤你了。”

凤九卡了一卡，试图用一个反问激发他的羞耻心，原本要说“他不来你就好意思使唤我吗”，急中却脱口而出：“为什么他来了你就不好意思使唤我了？”

东华看她一阵，突然点了点头：“说得也是，他来了我照样可以使唤你。”将桌上的一个鱼篓顺手递给她，“去做饭吧。”

凤九愣怔中明白刚才自己说了什么，东华又回了什么，顿觉头上的包隐隐作痛，抬手揉着瘀血，瞧着眼前的鱼篓：“我觉得，有时候帝君你脸皮略有些厚。”

东华无动于衷地道：“你的感觉很敏锐。”将鱼篓往她面前又递了一递，补充道，“这个做成清蒸的。”

他这样的坦诚令凤九半晌接不上话，她感觉可能刚才脑子被撞了转不过来，一时不晓得还有什么言语能够打击他、拒绝他，纠结一阵，颓废地想着实在无可奈何，那就帮他做一顿吧，也不妨碍什么。她探头往鱼篓中一瞧，迎头撞上一尾湘云鲫猛地跃到竹篓口又摔回去，凤九退后一步：“这是……要杀生？”

端立身前的东华觑了眼竹篓中活蹦乱跳的湘云鲫：“你觉得我像是让你去放生？”

凤九大为感叹：“我以为九重天的神仙一向都不杀生的。”

东华缓缓地将鱼篓成功递进她的手里："你对我们的误会太深了。"垂眼中瞧见鱼篓在她怀中似乎搁得十分勉强，凝目远望中突然道，"我依稀记得，你前夜似乎说下月十五……"

凤九一个激灵，瞌睡全醒，灵台瞬间无比清明，掐断帝君的回忆赶紧道："哪里哪里，你睡糊涂了一准做梦来着，我没有说过什么,你也没有听见什么。"眼风中捕捉到东华别有深意的眼神，低头瞧见他方才放进自己怀中的竹篓，赶紧抱定道，"能为帝君做一顿清蒸鲜鱼乃是凤九的荣幸，从前一直想做给你尝一尝，但是没有什么机会。帝君想要吃什么口味，须知清蒸也分许多种，看是我在鱼身上开牡丹花刀，将切片的玉兰、香菇排入刀口中来蒸，还是帝君更爱将香菇、嫩笋直接切丁塞进鱼肚子里来蒸？"她这一番话说得情真意切、一气呵成，其实连自己都没有注意，虽然是临阵编出来奉承东华的应付之言，却是句句属实。她从前在太晨宫时，同姬蘅比没有什么多余的可显摆，的确一心想向东华展示自己的厨艺，但也的确是没有得着这种机会。

湘云鲫在篓中又打了个挺，带得凤九手一滑，幸好半途被东华伸手稳住。她觉得手指一阵凉意浸骨，原来是被东华贴着，听见头上帝君道："抱稳当了吗？"顿了顿又道，"今天先做第一种，明天再做第二种，后天可以换成蒜蓉或者浇汁。"

凤九心道你考虑得倒长远，垂眼中目光落在东华右手的袖子上，蓦然却见紫色的长袖贴手臂处有一道血痕，抱定篓子抬了抬下巴："你的手怎么了？"

帝君眼中神色微动，似乎没有想到她会注意到此，良久，和缓道："抱你回来的时候，伤口裂开了。"凝目望着她。

凤九一愣："胡说，我哪里有这么重！"

帝君沉默了半晌："我认为你关注的重点应该是我的手，不是你的体重。"

凤九抱着篓子探过去一点："哦，那你的手怎么这么脆弱啊？"

帝君沉默良久："……因为你太重了。"

凤九气急败坏："胡说，我哪里有这么重！"话出口觉得这句话分外熟悉，像是又绕回来了，正自琢磨着突然见东华抬起手来，赶紧躲避道，"我说不过你时都没打你，你说不过我也不兴动手啊！"那只手落下来却放在她的头顶。她感到头顶的发丝被拂动带得一阵痒，房中一时静得离奇，甚至能听见窗外天竺桂上的细雪坠地声。凤九整个身心都笼罩在一片迷茫与懵懂之中，搞不懂帝君这是在唱一出什么戏，小心翼翼地抬起眼角，却正撞上东华耐心端详的目光："有头发翘起来了，小白，你起床还没梳头吗？"

话题转得太快，这是第二次听东华叫她小白，凤九的脸突然一红，结巴道："你你你你懂什么，这是今年正流行的发型。"言罢搂着鱼篓噌噌噌地就跑出了房门。门外院中积雪沉沉，凤九摸着发烫的脸边跑边觉得疑惑，为什么自己会脸红，还会结巴？难道是东华叫她小白，这个名字没有人叫过，她一向对自己的名字其实有些自卑，东华这么叫她却叫得很好听，所以她很感动，所以才脸红？她理清这个逻辑，觉得自己真是太容易被感动，心这么软，以后吃亏怎么办呢……

第五章

舍修为 盗圣果

三日后，白雪茫茫，唯见鸟语，不闻花香。

凤九狠心在醉里仙花大钱包了个场，点名前阵子新来的舞娘桃妆伴舞作陪，请东华吃酒。其实按她对东华的了解，帝君似乎更爱饮茶。但比翼鸟的王城中没有比醉里仙这个酒家更贵的茶铺，小燕建言，既然请客，请得不够贵不足以表达她请客的诚意，她被小燕绕晕了，就糊里糊涂地定在了醉里仙。

凤九为什么请东华吃酒，这桩事需回溯到两日前。两日前她尚沉浸在频婆果一时无法得手，且此后需日日伺候东华的忧患中，加之没有睡醒，深一脚浅一脚地行到宗学，迎头却正碰上祭韩夫子匆匆而来。

她因为瞌睡还在脑门上，没有心情同夫子周旋，乖顺地垂头退在一旁。但夫子竟然一溜小跑笔直行了过来，脸上堆出层层叠叠慈祥的笑，拱出一双出众的小眼睛。她心里打了个哆嗦，瞌睡立刻醒了，夫子已经弓着腰满含关爱地看着她："那个决赛册子前些日誊抄的小官誊漏了，昨日帝君示下老夫竟然才发现少誊了你的名字。"又捋着一把山羊须满含深意地讨好一笑，"恕老夫眼拙，哈哈，恕老夫眼拙。"

凤九耳中恍然先听说决赛册子上复添了自己的名讳得频婆果有望，大喜；又听夫子提什么帝君，还猥琐一笑称自己眼拙，瞬间明白了她入册子是什么来由，夫子又误会了什么。她平生头一回在这种时刻脑子转得飞快，但夫子虽然上了年纪，行动却比她的脑子更快，她正打算解释，极目一望，眼中只剩老头一个黑豆大的背影消失在雾雨之中。

凤九觉得，这桩事东华帮了她有功。若寻常人这么助她，无论如何该请人一顿酒以作答谢。但东华嘛，自重逢，他也带累自己走了不少霉运，如今他于自己是功大于过、过大于功还是功过相抵，她很困惑。困惑的凤九想了整整一堂课，依然很困惑，于是，她拿此事请教了同在学中一日不见的燕池悟。

小燕一日前挥别凤九，喜滋滋住进帝君他老人家的华宅，理所当然水到渠成地遇到心上人姬蘅公主。姬蘅见着他得知东华同他换居之事，呆愣一阵，妩媚又清雅的一张脸上忽然落下两滴热滚滚的泪珠。姬蘅的两滴泪犹如两匹巨石砸进小燕的心中，令小燕忽感得到心上人的这条路依然道阻且长。小燕很沮丧。

当晚，小燕就着两壶小酒对着月色哀叹到半夜。最后一杯酒下肚忽然顿悟，尽管他从前得知凤九乃青丘帝姬时十分震惊，难以相信传说中东荒众仙伏拜的女君乃是这副德行，但凤九着实继承了九尾白狐一族的好样貌，如今东华同有着这么一副好样貌的凤九朝夕相对……当然他也同凤九朝夕相处了不少时日，但他对情专一嘛，东华这样的人定然不如自己专一，倘能将东华同凤九撮合成一处……届时东华伤了姬蘅的心，自己再温言劝慰乘虚而入，妙哉，此情可成矣！

东华同凤九，他初见凤九的确以为她是东华的相好，但那时没怎么注意她的姿色，后来注意到她的姿色时也晓得了她乃青丘的女君，其实同东华没什么干系，也就没有多想她同东华合不合适的问题。如今细致一思量，他两个站一处，其实还挺般配的嘛。小燕为心中勾勒的一幅美好前景一阵暗喜。凉风一吹，他忽然又想起从前在凤九的跟前说了东华不少坏话……心中顿生懊恼。小燕端着一只空酒杯寻思到半夜，如何才能将东华的形象在凤九跟前重新修正过来呢，一直想到天亮，被冻至伤寒，仍没有想出什么妙招来。但次日学中，凤九竟然主动跑来请他参详她同东华的纠葛之事，燕池悟拧着鼻涕举头三尺，老天英明！

小燕一心撮合凤九与东华，面对凤九的虔诚请教，无奈而文雅地违心道："冰块脸，不，我是说东华，东华他向来严正耿介，不拘在你们神族之内，在我们魔族其实都是有这种威名盛传的。但今天，他为了你竟然专程去找那个什么什么夫子开后门，这种恩情不一般啊。你说的半年不来救你或者变帕子欺骗你之流的小失小过，跟此种大恩大德比起来简直不值一提！"说到这里，他禁不住在内心中呸了自己一声，但一想到未来幸福，又呸了自己一声后继续道，"你要晓得，对于我们这种成功男人来说，威名比性命更加重要，但是冰块脸他，不，东华帝君他，他为了你竟然愿意辱没我们成功男人最重视的己身威名。他对你这样好，自然是功大于过的，你必然要请他喝一顿酒来报答，并且这顿酒还要请在全王城最贵的醉里仙，叫跳舞跳得最好的姑娘助兴。”他语重心长地看着凤九，“我们为魔为仙，都要懂得知恩图报啊，如果因为对方曾对你有一些小过失，连这种大恩都可以视而不见，同没有修成仙魔的无情畜生又有什么区别呢？”

凤九完全蒙了：“我方才同你讲的那些他欺负我的事，原来只是一些小过失吗？在你们不在事中的外人看来，其实不值一提吗？原来竟是我一直小题大做了？”颓然地道，“是我的心胸太狭窄了吗？这种心胸不配做东荒的女君吧？”

小燕心中暗道冰块脸可真够无耻的，自己也真够无耻的。看到凤九整个世界观在他一席话间轰然崩溃的神色，又想到姬蘅的貌美与温柔，他咬了咬牙，仍然诚恳且严肃地道：“当然不值一提，东华此次这个举动，明显是想结交你这个朋友的意思。能交到这么一个朋友，你要珍惜。据我长久的观察，从前我对东华的误会也太深，其实东华帝君是个……难得一见的好人。”话间他又在心中深深地呸了自己一次。

凤九眉头紧皱地沉思了好一会儿，在小燕极目遥望天边浮云时，失魂落魄地、摇摇晃晃地走开了。然后第三天，就有了醉里仙这豪阔的千金一宴。

宴，是千金一宴。跳舞的桃妆，乃是千金一曲舞，脚底下每行一步就是一笔白花花的银钱。凤九看得肉痛，因她当年身无分文地掉进梵音谷，近半年全靠给小燕烧饭从他身上赚些小钱，这一场豪宴几乎垫进去她半副身家。

二楼的正座上东华正一脸悠闲地把玩一个酒盏，显见得对她花大钱请来的这个舞娘不大感兴趣。右侧位上不请自来的燕池悟倒是看得兴致勃勃，他身旁同样不请自来的姬蘅公主，一双秋水妙目则有意无意地一直放在东华身上。

这个情景令凤九叹了口气，其实他二位不请自来也没有什么，她好不容易摆回阔，多两个人也是两份见证。只不过，左侧方这位闲坐跟着乐姬打拍子的九重天元极宫三殿下连宋君，以及他身旁有样学样拿着一把小破扇子亦跟着打拍子的她的表弟糯米团子阿离……这二位竟然也出现在这个宴席上，难道是她眼花了还没有睡醒？

她虽是主人，却最后一个到宴。到宴时二楼席上的诸位均已落座有些时辰，大家对连宋和团子的出现似乎都很淡定。团子恍一瞧见她，噌地从座上站起来，天真中带着担忧的目光在她脸上停了片刻，又装模作样看了一眼周围，咳了一声坐了回去。

她一团云雾地上了楼，同在座诸位颔首算打了招呼。东华把玩酒盏中觑了她一眼，目光停在身旁的座位上，她领悟到帝君的意思，挠着头从善如流地缓步过去坐下。

刚刚落座，侍立一旁的伙计便有眼色地沏过来一壶滚滚热茶。对面白帘子后头流泻出乐姬一把淙淙琴音，雕梁画栋间如鱼游走，而面前茶烟袅袅中团子圆润可爱的侧脸若隐若现。

凤九抿着茶沉吟，感觉一切宛若梦中。但隔壁的隔壁，姬蘅盯在东华脸上的目光又热切得这样真实。她一时拿不准，想了片刻，伸手朝大腿上狠命一掐……没有感觉到痛，心道果然是在做梦，不禁又掐了一把，头上东华的声音幽幽传来：“你掐得还顺手吗？”凤九的手一僵，垂头看了眼放在帝君腿上的自己的爪子，默然收回来干干一笑：“我是看帝君你的衣裳皱了，帮你理一理。”

东华眼底似浮出一丝笑，凤九未看真切，但见他未再同她计较，便垂头对准了自己的腿又是一掐，痛得龇牙咧嘴中听隔壁连宋君停了拍子突然轻声一笑：“看来九歌公主见了本君同天孙殿下果然吃惊。其实本君此行原是给东华捎老君新近练成的一味丹。天孙无意中丢失了陪他玩耍的阿姐，一直恹恹提不起精神，便将他同领出来散一散心。不过，”似笑非笑地看了眼东华，“倒是本君送迟了这瓶丹，此时你怕是没什么必要再用到它了吧？”

凤九听连宋叫出“九歌”这两个字，方才反应出上楼时团子的神情为何如此古怪，看来他们也晓得比翼鸟同青丘有梁子，需得帮她隐瞒身份。连宋君虽然时常看上去一副不大稳妥的样子，行起事来还是颇细致周全。

东华像是对手中把玩半天的酒盏厌倦了，微一抬袖，连宋指间莹白的玉瓶尚未揣回已到他的手中，转了一圈道：“现在虽然用不上，以后难说。”

连宋敲了敲扇子：“早知你不会如此客气。”

他们这场哑谜般的对话令凤九心生好奇，正要探头研究研究东华手中的玉瓶装的是什么灵丹妙药，被忽视良久的团子却再也沉不住气了。今日团子穿着碧绿色的小衫子，噌噌噌从座上跑过来，像是迎面扑来一团闪闪发光的绿色烟云。

凤九感觉团子看着自己的眼神很忧郁，半年不见，他竟然已经懂得了什么叫作忧郁！忧郁的团子看定凤九好一会儿，突然笨手笨脚地费力从腰带上解下一个包袱，包袱入手化作数十倍大，压得他闷哼一声翻倒在地，凤九赶紧将他扶起来。包裹摊开，迎面一片刺目的白光，层层叠叠的夜明珠铺了整整一包袱皮，凤九傻眼了。

团子热切地看着她，扬声道："这位姑娘，你长得这么漂亮，有沉鱼落雁之貌闭月羞花之姿，本天孙很欣赏你，这些夜明珠给你做见面礼。"凤九一个趔趄，团子吃力地撑住她，在她耳边小声地耳语道，"凤九姐姐，你的钱那天都拿去下赌注了，但是听说在这里生活是要花钱的，我就把从小到大的压岁钱送来给你救急。我刚才演得很好吧——"凤九撑着团子坐稳当，亦在他耳边耳语道："演得很好，够义气。"

但今日不甘寂寞者绝非团子一人。早在上楼时凤九便琢磨着，人这么齐，拉开如此一场大幕，不唱几出好戏都对不起自己砸下去的银子。松云石搭起的台子上，桃妆的舞步刚随乐声而住，姬蘅公主果然不负所望当仁不让地越座而出，将一个青花汤盅献在了帝君的跟前。

汤盅一揭传来一阵妙香，香入喉鼻间，凤九辨识出这是借银雪鱼勾汤炖的长生藤和木莲子。姬蘅的手艺自然赶不上她，不过就这道汤而言，也算是炖得八分到位了。凤九的记忆中，东华的确对木莲子炖汤情有独钟，这么多年，他的口味竟然一直没有变过。

楼间一时静极，只闻姬蘅斟汤时盅勺的碰撞声，凤九打眼看去，东华正垂头瞧着姬蘅斟汤的手，细致又雪白的一双手，上头却不知为何分布了点点红斑，看着分外扎眼。待一碗热汤斟完呈到跟前，东华突然道：“不是跟你说过不能碰长生藤？”一旁凤九握着茶盅的手一顿，另一旁的连宋君悠悠地打着扇子。

姬蘅的肩膀似乎颤了一下，好一会儿，轻声道：“老师还记得奴不能碰长生藤。”抬头勉强一笑，道，“奴是怕老师在九歌公主处不惯，才借着今日炖了些汤来，木莲子汤中没有长生藤调味又怕失了老师习惯的风味。不过奴碰得不多，并不妨事。”停了停，一丝胭红突然爬上脸颊，“不过，老师能为奴担心一二，奴也觉得……”

后半句正似语还休之间，凤九啪的一声搁下茶盅，咳了一声道：“我去后头瞧瞧酒菜备得如何了。”小燕闷闷起身道：“老子同去。”团子左看看又看看，凑热闹地举起手道：“我也要去，我也要去！”

东华握着汤盅的手顿了顿，抬头看着起身的凤九。凤九一门心思放在袖中什么物件上，摸了半天摸出一个精致的糖包来，摊开顺手取出两块萝卜糕，打发就要跟过来的团子：“你在这儿吃糕，别来添乱。”回头又递给小燕两块道，“你也吃糕，别来添乱。”手递到一半突然想起什么似的又收回去，“哦，你这人毛病多，萝卜你不吃的。”顺手将两块糕便宜了团子。团子瞧了半天手上的萝卜糕，对坐下来吃糕还是跟过去添乱很是纠结，想了一阵，扭捏地道：“我边吃边跟着你吧，跟着你出去玩一会儿，也不影响我吃这个糕的。”

凤九瞪了团子一眼，眼风里突然扫到安静的小燕。在她的印象中，小燕时时刻刻动如脱兔，如此静若处子委实罕见，忍不住多看了他一会儿。

就她盯着小燕这一小会儿，小燕已经幽怨地将目光往东华面前的那只汤盅处投了三四回。凤九恍然明白，小燕一定很羡慕姬蘅给东华做了汤，又很受伤姬蘅没有给他做。这副可怜相激得凤九母性大发，沉吟中本着安慰之意，垂头在袖中掏出先前的那个糖包来。

奈何左看右看，糖包中都没有什么小燕能吃的糕可以哄一哄他，叹了口气向他道："我早上只做了几块萝卜糕、赤豆糕、绿豆糕和梅花糕揣着备不时之需，绿豆和赤豆你都不爱吃，梅花糕虽然吃但是这里头我又放了你不吃的姜粉。"又叹一口气道，"算了，你还是跟着我添乱吧。"

颓唐的小燕略微提起一点精神，绕过桌子嘀咕道："你就不能做个老子爱吃的吗？"突然想起什么，可怜巴巴地抬起头，"你是不是不记得老子喜欢吃什么糕了啊？"

小燕这样地委屈真是前所未见，极为可怜，凤九内心深处顿时柔软得一塌糊涂，声音中不自觉带上一点对宠物的怜爱："记得，梅子冻糕少放甘草。"沉吟道，"或者，今午让他们先上一盘这个糕，萌少说此处的厨子厨艺不错，料想做出来应该合你的口味。"小燕颓废中黯然神伤地回道："好吧，让他们先上一个吧。"又颓废且黯然神伤地补充道，"老子近来喜欢咸味的，或者别放甘草放点盐来尝尝。"再颓废且黯然神伤地道，"做出来不好吃再换成先前的那种，或者蛋黄酥我也可以勉强试一试。"凤九听得头一阵晕，他往常这么多要求早被她捏死了，但此时看在他这样脆弱的分上她就暂且忍了，牙缝里耐心地憋出几个字道：“好。先让他们做个加盐的给你尝一尝。”话刚落地突然听到姬蘅极轻的一声惊呼：“老师，汤洒了。”

凤九循声一望，正撞上东华冰凉的目光，姬蘅正贤惠地收拾洒出的汤水弄脏的长案，东华微抬着头，目不转睛地盯着她。被他这么定定瞧着，凤九觉得有点疑惑。木莲子汤轻雾袅袅，连宋君干咳一声打破沉寂道：“早听说九歌公主厨艺了得，本君一向对糕点之类就爱个绿豆赤豆，不晓得今天有没有荣幸能尝一尝公主的手艺？”

凤九被东华看得头皮发麻，正想找个时机将目光错开又不显得刻意，听连宋笑盈盈一席话，心中赞了他一句插话插得及时上道，立刻垂头翻糖包，将仅剩的几块糕全递了过去。对面的琴姬突然拨得琴弦一声响，东华的目光略瞟开，被晾了许久的姬蘅突然开口道：“老师，要再盛一碗吗？”燕池悟遥遥已到楼道口，正靠着楼梯递眼色招呼凤九快些。乐姬弹起一支新曲，云台上桃妆自顾调着舞步，凤九心中哀叹一声，又是一把钱！提着裙子正要过去，行过东华身旁却蓦然听他低声道：“你对他的口味倒是很清楚。”

凤九本能垂头，目光又一次同东华在半空中对上。帝君这回的神色更加冷淡直接，凤九心中咯噔一声响，他这个表情，难道方才是哪里不经意得罪了他？回忆半天，自以为了悟地道：“哦，原来你也想尝尝我的手艺？其实我做糕没有什么，做鱼做得最好，不是已经做给你尝过了吗？”

一席话毕，东华的神色却未有半点改变。凤九挠了挠头，良久，再一次自以为了悟地道：“哦，原来你真的这么想吃……但糕已经分完了啊，”为难地看了一眼团子道，“或许问问天孙殿下他愿意不愿意分你一块……”一句话还未完整脱口，天孙殿下已经聪明地唰一声将拿着萝卜糕的双手背到背后，警戒地道：“三爷爷有六块，我只有四块，应该是三爷爷分，为什么要分我的。”想了想又补充道，“况且我人小，娘亲说我一定要多吃一些才能长得高。”

凤九无言道：“我觉得多吃一块糕少吃一块糕对你目前的身高来说应该没有什么太大的影响……”

团子皱着脸不服气地道：“但是三爷爷有六块啊，我只有四块。我才不分给东华……哥哥——”说到这里卡了一卡，修正道，“才不分给东华爷爷。”

唯恐天下不乱的连三殿下手里端着六块糕笑意盈盈地凑过来，难得遇到一次打击东华的机会，连三殿下很是开心，向着没什么表情的东华慢悠悠道：“虽然说九歌公主很了解燕池悟的口味吧，但是可能不大晓得你的口味，恰巧这个糕很合我的意，但是合我的意不一定合你的意，你何苦为了一块不晓得合意不合意的糕点同我抢，咱们老友多年，至于吗？”

东华：“……”

小燕在楼道处等得不耐烦，扯开嗓子向凤九道：“还走不走，要是厨房赶不及给老子做梅子糕就你给老子做！”话刚说完一个什么东西飞过去，小燕哐当掉下了楼梯，窸窣一阵响动后，楼道底下传来一声中气十足的黯然哀鸣，“谁暗算老子？！”

东华手中原本端着的汤盅不翼而飞，淡然远目道：“不好意思，手那么一滑。”

团子嘴里塞满了萝卜糕，含糊地赞叹道：“哇，滑得好远！”

连宋：“……”

凤九：“……”

醉里仙大宴的第二日，凤九无论如何也没有想到，自己豁出全副身家请东华一顿豪宴，最后却落个被禁足的下场。其时，她一大早匀了粉面，整了妆容，沿着同往常一般的院内小道一路行至门口打算出门赴宗学，悠悠然刚踏出去一条腿，砰，瞬间被强大的镜墙反弹了回去。

凤九从小跟着她的姑姑白浅长大，白浅对她十分纵容，所以她自还是只小狐狸就不晓得听话两个字该怎么写，有几回她阿爹被她气得发狠关她的禁闭，皆被她要么砸开门要么砸开窗溜了出去。她小的时候，在这种事情上着实很有气魄也很有经验。但这一回从前的智慧全不顶用，东华的无耻在于，将整座疾风院都纳入了他设下的结界中。她的修为远不及破开帝君造出的结界，长这么大，她终于成功地被关了一回禁闭。她怒从心底起恶从胆边生，怒冲冲径直奔往东华的寝房兴师问罪。帝君正起床抬手系外袍，目光对上她怒火中烧的一双眼，一副懒洋洋还没睡醒的模样道：“我似乎听说你对那个什么比赛的频婆果很有兴趣。”

凤九表示不解。

帝君淡淡道：“既然是拿我的名义将你推进决赛册子，你输了，我不是会很没有面子？”

凤九心中一面奇怪这么多年听说面子对于帝君一向是朵浮

云，什么时候他也开始在意起面子了？一面仍然不解地道：“但这同你将我关起来有什么干系？”

帝君垂眼看着她，结好衣带，缓缓道：“关起来亲自教你。”

其时，窗外正好一树新雪压断枯枝，惊起二三冬鸟，飞得丈高撞到穹顶的镜墙又摔下来。东华帝君自碧海苍灵化生万万年，从没有听说他收什么徒弟，谁能得他的教导更是天方夜谭，虽然姬蘅叫他老师，她也不信东华真点拨了姬蘅什么。这样一位尊神，今次竟浮出这种闲情逸致想要亲自教一教她，凤九感到很稀奇。但她一向定位自己是个识大体懂抬举的仙，要是能闭关受东华几日教导，学得几式精妙的巧招，竞技场上力挫群雄摘得频婆果不若探囊取物？她一扫片刻前的怒容，欢欣鼓舞地就从了。

她从得这样痛快，其实，还有一个更深层的原因，她分外看重的竞技决赛就安排在十日后。自古来所谓竞技无外乎舞棒弄枪，两日前她听说此回赛场圈在王城外，按梵音谷的规矩王城之外施展不出术法来，决赛会否由此而改成比赛削梨或嗑瓜子之类她不擅长的偏门，也说不准。幸亏萌少捎来消息，此次并没有翻出太大的花样，中规中矩，乃是比剑，但因决赛之地禁了术法，所以评比中更重剑意与剑术。

比剑嘛，凤九觉得这个简单，她从小就是玩着陶铸剑长大的。但当萌少拂袖将决赛地呈在半空中指给她看时，望着光秃秃的山坳中呈阵列排开的尖锐雪桩，她蒙了。待听说届时参赛的二人皆是立在冰桩子上持剑比试，谁先掉下去谁就算输时，她更蒙了。他们青丘没有这样的玩法。她一大早赶去宗学，原本正是揣着求教萌少之意，托他教一教冰桩子上持剑砍人的绝招。料不到被结界挡了回来，东华像是吃错了药，竟要亲自教她。

凤九在被大运砸中头的惊喜中晕乎了一阵，回神时正掰着豆角在厨房中帮东华预备早膳，掰着掰着灵台上的清明寸寸回归，她心中突然一沉：帝君将她禁在此处，果真是如他所说要教她如何在竞技中取胜吗？他是这样好心的人吗？或许真是他吃错药，不过帝君他，就算吃错了药，也不会这样好心吧？

凤九心事重重地伺候帝君用过早膳，自己也吃了几口，究竟吃的什么她没有太注意，收拾杯盘中隐约听见东华提起这十日禁闭的安排，头三日好像是在什么地方练习如何自如走路之类。她觉得，东华果然是在耍她，但连日的血泪中她逐渐明白，即使晓得帝君耍自己也不能同他硬碰硬，需先看看他的路数，将脚底的油水抹得足些，随时寻找合适的时机悄悄地开溜方乃上策。

辰时末刻，凤九磨磨蹭蹭地挨到同东华约定的后院，方入月亮门，眼睛蓦地瞪大。院中原本的敞阔之地列满了萌少曾在半空中浮映给她看过的雪桩子，桩有两人高，横排竖列阡陌纵横，同记忆里决赛地中冰桩的阵列竟没有什么区别。院中除那一处外，常日里积雪覆盖之地新芽吐绿，一派春和景象，几棵枯老杏树繁花坠枝似烟霞，结界的上空洒下零碎日光，树下一张长椅，帝君正枕在长椅上小憩。凤九觉得，帝君为了在冰天雪地中悠闲地晒个太阳，真舍得下血本。

摸不着头脑的凤九，目光再向冰桩子飘荡而去时，突然感到身形一轻，立定后一阵雪风刮脸而来，垂眼一望已孤孤单单立在一杆雪桩的顶上。不知什么时候从长椅上起身的帝君今日一身白衣格外清俊，长身玉立在雪林的外头，抄着手抬头研究了她好一阵，徐徐道：“先拿一天来练习如何在上头如履平地，明后日试试蒙了眼睛也能在冰桩上来去自如的话，三天后差不多可以开始提剑习剑道剑术了。”又看了她一阵，“禁了你的仙术还能立在上头这么久，资质不错。”

凤九强撑着身子不敢动，声音没骨气地打战：“我、我有没有跟你说过，没了法术相依我恐高，哇——帝君救命——”

话方脱口，脚下一滑，却没有想象中坠地的疼痛。凤九眨巴着眼睛望向接住自己的东华，半晌，道：“喂，你是不是故意把我弄上去想着我会掉下来，然后趁机占我的便宜？”

帝君的手仍然握在她的腰间，闻言一愣，道：“你在说梦话吗？”

凤九垂着眼理直气壮道：“那你怎么还抱着我？看，你的手还搭在我的腰上。”

帝君果然认真地看了看自己的手，又将她从头到脚打量一番，了然道：“这么说，你站得稳了？”不及她回神已然从容抽手，原本凤九仰靠在他的身上就没什么支力，随他放手扑通一声栽倒在地，幸而林中的空地积满了暄软白雪，栽下去并不如何疼痛。凤九咬着牙从地上爬起来，仰头碰到东华装模作样递过来扶她的右手。帝君向来无波无澜的眼神中暗藏戏谑，让凤九很是火大，别开脸哼了一声推开他自己爬起来，抖着身上的碎雪愤愤道：“同你开个玩笑，至于这样小气吗？”又想起什么似的继续愤愤道，“你其实就是在耍我，怎么可能一天内闭着眼睛在那种冰阵上来去自如。有绝招却不愿意教给我，忒小气，幸好你从不收徒，做你的徒弟料想也就是被你横着耍竖着耍罢了，仙寿要折一半也学不了什么。”

她摇头晃脑地说得高兴，带得鬓边本就插得不大稳当的白簪花摇摇欲坠，待最后一个字落地，簪花终不负所望地飞离发梢，被等待良久的东华伸手险险捞住。帝君垂眼瞧了会儿手中丝绢攒成的簪花，目中露出回忆神色道：“我听说，年轻时遇到一个能耍人的师父，其实是一件终身受益的事。”

凤九无言地道：“你不要以为我没有读过书，书上明明说的是严厉的师父，不是能耍人的师父。”

帝君面上浮出一丝惊讶道：“哦，原来是这么说的？我忘了，不过都差不多吧。”近两步将簪花端正别在她的鬓边，一边端详一边漫不经心道，“你既然想要频婆果，照我说的做自然没有错。虽然这种赛制作个假让你胜出并不难，但不巧这一回他们请我评审，你觉得我像是个容得下他人作假的人吗？”

这种话从帝君口里说出实在稀奇，凤九伸手合上掉了一半的下巴：“此种事情你从前做得不要太多……”

帝君对她鬓边的那枚簪花似乎并不特别满意，取下来覆手变作一朵水粉色簪花，边重别入她发中边道：“那么就当作我最近为人突然谨笃了吧。”

虽然东华这么说，但脑子略一转，凤九亦明白过来他如此循序渐进教导她，其实是万无一失的正道。她身份殊异，传说决赛时比翼鸟的女君亦将莅会，若是作假被瞧出来，再牵连上自己的身世，小事亦可化大，势必让青丘和梵音谷的梁子再结深一层。

帝君没有要她，帝君此举考虑得很周全，她心中略甘。

但，帝君没有明说，她也不好如此善解人意，掩饰地摸了摸鬓边重新别好的簪花咳了一声道："这么说还要多谢你，承蒙你看得起我肯这么下力气来折腾栽培我。"话罢惊觉既然悟出东华的初衷，这句话委实有点不知好歹，正惭愧地想补救一两句，帝君已谦谨且从容地回道："不客气，不过是一向难得遇到资质愚驽到你这个程度的，想挑战一下罢了。"凤九无言地收回方才胸中飘荡的一点点愧疚，恶声恶气道："我不信我的资质比知鹤更加驽钝，你还不是照样教了她！"

她气急的模样似乎颇令东华感到有趣，欣赏了好一会儿，才道："知鹤？很多年前我的确因任务在身教过她一阵，不过她的师父不是我，跟着我学不下去后拜了斗姆元君为师。"又道，"这个事情，你很在意吗？"

凤九被"任务在身"四个字吸引了全副注意力，后头他说的什么全没听进去，也忘了此时是在生气，下意识将四字重复了一次："任务在身？"方才雪风一刮，眼中竟蒙着一层薄薄的雾气。

东华怔了一怔，良久，回道："我小时候无父无母，刚化生时灵气微弱差点被虎狼分食，知鹤的双亲看我可怜将我领回去抚养，对我有施饭之恩。他们九万年前临羽化时才生下知鹤，将她托给我照顾，我自然要照顾。教了她大约……"估摸年过久远实在不容易想起，淡淡道，"不过她跟着我似乎没有学到什么，听重霖说是以为有我在就什么都不用学。"东华近年来虽然看上去一副不思进取的样子，但皆是因为没有再进取的空间，远古至今，他本人一向不喜不思进取之人这一点一直挺有名，从这番话中听出对知鹤的不以为意也是意料中的事。

但，凤九自问也不是个什么进取之人，听闻这番话不免有些兔死狐悲之伤，哑了哑道：“其实，如果我是知鹤，我也会觉得有你在什么都不用学。”

遥远处杏花扬起，随着雪风三两瓣竟拂到凤九的头顶。她抬手遮住被风吹乱的额发，恍然听见东华的声音缓缓道：“你嘛，你不一样，小白。”凤九讶然抬头，目光正同帝君在半空中相会。帝君安静地看了她一会儿，“聊了这么久有些口渴，我去泡茶，你先练着。”

凤九：“……”

东华：“你要一杯吗？”

凤九：“……”

禁中第一日，日光浮薄，略有小风，凤九沿着雪桩子来回数百趟，初始心中忧惧不已，掉了两次发现落地根本不痛，渐放宽心。一日统共摔下去十七八次，腿脚擦破三块皮，额头碰出两个包。古语有云，严师出高徒，虽然薄薄挂了几处彩，却果然如东华所言，日落西山时她一个恐高之人竟已能在雪桩上来去自如。东华沏了一壶茶坐在雪林外头，自己跟自己下了一天的棋。

第二日天色比前一日好，雪风也刮得浅些，帝君果然依言，拆了匹指宽的白绫将她双眼覆结实，扔她在雪林中依照记忆中雪桩的排列来练习步法。

她跌跌撞撞地练到一半，突然感到一阵地动山摇，以为是东华临时增设的考验，慌忙中伸手扒住一个东西将身子停稳妥。

未料及身后一根雪柱突然断裂，扒住的这个东西反揽了她往一旁带过，惊乱中脚不知在何处一蹬跌倒在地，嘴唇碰到一个柔软的物什。

她试着咬了一口，伸手不见五指中听见帝君一声闷哼。她一个激灵赶紧扒开缚眼的白绫，入眼的竟是帝君近在咫尺的脸，下唇上赫然一排牙印。凤九的脸唰地一白，又一红。

半空中，连三殿下打着扇子笑吟吟道：“阿离吵着要找他姐姐，我瞧你们这一处布着结界，只好强行将它打开，多有打扰，得罪得罪。”

团子果然立在半空中瞧着他们，一双眼睛睁得溜圆，嘴里能塞下两个鸡蛋，震惊道：“凤九姐姐刚才是不是亲了东华哥哥一口？”纠结地道，“我是不是要有小侄子了？”惶恐地道，“怎么办？我还没有做好心理准备——”话罢腾起一朵小云彩噌噌噌先跑了，连宋君怕团子闯祸，垂目瞥了仍在地上困作一团的二人两眼，无奈地亦紧随团子后，临别的目光中颇有点好戏看得意犹未尽的感慨。

凤九沉默地从东华身上爬起来，默默无言地转身重踏进雪林中。步子迈出去刚三步，听见帝君在身后正儿八经地问：“小白，你是不是至少该说一声咬了你不好意思？”这听似正直的嗓音入耳却明摆着暗含了调笑，调笑人也能这么理直气壮的确是帝君的风格。凤九没有回头，干巴巴地道：“咬了你不好意思。”东华静了一阵，突然柔和地道：“真的不好意思了？”凤九跌了一下，回头狠狠道：“骗你我图什么？”东华沉思了一会儿，疑惑地道：“骗人还需要图什么？不就是图自己心情愉快吗？”凤九：“……

我输了。”

第三日，经前两日的辛苦锤炼，凤九对“如何闭着眼睛在雪桩子上行走自如”已基本掌握要诀，熏熏和风下认认真真地向着健步如飞这一层攀登。好歹念过几天书，凤九依稀记得哪本典籍上记载过一句“心所到处，是为空，是为诸相，是以诸相乃空，悟此境界，道大成”。她将这句佛语套过来，觉得此时此境所谓诸相就是雪桩子，能睁着眼睛在雪林上大开杀戒却不为雪桩所困才算好汉，她今日需练的该是如何视万物如无物。她同东华表达了这个想法，帝君颇赞许，允她将白绫摘下来，去了白绫在雪桩上来去转了几圈，她感到颇顺。

成片的杏花灿若一团白色烟云，想是帝君连续两日自己同自己下棋下烦了，今日不知从哪个犄角旮旯搞来好几方上好瓷土，在雪林外头兴致盎然地捯饬陶件。因帝君从前制陶的模样如何凤九也看过，向来是专注中瞧不出什么情绪，今日做这个小陶件神色却略有不同。她练习中忍不住好奇地朝那处望了一回、两回、三回，望到第四回时一不留神就从最高的那根雪桩子上栽了下来，但好歹让她看清了帝君似乎在做一个瓷偶。

这一日她统共只栽下去这么一次，比前两日大有进步，晚饭时帝君多往她饭碗里夹了两筷子清蒸鲜鱼以资奖励。她原本想趁吃鱼的空当装作不经意问一问帝君白日里制的到底是个什么瓷偶，奈何想着心事吃着鱼，一不小心半截鱼刺就卡上了喉咙，被帝君捏着鼻子灌下去半瓶老陈醋才勉强将鱼刺吞下去，缓过来后却失了再提这个问题的时机。

帝君到底在做什么瓷偶，临睡前她仍在介意地思索这个问题。据她所知，东华亲手捣鼓的陶器颇多，但从未见他做过瓷偶。白日里她因偷望东华而栽下去闹出颇大动静，东华察觉后先是意味深长地看了她一阵，而后干脆施然换了个方向背对着她，她不晓得他到底在做什么。但是，越是不晓得，越是想要晓得。那么，要不要干脆半夜趁东华熟睡时偷偷摸进他房中瞧一瞧呢？虽然说她一介寡妇半夜进陌生男子的寝房于礼不大合，不过东华嘛，他的寝房她已逛了不知多少次，连他的床她都有幸沾了两回，简直已经像她家的后花园了，那么大半夜再去一次应该也没有什么。

半扇月光照进轩窗，凤九腰酸骨头痛地一边寻思着这个主意一边酝酿睡意。本打算小眯一会儿就悄悄地潜进东华房中，但因白日累极一沾床就分外瞌睡，迷迷糊糊地竟坠入沉沉的梦乡。

不过终归心中记着事，比之前两夜睡得是要警醒些，夜过半时耳中隐约听到门外有脚步声徐徐而来，少顷，推门声幽然响起，踱步声到了床边。这种无论何时都透出一种威仪和沉静的脚步声，记忆中在太晨宫听了不知有多少次，凤九迷蒙中试图睁眼，睡意却沉甸甸压住眼皮，像被梦魇缚住了。

房中静了一阵，凤九茫昧地觉得大约是在做梦吧，睡前一直想着夜半潜入东华的寝居，难怪做这样的梦，翻了个身将被子往胳膊下一压继续呼呼大睡。但恍惚间又听到一阵细微的响动，再次进入沉睡之际，鼻间忽然飘入一阵宁神助眠的安息香，香入肺腑之中，原本就六七分模糊的灵台糊涂到底。唯有一丝清明回想起方才的那阵细微响动，莫不是帝君在取香炉焚香吧？明日早起记得瞧一瞧香炉中是否真有安息香的香丸，大约就能晓得帝君是否真的睡不着半夜过来照顾过她一二了。

神思正在暗夜中浮游，床榻突然一沉，这张床有些年成，喑哑地吱了一声。在这喑哑一吱中，凤九感到有一只凉沁沁的手擦上了自己的额头，沿着额头轻抚了一下。白日里额头上摔出的大包被抚得一疼，她心中觉得这个梦境如此注重细节真是何其真实，龇着牙抽了一口气，胡乱梦呓了一两句什么翻了个身。那只手收了回去，片刻有一股木芙蓉花的淡雅香味越过安息香悠悠然飘到鼻尖，她打了个喷嚏，又絮絮叨叨地翻回来。方才那只手沾了什么药膏之类往自己碰出包的额角上来回涂抹，她觉得手指配合药膏轻缓地揉着额头上这个肿包还挺舒服，这原来是个美梦，睡意不禁更深了一层。

哦，是木芙蓉花膏。她想起来了。

木芙蓉花膏乃是一味通经散瘀舒络止痛的良药，凤九再清楚不过。从前她在太晨宫做小狐狸时，和风暖日里常一个人跑去小园林中收木芙蓉花。那时园中靠着爬满菩提往生的墙头散种了几株以用作观景，但花盏生得文弱，遇风一吹落英遍地。她将落在地上的花瓣用爪子刨进重霖送给她的一个绢袋，花瓣积得足够了就用牙齿咬着袋口的绳子系紧，欢欢喜喜地跑去附近的溪流中将花瓣泡成花泥，颠颠地送去给东华敷伤口用。那时不晓得为什么，东华的手上常因各种莫名其妙的原因割出口子来。她将泡好的花泥送给东华，东华摸一摸她的耳朵，她就觉得很开心，一向不学无术的她还作出过一句文艺的小诗来纪念这种心情：“花开花谢花化泥，长顺长安长相依。”她将这句诗用爪子写给司命看时，被司命嘲笑酸倒一排后槽牙，她哼哼两声用爪子写一句“酸倒你的又没有酸倒我的”，不在意地甜蜜又欢快地摇着尾巴跑了。想想她此生其实只作过这么一句情诗,来不及念给想念的那个人听。她在梦中突然感到一阵悲凉和难过。

冷不防胳膊被抬起来，贴身的绸衣衣袖直被挽及肩，心中的悲凉一下子凉到手指，男女授受不亲的大妨，凤九身为一个神女虽然不如受理学所制的凡人计较，但授受到这一步委实有些过，待对方微凉的手指袭上肩头，携着花膏将白日里碰得瘀青的肩头一一抚过时，凤九感到自己打了个冷战。这个梦有些真。灵台上的含糊在这个冷战中退了几分，再次试着睁眼时仍有迷茫。她觉得被睡意压着似乎并没有能够睁开眼，但视线中却逐渐出现一丝亮光。这种感知就更像是入梦。

视线中渐渐清晰的人影果然是帝君，微俯身手指还搭在自己的肩头，银色的长发似月华垂落锦被上，额发微显凌乱，衬得烛光下清俊的脸略显慵懒，就那么懒洋洋地看着她。

帝君有个习惯，一旦入睡无论过程中睡姿多么地端正严明，总能将一头飘飘银发睡得乱七八糟。凤九从前觉得他这一点倒是挺可爱的，此时心道若当真是个梦，这个梦真到这个地步也十分难得。但，就算是个梦也该有一分因果。

她待问东华，半夜来访有何贵干，心中却自答道，应是帮自己敷白天的瘀伤；又待问，为什么非要这个时辰来，心中自答，因木芙蓉疗伤正是半夜全身松弛时最有效用；再待问，为何要解开自己的衣裳，难道不晓得有男女授受不亲这个礼教，心中叹着气自答，他的确不大在意这些东西，自己主动说起来估摸还显得矫情。但除了这些，又没有什么可再问了。

按常理，她应该突然惊叫失声退后数步并用被子将自己裹成一个蛹做神圣不可侵犯状怒视帝君，这个念头她也不是没有动过，但这样一定显得更加矫情且遭人耻笑吧？

凡事遇上帝君就不能以常理操制，要淡定，要从容，要顾及气量和风度。

凤九僵着身子任帝君的右手仍放在自己有些肿起来的肩头，将气量风度四字在心中嚼了七遍，木着声音道：“我醒了。”

烛影下东华凝视她片刻，收手回来在白瓷碗中重挑了一些花泥比上她的肩头，道：“正好，自己把领口的扣子解开两颗，你扣得这么严实，后肩处我涂不到。”

他让她解衣裳说得如此从容，凤九着实愣了一会儿，半晌，默默地拥着被子翻了个身：“我又睡了。”

翻到一半被东华伸手拦住，帝君的手拦在她未受瘀伤的左侧肩头，俯身贴近挨着她道：“你这是怕我对你做什么？”声音中竟隐含着两分感觉有趣的笑意，凤九惊讶转头，见帝君的脸隔自己不过寸余，护额上墨蓝的宝石映出一点烛影，眼中果然含着笑。她愣了。

帝君颇不以为意地就着这个距离从上到下打量她一番：“你伤成这样，我会对你做什么？”

凤九尽量缩着身子往后靠了靠，想了一会儿，气闷地道：“既然你也晓得我瘀伤得不轻，白天怎么不见放几分水？”半梦半醒中，声音像刚和好的面团显出几分绵软，补充道，“这时候又来装好人。”头往后偏时碰到后肩的伤处轻哼了一声，方才不觉得，此时周身各处瘀伤都处置妥当，唯有后肩尚未料理，对比出来这种酸痛便尤为明显。

帝君离开她一些道："所谓修行自然要你亲自跌倒再亲自爬起来才见修行的成效，我总不可能什么时候都在你身边助你遇难呈祥。"话罢伸手一拂，拂开她领角的盘扣，又将另一个不用的瓷枕垫在她的后背将身体支起来一两寸，一套动作行云流水毫无凝滞，药膏抚上后肩雪白中泛着紫青的伤处时，凤九又僵了。

其实东华说得十分有理，这才是成熟的想法。凤九心中虽感到信服，但为了自己的面子仍嘴硬地哼了一声："说得好像我多么脓包，我掉进梵音谷没有你相助不是一直活得挺好的吗？"又添了一句道，"甚至遇到你之前都没怎么受过皮肉苦！近来屡屡瘀伤还都是你折腾的！"

东华的手仿佛是故意要在她的后肩多停留一时片刻，挑眉道："没有我的天罡罩在身上，你从梵音谷口跌下来已经粉身碎骨了，也无须指望我来折腾你。"

凤九不服气地反驳道："那是小燕他有情有义垫在我……"话一半收了音，梵音谷中除了划定的一些区域，别处皆不能布施法术，譬如他们掉下来的谷口，她同小燕自悬崖峭壁坠落两次，两次中除了第二次萌少被他们砸得有些晕，此外皆无大碍，这的确不同寻常。她从前感到是自己运气好或者小燕运气好，没有细想，原来竟是东华的天罡罩做保吗？这个认知令凤九有几分无措，咬着嘴唇不晓得该说什么，原来帝君没有不管她，天罡罩这个东西于尊神而言多么重要她自有听闻，他竟一直将它放在自己身上保自己平安，真是有情有义，但是，他怎么不早说呢？而且，这么重要的东西放在自己身上也太不妥，天罡罩的实体她仅在东华与小燕打斗中瞧见帝君化出来一次，气派不可方物，平日都藏在自己身上何处，她很纳闷，抬头向帝君道："那它……在什么地方？"又不好意思地咳了一声，将脸侧开一点道，"天罡罩护了我这么久已经很感激，但这么贵重放在我这里不稳妥，还是应该取出来还给你。"

帝君手中擎了支明烛，边查看她肩背已处理好的伤处边道："还给我做什么，这东西只是我仙力衍生之物，待我羽化自然灰飞烟灭。"

他说得轻飘，凤九茫然许久，怔怔道："你也会羽化？为什么会羽化？"

虽一向说仙者寿与天齐，只是天地间未有大祸事此条才作数，但四海八荒九天之上碧落之下，造化有诸多的劫功，自古以来许多尊神的羽化均缘于造化之劫。

凤九曾经听闻过，大洪荒时代末，天地间繁育出三千大千世界数十亿凡世，弱小的人族被放逐到凡世之中，但因凡世初创，有诸多行律不得约束，荒洪旱热酷暑霜冻日日交替致人族难以生存，比东华略靠前一些的创世父神为了调伏自然行律、使四时顺行人族安居，最终竭尽神力而羽化身归于混沌之中，至今四海六合八荒不再见父神的神迹。凤九隐约也明白，像他们这样大洪荒时代的远古神祇，因为强大，所以肩头担有更重且危险的责任，且大多要以己身的羽化才能化天地之劫。可东华一直活到了今天，她以为东华会是不同的，即便他终有羽化的一天，这一天也应该在极其遥远之后，此时听他这样说出来，就像这件事不久后便要应时应势发生，不晓得为什么，她觉得很惊恐，浑身瞬时冰凉。

她感到喉咙一阵干涩，舔了舔嘴唇，哑着嗓音道："如果一定要羽化，你什么时候会羽化呢？"

安息香浓重，从探开的窗户和未关严实的门缝中挤进来几只萤火虫。她问出这样的话似乎令东华感到惊讶，抬手将她的衣领扣好，想了一阵才道："天地启开以来还没有什么造化之劫危及四海八荒的生灭，有一天有这样的大劫大约就是我的羽化之时。"看了她一阵，眼中浮出笑意道，"不过这种事起码再过几十万年，你不用现在就担心得哭出来。"

受这种特制的安息香吸引，房中的萤火虫越来越多，暗淡的夜色中像是点缀在玄色长袍上的什么漂亮珠子。东华素来被以燕池悟打头的各色与他不对付的人物称作冰块脸，其实有些道理，倒并非指他的性格冷漠，乃是那张脸上长年难得一点笑意，挤对人也是副静然如水的派头。可他今夜却笑了这样多，虽只是眼中流露些微笑意或是声音里含着一些像在笑的症头，也让凤九感到时而发晕。但他方才说什么她还是听得很清楚，不大有底气地反驳："我才没有担心。"但听了他的话心底确然松了一口气。看东华似笑非笑地未言语，赶紧转移话题道："不过我看你最近手上没再起什么口子了呀，怎么还随身带着木芙蓉的花泥？"

东华闻言静了静，片刻，道："你怎么知道我手上常起口子？"

凤九脑门上登时冒出一滴冷汗，按理说东华手上常起口子的事除了他近旁服侍之人和当年那只小狐狸，没有别的人晓得，连与九重天关系最切近的她姑姑白浅都未听闻过，更遑论她。幸而天生两分急智，赶紧补救道："咦，木芙蓉花不是专治手背皲裂吗？"装模作样地探头去看他手中的白瓷碗，"这个花泥是你自己做的呀？做得还挺匀的。”

东华边匀着碗中剩下的药膏边垂眼看她，道：“从前我养了只小狐狸，是它做的。”

凤九违心地夸着自己转移东华的注意力：“那这只小狐狸的爪子还真是巧，做出来的花泥真是好闻……你干吗把花泥往我脸上抹？”

帝君半俯身在她脸上借着花泥悠然胡画一通，语声泰然至极：“还剩一点，听说这个有美容养颜的功效，不要浪费。”

凤九挣扎着一边躲东华的手一边亦从白瓷碗中糊了半掌的花泥，报复地扑过去龇着牙笑道：“来，有福同享，你也涂一点——”顺势将帝君压在身下，沾了花泥的手刚抹上帝君的额头，却看见帝君的眼中再次出现那种似笑非笑的神情。几只萤火虫停在帝君的肩头，还有几只停在身前的枕屏上，将屏风中寒鸦荷塘的凄冷景致点缀出几分勃勃的生机。凤九跪在东华身上，一只手握住帝君的胳膊压在锦被中，另一只手食指掀开他头上的护额搁在他的眉心，第一次这么近地看东华的眼睛，这就是世间最尊贵她曾经最为崇拜的神。她蓦然惊觉此时这个姿势很要不得，僵了一僵。帝君被她推倒没有丝毫惊讶，缓声道：“不是说有福同享吗？怎么不涂了？”语声里从容地用空着的那只手握住她手腕，将她要离开的手指放在自己脸上，整套动作中一直坦荡地凝视着她的眼睛。

凤九觉得，自己的脸红了。良久，惊吓似的从东华的身上爬下来，同手同脚地爬到床角处，抖开被子将自己裹住，枕着瓷枕将整个人窝在角落，佯装打了个呵欠道：“我困了，要睡了，你出去记得帮我带上门。”声音却有些颤抖。

帝君惋惜道：“你不洗一洗手再睡吗？”

凤九：“……不用了，明天直接洗被子。”

帝君起身，又在房中站了一会儿，一阵清风拂过，烛火倏然一灭，似有什么仙法笼罩。凤九心中有些紧张，感到帝君的气息挨近，发丝都触到她的脸颊，但没有其他的动作，仿佛只是看一看她到底是真困了还是装睡。

黑暗中脚步声渐远，直至推开房门又替她关严实，凤九松了一口气，转身来睁开眼睛，瞧见房中还剩着几只残留的萤火虫，栖息在桌椅板凳上，明灭得不像方才那么活泼，似乎也有些犯困。

她觉得今夜的东华有些不同，想起方才心怦怦直跳，她伸出一只手压住胸口，突然想到手上方才糊了花膏，垂眼在萤火微弱的光中却瞥见双手白皙哪里有什么花泥的残余，应是亏了方才东华临走时施的仙法。唇角微微弯起来，她自己也没有察觉，闭眼念了一会儿《大定清心咒》，方沉然入梦。

寅时末刻，凤九被谁推扯着袖子一阵猛摇，眯缝着眼睛边翻身边半死不活地蒙眬道：“帝君你老人家今夜事不要太多还要不要人……”最后一个“睡”字淹没于倚在床头处小燕炯炯的目光之中。

启明星遥挂天垣，小燕的嘴张得可以塞进去一个鸭蛋，踌躇地道：“你和冰块脸已经……已经进展到这个地步了？”一拍手，“老子果然没有错看他！”喜滋滋地向凤九道，“这么一来姬蘅也该对他死心了，老子就晓得他不如老子专情定受不住你的美人计！”兴奋地挠着额头道，“这种时候，老子该怎么去安慰姬蘅才能让姬蘅义无反顾地投入老子的怀抱呢？”

房中唯有一颗夜明珠照明，凤九瞧着小燕仰望明月靠着床脚时喜时悦时虑时忧，脑筋一时打结，揉着眼睛伸手掐了小燕一把道：“痛吗？”

小燕哇地往后一跳：“不要再揪我！你没有做梦！老子专程挑这个时机将冰块脸的结界打破一个小口溜进来是带你出去开解朋友的！”

他似乎终于想起来此行的目的，神色严肃地道：“你晓得不晓得，萌少出事了？”

凤九被困在疾风院三日，连外头的蚊子都没能够结交到一只，自然不晓得，但小燕凝重的语气令她的瞌睡陡然醒了一半，讶道：“萌少？”

小燕神色越发沉：“他府上的常胜将军死了，他一向最疼爱常胜将军，对他的死悲伤难抑，已经在醉里仙买醉买了整一天又一夜，谁都劝不住。他堂妹洁绿怕他为了常胜将军醉死在醉里仙，没有别的办法跑来找老子去开解他，但是你看老子像是个会开解人的人吗？这种娘们儿的事终究要找个娘们儿来做才合适……”

凤九披起外衣默然道：“没有听说萌少还在府中养了男宠，他有这种嗜好我们从前居然没瞧出来，真是枉为朋友。哎，心爱之人遽然辞世无论如何也是一种打击，萌少着实可怜。”边说着突然想起前半夜之事仍不知是梦是真，去倚墙的高案上取了铜雕麒麟香炉一闻，并没有安息香味，借了小燕的夜明珠探看一阵，炉中的香灰也没有燃过的痕迹；铜镜中额角处已看不出有什么瘀伤，但也没有木芙蓉花泥的残余。或者果然是做了一个梦？但怎么会做这样的梦？

小燕接过她还回来的夜明珠，奇道：“你怎么了？”

凤九沉默了一会儿，道：“做了个梦。”一顿后又补充道，“没有什么。”走近门口折返回来，开了窗前的一扇小柜取出一个青瓷小瓶，道，“前阵子从萌少处顺来这瓶上好的蜂蜜，原本打算拿来做甜糕，没想到这么快就要还到他身上替他解酒，可惜可惜。”

小燕蹙眉道：“蜂蜜是靠右那瓶，你手上这瓶的瓶子上不是写了酱油两个字吗？”打量她半晌，做老成状叹了口气道，“我看你今夜有些稀奇，或者你还是继续睡吧。如果实在开解不了萌少，老子一棍子将他抽昏，儿女情长也讲究一个利索！”

凤九揉了揉额角道：“可能是睡得不好有些晕，既然醒了，我还是去一趟吧。”沉吟片刻又道，“不过我觉得我们还是顺便再带上一根棍子。”

星夜赶路至醉里仙，萌少正对着常胜将军的尸体一把鼻涕一把泪一口酒。常胜将军躺在一个罐中，围着萌少跪了一圈的侍女、侍从加侍童，纷纷泣泪劝说萌少逝者已矣生者如斯，需早日令将军入土为安，且皇子殿下亦需振作好好生活才能让先走一步的将军安心。萌少红着眼睛，三魂七魄似乎只剩一丝游魂，依然故我地对着常胜将军一把鼻涕一把泪一口酒，场面甚是凄楚心酸。

凤九傻了，小燕亦傻了。令萌少买醉追思恨不能相随而去的常胜将军，乃是一只红头的大个蟋蟀。

两个侍者簇拥着毫无章法的洁绿郡主迎上来。小燕挠头良久，为难道：“萌兄心细到如此，为一只蟋蟀伤感成这个模样。这种，老子不晓得该怎么劝。”

凤九往那盛着常胜将军的瓦罐中扎了一眼，觉得这个瓦罐莫名有些眼熟，罐身绘了成串的雨时花，倒像个姑娘用的东西，同萌少这等爷们儿很不搭。一眼再扎深些，常胜将军腿脚僵硬在罐中挺尸，从它的遗容可辨出生前着实是虎虎生威的一员猛将。凤九蹙眉向洁绿道：“这个蟋蟀是否在谷中待久了汲得灵气存了仙修，会在半夜变作什么娇美少年郎之类，才得萌少他如此抬爱？”

洁绿惊叫一声赶紧捂嘴，瞪大眼道：“你敢如此坏堂兄的声誉？”

凤九无奈道：“我也想推测这只蟋蟀半夜是变的美娇娥，奈何它是只公蟋蟀……啊，王兄你来看一看，这是不是一只公蟋蟀？”

小燕入戏地凑过来一看，向洁绿道：“凭老子这么多年斗蟋蟀斗出的经验，这个大红头的的确确是只公蟋蟀嘛！”

洁绿一口气差点背过去，指着他二人你了半天。两个有眼色的侍从慌忙奉上一杯热茶供洁绿镇定平气，消缓过来的洁绿像看不成器的废物似的将他二人凌厉一扫，怅然叹息道：“罢了，虽然现在我觉得你们可能有些靠不住，但你们是堂兄面前最说得上话的朋友，他或许也只能听你二人一声规劝。这个蟋蟀，仅仅是一只蟋蟀罢了，半夜既不能变成美少年也不能变成美娇娥。”说完再次斜眼将他二人凌厉一扫，“但送这只蟋蟀给堂兄的人不一般，乃是他的心上人。”

凤九和小燕齐刷刷将耳朵贴过去。

比翼鸟一族向来不与他族通婚，因是族规约束，而族规的来历却是比翼鸟的寿命。能汲天地灵气而自存仙修的灵禽灵兽中，似龙族凤族九尾白狐族这一列能修成上仙上神，且一旦历过天劫便能寿与天齐者少有，大多族类寿皆有命，命或千年或万年不等，其中，尤以比翼鸟一族的寿数最为短暂，不过千年，与梵音谷外动辄寿数几万年的神仙相比可谓朝生夕死，与寿数长的族类通婚太过容易酿出悲剧，所以阖族才有这样的禁制。于比翼鸟而言，六十岁便算成年，即可嫁娶。听说萌少两个弟弟并三个妹妹均已婚嫁，尤其是相里家的老三已前后生养了七只小比翼鸟，但比老三早出娘胎近二十多年的萌少，至今为何仍是光棍一条，凤九同小燕饭后屡次就这个问题切磋，未有答案。

是以，今日二人双双将耳朵竖得笔直，等着洁绿郡主点化。

洁绿郡主续喝了一口暖茶，清了一清嗓子，讲起七十年前一位翩翩少年郎邂逅一位妙龄少女后茶饭不思相思成疾非卿不娶以至于一条光棍打到现在的一桩旧事。

据说，少女当年正是以常胜将军并盛着常胜将军的瓦罐相赠少年，内向的少年回乡后日日睹物思人聊以苟活。自然，当日的内向少年郎就是今日梵音谷中风姿翩翩的萌少。萌少日日瞅着常胜将军和常胜将军的瓦罐思念昔日赠他此礼的少女。常胜将军于萌少，无异于凡间男女传情的鱼雁锦书，常胜将军今日仙去，萌少今后何以寄托情思？何以怀念当年少女的音容笑貌？是以萌少如此伤情，在醉里仙盘桓买醉。

这个悲伤的故事听得凤九和小燕不胜唏嘘，各自一阵叹息。

小燕道：“既是萌兄娶不到的姑娘，想必是你们族外的？但这个姑娘还活着的话，依老子的想法倒是可以拼一拼，违反族规嘛，又不是什么大不了的事。老子在族里也是天天违反族规，没见那帮老头子将我怎么着，天天对着一只定情的蟋蟀长吁短叹枯度时光，算什么大老爷们儿的行事！”

凤九心道魔族的长老哪个敢来管你青之魔君，魔族的族规设立起来原本就是供着玩儿的，但他这番话的其余部分她还是颇为赞同，点头称很是很是，复又诚意而热心地向洁绿道：“这个姑娘不晓得姓甚名谁是哪族的千金，或许私下我们也可以帮忙打听打听，如此一来萌少得一个圆满不用日日买醉，我们做朋友的也可安心。”

洁绿又喝一口暖茶，似乎对他们二人的诚恳和仗义微有感动，道：“不知青丘之国九尾白狐族的帝姬，东荒的女君凤九殿下你们是否听说过，那位就是堂兄的心上意中之人。”

凤九一个趔趄从椅子上栽了下去，小燕的嘴张成一个圈：“啥？”

待凤九扶着小燕的手爬起来，遥遥望及隔了两条长桌仍自顾饮酒的萌少一个侧面，记忆中，突然有一颗种子落了地发了芽开了花。她想起来了，难怪说那个瓦罐如此地眼熟。

是有这么一桩事，也的确是发生在七十年前。

七十年前，折颜上神的一位忘年故交来十里桃林拜会他，碰巧遇上来此采桃的凤九，为她的白衣风姿倾倒，一见钟了情。折颜上神这位忘年的故交乃是山神之主，司掌三千大千世界数十亿凡世的百亿河山，常居于北荒之地灵霭重重的织越仙山，尊讳称一声沧夷神君。沧夷神君非上古神族的世家出身，坐到最高位的山神乃是凭的数万年来一力打拼，因此折颜很看得上他，评价他是大洪荒时代之后历出的晚辈神仙中的翘楚，且在翘楚中还要占一个拔尖。

沧夷神君为人果决，瞧上凤九后并无什么迂回，十分坦荡地请求折颜上神走青丘一趟替他说媒，折颜应承了。

没有想到，沧夷数万载助凡世山河长盛的功业和他这份直率坦荡，立刻博得了凤九她老子白奕的欢心。白奕自凤九承袭东荒的君位后，手边头等大事便是想为她找个厉害夫婿以巩固君位，一双老眼阅尽千帆，大浪淘沙筛尽条条才俊亦相中了沧夷。但于这桩亲事，凤九却很不愿意，虽奋力反抗之，奈何对方是她老爹她自然力不能敌，待织越山的迎亲队开进青丘时，还是被她老爹绑进了八抬大轿送上了曲折的成亲路。

沧夷神君其时在凡间处理一起要事，来迎亲的是他手底下一员猛将。凤九从轿帘缝中望了一眼这员比她至少高出六尺的猛将，感觉打不过他，路上还是乖觉些，待轿子抬到神宫中再起事为好。届时将神宫闹得鸡犬不宁，最好闹得她不愿下嫁沧夷之事天上天下皆知，看她老头还逼不逼得成她。她这么一打算，心思立刻放宽，前往织越山的途中十分配合，坐在轿中分外悠然，抬轿的几个脚夫也就分外悠然，脚程分外地快，不到半天已到织越山的山脚。

长队如蛇蜿蜒行进山门，忽听得轿外一声惨呼，凤九撩帘一看，却瞧见沧夷那员身高十来尺的猛将正扬起九节鞭抽打一个侍从打扮的纤弱少年。光天化日下，一个壮汉如此欺负一个小孩子家家令凤九看不过眼，随手扯了根金簪隔空疾钉过去阻了长鞭扬下，使了老爹配给她的随从前去责问事情的来由。事情的来由其实挺普通，原来少年并非出自神宫，约莫半途浑水摸鱼混入迎亲的队伍，打算潜入织越山，不晓得要干什么勾当。织越山的山门自有禁制，非山中弟子皆无缘入山，少年前脚刚踏入山门，门上的五色铃便叮当作响，是以被揪出来挨了这顿毒打。少年的双腿似乎挨了重重一鞭，已洇出两道长长的血痕，气息微弱地申辩道："我、我同家兄走散，原本在清荡山口徘徊，看、看到你们的迎亲队，因从没有见过外族婚娶，所以才想跟着长一长见识，我没有其他用意。"

凤九远远地瞧着趴伏在地痛得瑟缩的少年，觉得他有几分可怜。暂不论这个少年说的是真是假，若是真，一个小孩子家想要瞧瞧热闹罢了，织越山何至于这么小气；若是假，明日自己大闹织越神宫正是要将宫中搅成一锅浑水，多一个来捣乱的其实添一个帮手……心念及此，凤九利落地一把撩开轿帘，大步流星走过去一把扶住地上的少年，惊讶状道："哎呀，这不是小明吗？方才我远远瞧着是有一些像你，但你哥哥此时应在折颜处或我们青丘，你怎么同他走散了？嗯，或者你先随姐姐上山，过两日姐姐再派人送你回青丘同你哥哥团聚。"扶起他一半做大惊失色状道，"哎呀，怎么伤成这个样子，这可怎么得了。你你你，还有你，快将明少爷扶到我的轿子上去。"一头雾水的少年被惊慌失措的一团侍从簇拥着抬上轿子时似乎还没有搞明白究竟发生了什么。

凤九的印象中，被她救起的那个少年极其内向，自打进了她的花轿便一直沉默不语。因他的双腿乃神兵所伤，只能挨着疼直到进入织越神宫中拿到止疼的药粉再行包扎予以救治。她看他咬牙忍得艰难，捣鼓半天，从袖笼中找出小叔送她的一节封了只红头蟋蟀的竹筒。少年人喜欢斗蟋蟀，有个什么玩意儿事物转移他的注意力兴许能减轻他腿上的一两分疼痛。她随手变化一只瓦罐，将蟋蟀从竹筒中倒出来，又凭空变化出另一只威风凛凛的大青头同红头的这只在瓦罐中两相争斗。少年被吸引，垂头瞪圆了眼睛观其胜负。凤九见少年果然爱这个，索性将瓦罐并罐中的蟋蟀一齐送给了他。她拯救他的动机不纯，心中微有歉疚，赠他这个玩意儿也算聊表补偿。少年微红着脸接过，道了声谢，抬头瞟了她一眼又立刻低头："姑娘这么帮我，日后我一定报答姑娘。"

上山后，侍从们簇拥着她一路前往厢房歇息，又将少年簇拥着去了另一厢房疗伤。凤九坐在厢房中喝了一口水，方才想起少年口中要报答她的话，遑论他上山来究竟所为何事，于情于理她的确算是救了少年一回，他要报答她在情理之中。但她有点发愁，她自始至终头上顶着新嫁娘的一顶红纱，少年连她的面都没见过一分，报答错人可怎么办呢。

这件事在她心上徘徊了一小会儿，侍从急急前来通报沧夷神君回宫。既要应付沧夷又要计划拜堂成亲前如何将宫中闹得鸡犬不宁，两桩事都颇费神，她抖擞起精神先去应付这两桩紧要事了，没有工夫再想起半道上义气相救的那个少年。

自此以后，她没有再见过那个少年，就像是荷塘中的一叶浮萍，被她遗忘在了记忆中的某个角落。若没有和风拂过带起水纹，这段记忆大约就此被封印一隅经年无声，少年也不过就是她三万多年来偶遇的数不清的过客之一。多年后的如今，因缘际会虽然让她想起旧事，但，当初那个一说话就会脸红的沉默少年，恕她无论如何也无法将他同今日这位言必称“本少”的翩翩风流公子相提并论。其实仔细看一看萌少的轮廓，的确同记忆中已经有些模糊不清的那位少年相似，这七十年来，萌少究竟经历了什么才能从当年那种清纯的腼腆样扭曲成今天这种招蜂引蝶的风流相呢？凤九感到百思不得其解，不禁将这种不解的目光再次投向相里萌。但两张豪华长桌外哪里还有萌少的影子，倒是自己同小燕挨坐的桌子跟前，啪一声，顿下来一只银光闪闪的酒壶。

萌少喝得两眼通红，摇摇晃晃地撑住小燕的肩膀。比翼鸟一族出了名的耳朵灵便，方才洁绿同凤九、小燕的一番话似乎尽入萌少之耳，令他颇为感动，大着舌头道：“果然如此？你们也觉得本少应该不拘族规，勇敢地去追求真心所爱吗？”轻叹一声道，“其实半年前本少就存了此念，想冲破这个困顿本少的牢笼，但本少刚走出城门就被你们掉下来砸晕了，本少颓然地觉得此是天意，天意认为本少同凤九殿下无缘，遂断了此念。”一双眼睛在满堂辉光中望着凤九和小燕闪闪发亮，“但是没有想到今日你们肯这样鼓励本少,一个以身作例激励本少要勇于冲破族规的束缚，一个主动恳求帮本少打听凤九殿下的出没行踪……”

凤九恨不得给自己和小燕一人一个嘴巴，抽搐着道：“我们突然又觉得需要从长计议，方才考虑得……其实不妥。”转头向燕池悟道，“王兄，我看你自方才起就面露悔恨之色，是不是也觉得我们提出的建议太冲动很不妥啊？”

被点名的小燕赶紧露出一副悔恨之色："对对，不妥不妥。"满面忏悔地道，"虽然族中的长老一向不管老子，但违反了族规让老头子们伤心。这么多年来，老子的心中也一直很不好过，每当想起老头子们为老子伤心，老子就心如刀绞。族规，还是不要轻易违反得好，以防长年累月受良心的谴责！"

洁绿郡主目瞪口呆地看着他俩。萌少的目光微有迷茫。

凤九严肃地补充道："既然当年凤九她、喀喀、凤九殿下她送给你一只蟋蟀加一个瓦罐，你为什么非要对着蟋蟀寄托情思，对着瓦罐寄托不也是一样的吗？蟋蟀虽死瓦罐犹在，瓦罐还在，这就说明了天意觉得还不到你放弃一切出去寻找凤九殿下的时候。"循循善诱道，"要是天意觉得你应该不顾族规出去找她，就应该收了常胜将军的同时也毁了你的瓦罐，但天意为什么没有这样做，因为天意觉得还不到时候，你说是不是？"

萌少一双眼越发迷茫，半晌道："你说得似乎有几分道理，但本少听这个见解有几分头晕。"

凤九耐心地解惑道："那是因为你一直饮酒买醉，坏了灵台清明。"又善解人意地道，"你看，你不妨先去床上躺躺醒一醒酒，待脑中清明了自然就晓得我说的这些话是何道理。"

萌少想了片刻，以为然，豪饮一天一夜后终于准了侍从围上来服侍他歇息，被洁绿和因终于可解脱而感激涕零的侍从们众星拱月地抬去了醉里仙的客房。

待人去楼空，整个大堂唯剩下他二人同两个打着呵欠的小二时，坐在一旁看热闹的小燕叹服地朝凤九比起一个大拇指，待要说什么，凤九截断他道："萌少为什么会看上我，我也觉得很稀奇，这个事你问我我也说不出什么。”

小燕的脸上难掩失望。凤九谨慎向四下扫了一扫，向小燕道：“你有没有觉得，从我们踏进醉里仙这个门，好像就有两道视线一直在瞧着我？”

小燕愣了一愣，惊讶状道：“可不是，那个东西一直停在你肩头，正在对你笑呢——”身后正好一股冷风吹过，凤九毛骨悚然哇地哀号一声直直朝小燕扑过去。小燕拍着她的后背哈哈道：“上次老子抱你一回，这次你抱老子一回，扯平了。”“……”

醉里仙二楼外一棵琼枝树长势郁茂，微朦的晨色中满树的叶子无风却动了一动，幽幽闪过一片紫色的衣角，但楼里的二人皆没有注意到。

七日后，万众期待的宗学竞技赛终于在王城外的一个土山坳中拉开了帷幕。听说从前梵音谷中四季分明的时候，这个山坳中种满了青梅，所以被叫作青梅坞，只是近两百年来的雪冻将青梅树毁了大半，于是宫中干脆将此地清理出来弄得敞阔些专作赛场之用。

凤九自进了候场处便一直寒暄未停，因帝君十日前随意用了一个伤寒症代她向夫子告假，众同窗对她刚从病榻上爬起来便亟亟前来参赛的勇敢很是欣赏，个个亲切地找她说话。空当中凤九瞄了一眼现场的态势，赛场上果然立满了雪桩子，正是当日萌少在空中呈浮给她所见，尖锐的雪桩在昏白的日头下泛出凌厉的银光，瞧着有些瘆人，不过经帝君十日的锤炼打磨，她今日不同往常，已不将这片雪桩子放在眼中，自然看它们如看一片浮云。说起萌少，昨天下午从结界中被东华放出来后，她出去打听了一下，听说他近日没有什么过激的动向，应该是想通了吧？萌少没有再给她找事让她感到些许安慰。

沿着赛场外围了一圈翠柏、苍松之类搭起的看台，看台上黑压压一片可见围观者众。宗学十年一度的竞技赛对平头百姓从没有什么禁制，虽往年人气也不弱，但因赛场敞阔，看台也敞阔，看客们人人皆能落一个座，人坐齐了场面上还能余出数个空位。但唯独今年人多得直欲将看台压垮，据说是因东华帝君亦要列席之故。帝君虽来梵音谷讲学多次，但不过到宗学中转转或者看上什么其他合他老人家意的地方把课堂擅自摆到那一处去，平头百姓从未有机会瞻仰帝君的音容。传说三天前帝君可能列席的风讯刚传出去，因从未想过有生之年有这等机缘见到许多大神仙亦无缘觐见的九天尊神，王城中一时炸开了锅，族中未有什么封爵的布衣百姓纷纷抱着席铺前来占位，青梅坞冷清了两百多年，一夕间热闹得仿佛一桶凉水中下足了滚油。

最高那座看台上比翼鸟的女君已然入座，空着台上最尊的那个位置，看得出来应是留给东华的。上到女君下到几个受宠的朝臣皆是一派肃然，将要面见帝君还能同帝君坐而把酒论剑，令他们略感紧张和惶恐。

凤九琢磨，照帝君向来的风格，这样的大赛会他从不抵着时辰参加，要么早到要么晚到，今天看似要晚到一些时辰，但究竟是一炷香还是两炷香，她也拿捏不准。今早临行时，她想过是不是多走两步去他房中提醒一声，脚步迈到一半又收了回来。她这几天同帝君的关系有些冷淡。

说起来，那一夜帝君为她治伤的梦，她自醉里仙安慰萌少回来后又认真想了一遍，觉得也许一切都是真的，可能帝君临走时施的仙法将一切归回原样，不一定屋中未留下什么痕迹就证明自己是在做梦。她心中不知为何有点高兴，但并没有深究这种情绪，只是匆忙间决定，她要好好报答一下帝君，早上的甜糕可以多做几个花样，还要郑重向他道一声谢意。她一边打着瞌睡一边哼着歌做出来一顿极丰盛的大餐。但帝君破天荒地没有来用早膳。她微有失望却仍兴致不减地将早膳亲自送进他房中，房中也未觅见他的人影。眼看练剑的时辰已到，她拎着陶铸剑匆匆奔至后院习剑处，没想到盛开的杏花树下瞧见他正握着本书册发呆。

她凑过去喊了他一声，他抬头望向她，眼神如静立的远山般平淡。她有些发愣。

按常理来说，倘昨夜的一切都是真的，帝君瞧她的眼神无论如何该柔和一些，或者至少问一句她的伤势如何了。她默默地收拾起脸上的笑容，觉得果然是自己想深了一步，昨夜其实是在做梦，什么都没有发生。人说日有所思夜有所梦，事到如今自己竟然还会做这种梦，难道是一向有情绪的梦都是梦到帝君所以渐渐梦成了习惯？

她说不清是对自己失望还是对别的什么东西失望，垂着头走进雪林中，突然听到帝君在身后问她：“你那么想要那颗频婆果，是为了什么？”她正在沮丧中，闻言头也不回地胡诌道：“没有吃过，想尝尝看是什么味道。”帝君似乎沉吟了一下，问了个在她而言难以揣摩的问题：“是拿来做频婆糕吗？”她不晓得该怎么回答，得到频婆果原本是用来生死人肉白骨，但将频婆果做成甜糕会不会影响它这个效用还当真没有研究过，她含糊其词地“嗯”了一声，道：“可能吧。”接着，帝君问了个更加让她难以揣摩的问题：“燕池悟最近想吃频婆糕？”她一头雾水：“小燕吗？”记忆中燕池悟似乎的确喜滋滋地同她提过类似的话，说什么二人若盗得频婆果，她不妨做个糕一人一半。她一头雾水地望向东华黑如深潭的眼神，继续含糊地道：“小燕，估摸他还是比较喜欢吃吧，他只是不吃绿豆赤豆和姜粉，”又嘟哝着道，“其实也不算如何挑食。”忽然刮过来一阵冷风，帝君方才随手放在石桌上的书册被风掀起来几页，沙沙作响，他蹙眉将书压实，凤九拿捏不准他对自己的回答满意不满意，但他倒是没有再说什么。

接下来几日，帝君似乎越来越心不在焉，时时一副若有所思的模样。凤九不晓得此是为何。许久后才曲折地想明白，她差点忘了，帝君当日同小燕换住到疾风院，似乎为的是拿她来刺激姬蘅，如今，因姬蘅被刺激得不十分够，远没有达到帝君想要的效果，所以他才一直赖在她这里……既然如此，掰着指头一算，四五日不见姬蘅，帝君的心中定然十分想念她吧。但，是他自己考虑不周封印了疾风院，姬蘅才不能来探望他。此时让他主动撤掉结界，估摸面子上又过不大去，帝君一定是在纠结地思考着这件事情，所以这几日才对什么事都爱搭不理。

凤九恍然大悟的当夜，便向东华提出了解开结界的建议，顾及帝君一定不愿意自己曲折的心思大白天下，故意隐去了姬蘅这个名字，且极尽隐晦地道，将结界撤去乃是方便你我二人的友人时不时前来探望，一则我们安心，一则友人们也安心，实乃两全之举。帝君听了这个建议，当夜在原来的结界外头又添了一层新的结界，别说一个小燕，十个小燕也难以在上头再打一个小窟窿。且日后对着她越发深沉，越发心不在焉，越发没什么言语。凤九挠破了头也没有想通这是为什么。但是后来她领悟了帝君的这个行为，帝君这是在和她冷战。当然，帝君为什么要和她冷战，她还是没有搞明白。

今日雪晴，碧天如洗，闲闲浮了几朵祥云，是个好天气。决赛的生员两人一队已事先分好组，只等东华帝君列席后赛场一开便杀入雪林之中乱战。按此次赛制的规矩，先组内两人对打，分出胜负后再同他组的赢家相斗，一炷香内每组至多留下一人，留下之人第二轮抽签分组再战，唯剩三人进入最后一轮，终轮中三人两两比试再取出一、二、三名。

凤九第一轮的对手是学中一个不学无术的纨绔，她不是很将他放在心上。一看时辰还早，参赛的其他同窗纷纷祭出长剑来擦拭准备，她亦从袖子里抽出陶铸剑来装模作样地擦一擦。空当中瞧见正对面的看台上，不知从哪里冒出的团子正扶着栏杆生怕她看不见地跳着同她招手，团子身后站着含笑的连宋君，二人混在人群中约莫是偷偷跑来瞧热闹。团子似乎还在担忧地嘟哝什么，凤九定睛仔细辨读，看出来他说的是："凤九姐姐你一定小心些千万别动了胎气，要保重身体，如果中途肚子痛一定要记得退出晓不晓得——"凤九手一抖，陶铸剑差点照着他们那处直钉过去。

辰时末刻，东华帝君终于露面，不同于看台上众人猜测他老人家会如何威风凛凛地或乘风或腾云或踩着万钧雷霆而来，帝君极为低调地一路慢悠悠散着步进入赛场，行至百级木阶跟前，再一路慢悠悠踩着木阶行上看台。

看台上已然端坐的女君和几个臣下死也没有想到东华会以这样的方式出场，在他们的设想中帝君无论乘风还是乘云都是临空现世，届时女君自座上起领着臣下当空跪拜将帝君迎上首座……多么周全细致的礼仪。如今帝君还在台下，他们却已端坐台上，着实大不敬。凤九眼见女君额头冒出滴滴冷汗，慌忙中领着众臣下次第化出比翼鸟的原身从看台后侧偷偷飞下，再化出人形亟亟赶到看台前面对着登上木阶五六级的东华的背影，亡羊补牢地伏倒大拜道："臣，恭迎帝君仙驾。"东华帝君曾为天地共主，自然当得起所有族内的王在他面前自称一声臣下。

四围看台上，众人目瞪口呆地遥望这一幕，嘈杂赛场一时间静寂如若无人，唯余东华的脚步踩在年久失修的木阶上偶尔发出喑哑之声。未见帝君有什么停顿，主看台延至候场处再至四围的看台，众人静穆之中突然此起彼伏大跪拜倒，"恭迎帝君仙驾"之声响彻四野。帝君仍气定神闲地攀他的木梯，不紧不慢直到登上顶层的看台，矮身坐上尊首的位置，才淡淡拂袖道："都跪着做什么，我来迟了些许，比赛什么时候开始？"众人由女君领着再一跪一拜后方起身。凤九随着众人起身，抬头看向东华时，见他垂眼漫不经心地将目光滑过她，停了一会儿，又恍若无事地移开去。

她略有恍惚，东华身负着什么样的战名和威名她自然晓得，但她自认识东华起他已退隐避世，平日里调香烧陶绘画钓鱼，这些兴趣都使他显得亲切，她从不曾遥想过他当年身为天地共主受六界朝拜供奉时是何等威仪。原来这就是六界之君的气度，她头一回觉得东华离她有些遥不可及。奈何她现在才有这个领悟，若是当年小小年纪已看出此道来，指不定在追着东华跑的这条路上已早早打了退堂鼓，也少吃一些苦头，她小的时候着实勇气可嘉。不过话说回来，帝君这样的人，能陷入一段情，爱上一个女子也着实是件奇事。她抬眼望向从方才起便一直尾随着东华一身白衣的姬蘅。还为了这个女子不惜花费许多心思，更是奇事。

擂鼓响动若雷鸣，由女君钦点主持大局的祭韩夫子自雪林旁一个临时搭起的高台无限风光地现身，代女君致了一篇辞，将比赛的规矩宣读一遍，并着两个童子点起一炷计时的高香，算是拉开了决赛大幕。

又一阵喧天的擂鼓声中，候场处众生员持着利剑踩着鼓点齐杀入明晃晃的雪林中，一时喊杀声起，剑花纷扰，时刻皆有倒霉蛋自雪桩顶坠入雪林中。凤九三招两式已将对手挑下桩去，蹲在一旁看热闹。今次虽承女君英明已着夫子将决赛的生员筛过一遍，可人还是太多，第一轮许多都是活生生被挤下雪桩子的，实在很冤枉。

香燃得快，一炷香燃尽，场上只剩三分之一的生员，夫子点了点共二十六人。不待休整又一阵擂鼓声宣告进入第二轮，凤九因第一轮后半场一直蹲在一旁看热闹，除了站起来腿有点麻，着实休息得很够，精神头十足，三招两式中又将抽签抽得的对手挑下桩。因此轮人少，不似方才杂乱，大家都打得比较精致，也方便看台上看客们围观，稍微能瞧清楚一二，时不时有喝彩之声传来。比翼鸟一族因寿短而长得显老，如今与凤九拼杀的这帮同窗个个不过百岁左右，就算刚把乳牙长全便开始学剑，剑龄也不过百年，与她习剑两万余年相比岂可同日而语。东华说得不错，只要她能在雪桩上来去自如，频婆果便已是她囊中之物。

此轮虽不以燃香来计算赛时，两个小童还是点了炷香来估算打到还剩三人需用的时辰，以方便下届或下下届若仍要比剑好有个计较。但令众人目瞪口呆的是，香还未燃完，雪林中光滑的雪地上横七竖八下饺子似的已躺了二十五人，方圆内纵横如棵棵玉笋的雪桩之上，翩翩挺立的唯有一人，正是凤九。

场内场外一时静极，紧接着一片哗然之声，数年竞技，这么一边倒的情况着实不多见。凤九提着剑长出一口气，这就算是已经赢得频婆果了吧，不枉费连着十日来被东华折腾，折腾得挺值。从雪桩上飞身而下，她抬手对着众位躺在地上的同窗拱了拱手，算是感谢他们承让。抽空再往主看台上一瞟，东华倚在座上遥望着方才乱战的雪林，不知在想着什么。虽然得他指点获胜，他却连个眼神也没有投给自己让凤九有些失望，但得到频婆果的盛大喜悦很快便冲走了这种失望，团子和连宋君从人群中挤过来同她道喜，她压抑着喜悦强作淡定地回了两句客套话，便听到祭韩夫子从高台上冒出头来宣诵此次竞技的最终位次。

夫子高声的扬唱之中，凤九听到了自己的名字，耳中予她的奖励却是天后娘娘亲自摘赠的一篮蟠桃，第二名、第三名各自的奖励也随后一一宣读，分别是柄名贵神剑和一个有着什么珍罕效用的玉壶，她没有听到夫子提及频婆果。

烈烈寒风中，连宋君摇着手上的折扇恍然大悟道：“怪不得昨晚东华匆匆找我务必在今天辰时前带一篮子蟠桃回来，原来是做这个用途。”又纳闷道，“比翼鸟一族也忒不着调，第一名该给个什么奖励难道临赛的前一晚才定下来吗？”又笑道，“这一篮子蟠桃可是顶尖的，平日我要吃一个还需受母后许多眼色，回头他们送到疾风院中不如开个小宴大家一同享用。”凤九木然地掀了掀嘴角：“很是。”抬眼再望向看台，首座之位已空无人迹。团子天真地道：“那我能再带两个回去给我父君和娘亲吗？”连宋君道：“我觉得，你这么又吃又拿可能不太好。”团子沉思了一会儿道：“你们就当我一口气吃了三个不行吗？”连宋君抬着扇子含笑要再说什么，凤九强撑着笑了一笑道：“我对这个桃子没有什么兴趣，我的可以让给你吃。”说罢木然地转身，轻飘飘朝着场外走了两步，一不留神撞到个立着的木桩子，想起什么又回头道，“我感觉，可能有些不大舒服，或者他们将蟠桃送来我通知三殿下一声，劳烦三殿下代我开了这个小宴，可邀萌少、小燕和洁绿他们都来尝一个新鲜。”团子扯了扯连宋的衣袖：“凤九姐姐她怎么了？”连宋君皱眉缓缓收了扇子：“这件事，不太对。”

一路轻飘飘地逛出青梅坞，入眼处雪原一派苍茫，上面依稀网布着看客的脚印，稠密一些的脚印是通往王城的。凤九深吸了一口气，冷意深入肺腑。小燕常说心中不悦时便到醉里仙吃顿酒，虽然酒醒后依然不悦，但能将这种情绪逃避一时是一时，那段时日正是姬蘅没有给小燕好脸色看的时候，这个话虽然颓废但也有些道理。

正待往王城中去，探手摸了摸袖袋，发现早上行得匆忙忘了带买酒钱，凤九站在岔路口感到茫然，除了醉里仙还有什么地方可去，她一时也想不出来。事情如今其实挺明白，东华用一篮子蟠桃换掉了频婆果。他应该晓得她有多么想得到这个果子，为了这个果子她多么用心他也是看在眼中，但他为什么要将它换掉，这一路她想了许久都没有想出什么道理来，或许该去亲口问一问他？如果他并不是十分需要这个果子，或许求一求他，他还能重新将它赏给她？想到这里她微感苦涩，正待抬脚转向疾风院，却听身后黄莺似的一声："九歌公主留步。"

凤九回头，迎面匆匆而来的果然是姬蘅。上次见她还是十日前自己开的那场千金豪宴，隐约记得她当时精神头并不好，脸色也有些颓败，今日脸上的容色倒很鲜艳，竟隐隐有三百年前初入太晨宫时无忧少女的模样。

凤九朝她身后遥望一眼，姬蘅顺着她的目光而去，含笑道："老师并未在附近，我是背着老师特意来寻九歌公主。因不得已夺了九歌公主的心头所爱，心中十分愧疚，特来致歉。"

看凤九一时没有反应过来，道："其实，今年解忧泉旁的频婆果我也很想要，所以昨夜去相求了老师，老师便用一篮子蟠桃从女君处换来给了我。可方才偶遇燕池悟，听说你此次参赛就是为了这频婆果，我思来想去，感觉这件事有些对不起你……"

凤九了悟，原来是这么一回事，这么一来，理就顺了，但为什么姬蘅要特意跑来告诉她……

她沉默地看着姬蘅，她虽然不大喜欢她，但在她的印象中姬蘅不是什么爱起坏心之人。可此时此地，姬蘅是果真心存愧疚来同自己致歉，还是挑着这个时辰蓄意说些话令她难堪，她有些拿捏不准。姬蘅对她虽然一向温良，但她晓得她一定也是有些讨厌她。

不过，姬蘅要拿频婆果来做什么，抵得过自己对它的极其需要吗？要是姬蘅并不是十分特别需要，又果真对自己有一丝歉意，那么……她抬起眼睛道：“这个频婆果你能分我一半吗？你想我用什么东西来换都成。”

姬蘅愣了一愣，似乎压根没有想到她沉默半天却是问出这个，弯了弯嘴角：“我来同九歌公主致歉，就是因此果不能予九歌公主，半分都不能。”

姬蘅一向有礼，身为魔族长公主一言一行都堪称众公主的楷模，她记得姬蘅说话素来和声细语，还没有见过她说重话的样子，原来她说起重话来是这个样子。

她果然不是来找自己道歉的。

姬蘅走得更近些，黄莺似的嗓音压得低而沉静，眼中仍温柔含笑道：“此外，还有个不情之请，从此，还劳九歌公主能离老师远一些。”

凤九明了，这大约才是姬蘅的正题，致歉之类不过是个拖住她让她多听她两句的借口。她近年已不大同人做口舌计较，兼才从赛场下来又经历一番情绪大动，心中极为疲累，退后一步离她远些，站定道：“恕我不晓得你为什么同我说这些，既然频婆果你不愿相让，我觉得我们也没有什么再可多说的。”

姬蘅收了笑容远目道：“这样的话由我说出，我也晓得公主定然十分不悦。但我这样说，也是为公主好，这些时日老师对公主另眼相待，公主心中大约已动摇了吧？”瞟了她一眼道，“老师他不知活了多少万年，仙寿太过漫长常使他感到无趣寂寞，凡事爱个新鲜，公主确然聪明美丽，或许觉得老师有情于你也是理所应当，但老师只是将公主看作一个不同以往的新鲜玩伴罢了。公主若陷进去，却只是徒增伤心。”不及凤九反应，又垂目道，“大约公主觉得我爱慕老师，所以故意说这些话挑拨。”顿了顿道，“不瞒公主，我曾同老师有过婚约，但那时年少无知，错过大好良缘。三百年来老师对我不离不弃，让我晓得谁才是值得托付的良人，公主的出现更使我看清了自己的真心。前些时老师对公主的种种不同的确令我心酸。此次问老师讨要频婆果，其实也是想试一试我在老师心中的分量。原本还担心年少错过一次便再无法重续前缘，但老师没说什么就将它给我了。”她沉默了一会儿，“我想同老师长长久久，还请九歌公主你，不要横到我与老师中间。”

姬蘅离开许久，凤九仍愣在原地。郊野之地，风越来越大，吹散日头，看着天有些发沉。方才姬蘅走的时候，她说了什么来着？似乎说了句场面话，祝你同帝君他老人家长长久久。姬蘅同她诉那腔肺腑之言时，她面上一直装得很淡定，却连姬蘅后来回了句什么，她都没有留意。姬蘅似乎微敛了目光，场面上赞了句早知九歌公主是个明白事理的人。

她的确一直都很明白事理。为了拿到频婆果花了这么大力气吃了这么多苦头，却抵不过姬蘅在东华面前平平淡淡几句话，她的心中不是没有委屈。但又能够如何，将心比心她也能够理解，姬蘅既是东华的心上意中之人，加之这几日二人间有一些未可解的矛盾，东华拿频婆果去讨姬蘅的开心，以此水到渠成地将二人的矛盾解一解，并不算过分。东华总还是顾全了她，去天后娘娘处捎带来一篮子蟠桃给她，也算是很照顾她这个小辈。她委屈得其实没有什么道理。

小燕曾说东华一向照顾她是想结交她这个朋友，是小燕高看了她，姬蘅说得很对，帝君只是一时寂寞了缺一个新鲜的玩伴。姬蘅说的话虽然直白，却诚恳在理，她出于自尊心想反驳两句都无从反驳。这一切似乎也验证了帝君一直拿她来刺激姬蘅的推测，方才姬蘅说给她听的那番话，要是帝君听到了一定很高兴吧。这么说起来，她作为推进他二人感情的一个道具也还算趁手好用。姬蘅说想同帝君长长久久，这不正是他心中所愿吗？要是他二人言归于好，他应该也用不上她了吧？他自然要搬离疾风院回去同姬蘅双宿双栖，自然不需她一日三餐的伺候，自然也不会押着她在雪桩子上练功。这么，其实挺好。

她不晓得自己将这一切想明白为什么会更加难过，冷风吹过来迷了眼睛，她抬起袖子揉了一揉，睁眼时却感到百里冰原在眼中更加朦胧。

她在路边萧瑟地坐了一会儿，待心绪慢慢沉定下来，又落到了频婆果上。觉得还是应回疾风院一趟，为了这个果子她一路努力到如今，姬蘅虽不喜欢她不愿将果子分给她，但求一求东华兴许有用。东华要哄姬蘅，其实还有许多其他宝贝，但她救叶青缇却非频婆果不可。就算这些时日东华仅将自己当作一个取乐的新鲜玩伴，她自认自己这个玩伴做得还算称职，如果他愿意将果子分她一些，她可以继续当他的玩伴，而且他让她做什么，她就可以做什么。

虽然有一瞬间她觉得这样想的自己太没有自尊，但事到如今她也没有别的办法。如果哭着求东华施舍，他就能将频婆果送给她，她会毫不犹豫拽着他的衣袖哭给他看，但东华大约不会在乎她的眼泪吧，除了他愿意在意的为数不多之人，其他人如何于他而言又有什么干系，就像他将频婆果随意给了姬蘅，想必给的时候也并未在乎过自己的诚意和努力。在这些方面，她太了解东华。

良久，她擦了擦眼睛，起身向疾风院走去，路上被一个石头绊了一下。

疾风院院门大敞，凤九在院门口对着一涧清溪略整衣袍，水流中瞧见双眼眼角微有泛红，又在溪边刨了两个雪团闭眼冰敷了片刻，再对着溪流临照半日，确保没有一丝不妥帖方转身进入院中。院中静极，水塘中依稀浮有几片残荷，往常这个时候东华要么在后院养神要么在荷塘边垂钓。她深吸一口气正打算迈步向后院，却瞧见一袭墨蓝色的衣袍自月亮门中翩翩而出，小燕随手撩开月亮门上垂落的一束绿藤，看向她有些惊讶，但未及说话，她却已先问道："帝君在里头吗？"

帝君不在里头，小燕皱眉瓮声瓮气道："你回来慢了三四步，冰块脸刚抱着一只受伤的灵狐回九重天找药君了。"皱眉道，"据说青梅坞回来的半途，冰块脸捡到这只灵狐，已经伤得奄奄一息，唯有一口气在喘。冰块脸输了点仙力先将它一条命保着，又喂了颗仙丹便抱着它去九重天了。依老子看，冰块脸并不像是个这么有善心的，可能觉得同他当年走失的那只狐长得像，所以突然激发了一点慈悲吧。"恨恨道，"这么微末的一点慈悲倒是将姬蘅诓得十分感动，若不是她修为不到境界不能随着他出谷，怕早跟了上去。”郁闷道，“姬蘅去送他了，老子不是很想看到冰块脸所以没去，在这里等你回来带你吃酒。”又道，“依老子看，冰块脸没有三四日大约回不来，你找他有急事吗？”话说到此突然一惊道，“冰块脸似乎……在这里的事情已办完了，说不定他就此不回来了？”他絮絮叨叨如此一长段，凤九却像是没有听到他后头的疑问，怔怔问道：“你说帝君他即便回来，也还要三四日吗？”

三四日，委实长了些。她曾听萌少提起过宫中摘取频婆果的规矩，因此树可说是天生天养的神树，如东海瀛洲的神芝草当年有浑沌穷奇饕餮等凶兽守护一般，亦有华表中的巨蟒日夜相护。摘果前需君王以指血滴入华表中的蛇腹，待一日一夜后巨蟒沉睡，方能近树摘果。正因如此，一向来说宗学的竞技赛后女君当夜会以指血滴入蛇腹中，待第二夜同一时辰再前来取果。

明天夜里或者至多后天，这枚果子就会被送到姬蘅手中。

求东华的这条路，似乎也是走不通。

还有什么办法？或者应该试着去求一求姬蘅？想到这里，她突然有些发怔，连这样自取其辱的想法都冒出来，看来果真已走投无路。求一求东华，也许东华觉得她可怜愿意将果子分她一些，她感觉他其实也不讨厌她。但求姬蘅，无论如何哀求她定然不会予，自己是她的眼中钉、肉中刺，她已说得非常明白。若她只是只单纯的小狐狸，存个万一的侥幸丢丢这种脸面也没有什么，但她是青丘的帝姬、东荒的女君，将青丘的脸面送上门给人辱没这种事情还是做不出来。与其这样，还不如拼一拼趁着频婆果还未被摘取，闯入解忧泉中碰碰运气。这个念头蹦入脑海，她一瞬豁然，万不得已之时，这，其实也是一条明路，而此时已到了万不得已之时。

闯解忧泉，这里头的凶险她比谁都更加清楚明白。如果能不犯险，她也不愿犯这个险，但她欠叶青缇一个大恩，这么多年没有找到可报他此恩的方法，顶着无以为报的恩情在肩头她时常也觉得沉重辛苦，好不容易坠入梵音谷中得到可解救他的机缘，她不想就这么白白错过。她不是没有考虑过用更加安全的方法来获得频婆果，她不是没有努力过，只是有时候天意的深浅不可揣摩，也许当年叶青缇为她舍命，老天觉得不能让她轻轻松松偿还，必定要以身试险以酬此恩方才公平，老天从来是个讲究公道的老天。思及此，她也没有什么不可释怀，遥望一眼天色，要盗那枚珍果，也唯有今夜了。

小燕瞧她径直穿过月亮门同自己擦身而过，疑惑道："你不同老子去醉里仙吃酒吗？"她敷衍道改日改日，虽是这样说，但心中却明白权且看她今夜的运气，如果运气差些也不晓得这个改日要改到多少年以后。小燕幽怨地叹了声不够意思，三步两回头地走出院门。她在他临出门的时候突然叫住他，小燕喜上眉梢转身道："老子就晓得你还是讲义气要陪一陪老子。"她将小燕从头到脚打量一遍才道："还是改日吧，我就是觉得毕竟朋友一场再多看你两眼。"小燕一头雾水，莫名其妙地挠了挠头，道："看你这么像是别有要事，那就算了。哦，听说醉里仙换了新厨子，要我给你捎几个什么招牌菜回来吗？"她嗯了一声道："也成，不过我最近吃得清淡，还让厨子少放些辛辣。"

是夜无月，天上寥寥几颗星。半月前小燕打的暗道竟还能用，因上次已走错一回这次万事皆顺利，暗道中畅通无阻直达解忧泉，凤九心叹了一声果然事事于冥冥中都有计较，都有牵绕，这就是佛道所说的缘分了。

解忧泉一汪碧水盈盈，泉旁频婆树如一团浓云，中间镶着一只闪闪发光的丹洁红果。绕树的四尊华表静默无声，不晓得护果的巨蟒何时会破石而出。东华曾提过，她是不是最怕走夜路，因小时候夜行曾掉进蛇窝。不错，她最怕走夜路，世间种种珍禽灵兽她尤其怕蛇。可此时她站在这个地方，心中却并不觉得如何畏怖，畏怖是因忧惧或有紧要的东西在乎，但行路至此她已连最坏的打算都做好准备，其他什么也就如浮云了。

此处距频婆树约近百丈，想在百丈内打败巨蟒再取频婆果实属不可能，似她姑父夜华君那般仙法卓然，当年上东海瀛洲取神芝草时还被护草的饕餮吞了个胳膊，走硬搏这条路，她没有这个能耐。

她的办法是将三万年修为全竭尽在护身仙障上头，不拘巨蟒在外头如何攻击，她只一心奔往频婆树摘取珍果后再竭力冲出蛇阵。这个就很考验她的速度，若是跑得快，注尽她一生修为的仙障约莫应支撑得过她盗果子这个时间，虽然最后结果是三万年不易的修为就此散尽，但修为这个东西嘛，再勤修就成了，不是什么大事。但，若是速度不够快，仙障支撑不过她跑出蛇阵，结局就会有些难说。不过听东华说他的天罡罩一直寄在她身上，虽然天罡罩自有灵性不容主人以外的人操控，但寄在她的身上就会主动在她性命危急时保她一命。若是真的，这一趟最坏的结局也送不了命，着实也没有什么可畏可怖。

夜风习习，凤九正要捏指诀以铸起护身的仙障，突然想到要是她顺利盗得了频婆果，但惹得姬蘅不快，令东华来迫使她交还予她该怎么办，她现在不是很拿捏得住姬蘅会不会做这样的事。嗯，就算这样，她也不会将果子轻易交出去，至多不过同东华绝交吧。想到此，心中难得地突然萌生一点懦弱，要是东华对自己有对姬蘅的一分也好，她也不要多的，仅要那么一分，如果她也只需要说说，东华就将她想望已久的东西给她多好。但这种事情三百多年前没有发生过，三百年后自然也只是一种空想。这空想却略微让凤九有一丝惆怅。

她深吸了一口气，遥望这静谧却潜藏了无限危险的夜色，熟练捏出唤出仙障的指诀，再凝目将周身仙力尽数注入仙障之中。随着仙力的流失，她的脸色越见青白，周身的仙障却由最初一袭红光转成刺目的金色。

金光忽向解忧泉旁疾驰而去，一时地动山摇，长啸声似鬼哭，四条巨蟒顿然裂石而出，毒牙锋利，口吐长芯，齐向金光袭去。金色的光团在巨蟒围攻下并未闪避，直向水纹粼粼的解忧泉而去。巨蟒红眼怒睁，仰天长嘶，火焰并雷电自血盆大口中倾数而出，一拨又一拨直直打在光团上。光团的速度渐渐缓下来却仍旧未闪躲，依然如故朝着频婆树疾奔，顷刻便到树下走进浓荫之中。大约怕伤了守护的神树，巨蟒的攻势略小些，只在一旁暴躁地甩着尾巴，搅得整个解忧泉池水翻覆，凤九嘴唇发白地擦了满头冷汗，颤抖着摘下树上的神果。巨蟒恼怒不已，蛇头直向她撞去，她赶紧更密地贴住频婆树才免了被它的獠牙串成一个肉串。

这一路硬承住巨蟒的进攻，仙障已微显裂纹，几头凶兽比她想象中厉害，回去这一趟要更快一些，以防仙障不支。方才那些雷电火焰虽然都是攻在仙障之上，传入的冲力却也对她的本体妨碍不小，身上虽未有什么伤势却无一处筋骨不痛，原来世间还有这种滋味的苦头。

被她盗得神果，几条巨蟒已是怒得发狂，回程这一路的攻势越发稠密，天上乌云聚拢雷电一束紧接一束，打在仙障上头，凤九觉得全身一阵一阵狠利麻痛，甚至听得到护体仙障已开始一点一点裂开的声音。全身似有刀割，眼前一阵一阵发晕，脚下步伐越见凝滞，金光蜕成红光再微弱成银光，眼看离蛇阵边缘还有十来丈，仙障突然啪的一声裂成碎片，凤九一惊仰头，一束闪电正打在她的头顶，巨蟒的红眼在闪电后映着两团熊熊火焰，毒牙直向她铲来，她本能闪避，毒牙虽只挨过她衣袖，因攻势带起的猎猎罡风却将她摔出去丈远，遥遥见另一条巨蟒吐出巨大火球向自己直撞而来，她三万年修为俱耗，仙力尽毁，只剩下极微末的一点法力实不能相抗，以为大限已至，心中一片冰凉正要闭眼，却见火球撞击而来离自己丈余又弹开去。她讶了一讶，果然是天罡罩，终究还是劳它救自己一命。

她挣扎着爬起来，目测还有两三丈即可走出蛇阵，但揣着频婆果刚迈出去两步又疾转回来，天罡罩并未跟着她一同前移。她这才晓得，器物就是器物，天罡罩这件法器虽同护身仙障在功用上没有什么区别，却并不如护身仙障一般能随身而行。解忧泉旁地动山摇得如此模样，顷刻便会有人前来探看。她此前也想过盗了频婆果之后会怎样，也许东华、姬蘅连同萌少私底下都估摸得到珍果被盗是她的杰作，但没有证据也奈何她不得。不过如今，若她为了保命待在天罡罩中寸步不移，众人见她困在阵中自然什么都明白了。事情若到此地步，青丘和比翼鸟一族一场争战怕是避免不了。

无论如何，她要冲出这个法阵。不过十来步，成功便在望，不能害怕，只要眼足够明，脑子足够清醒，拼尽最后一口气她不信自己冲不出去。她暗暗在心中为自己打气，眼睫已被冷汗打湿，却十分冷静地观察四条巨蟒每一刻的动向。巨蟒对着纹风不动、坚若磐石的天罡罩轮番撞击进攻一阵也打得有些累，找了个空当呼呼喘气，凤九抓住这个时机蓦地踏出天罡罩疾电一般朝蛇阵边缘狂奔，眼看还有两三步，脚下却突然一空，头顶巨蟒一阵凄厉长嘶，她最后一眼瞧见蟒蛇眼中的怒意竟像是在瞬间平息，血红的眼中涌上泪水，她从未见过蛇之泪，一时有些愣怔，虚空中传来极冷极低且带着哽咽的呼声，“阿兰若殿下”，她听出来那是正中的巨蟒在说话，阿兰若的事她听过一些，却来不及细想，因随着这声呼唤，冰冷的虚空正寸寸浸入自己的身体，她感到全身的钝痛渐巨，到最后简直要撕裂她一般。从踏入蛇阵之始疼痛就没有稍离她片刻，她一直一声未吭，此时却终于像是忍受不住地哀鸣起来，在此生从未吃过的苦头中渐渐失去了意识。

太晨宫的掌案仙官重霖仙使最近有个疑惑，帝君他老人家自打从梵音谷回来后就不大对劲，当然帝君他老人家行事一贯不拘一格就算他跟随多年也不大能摸清规律，但这一回，同往常那些不同似乎都更加地不同，例如，握本书册发呆半日不翻一页，例如泡茶忘记将水煮沸竟用凉水发茶芽，又例如用膳时将筷子拿倒，整一顿饭吃下来都还未知未觉。中间帝君还问过他一个问题，假如要把一个人干掉，但又要让所有人都感觉不到这个人凭空消失，他有没有什么好的想法。他做了一辈子严谨正直的仙使，于此自然提供不出什么可参考的想法，帝君的模样似乎有些失望。他觉得帝君近来有些魂不守舍。

连宋君在帝君回宫的第二日下午前来太晨宫找帝君。连宋君常来太晨宫串门这个本没有什么稀奇，但一向吊儿郎当的连宋君脸上竟会出现那么肃穆的表情，重霖感觉已经许久没有见到过，上次似乎还是在四百多年前成玉元君脱凡上天的时候。帝君带回来的那只重伤的灵狐今午才被两个小童从药君府上抬回来。药君妙手回春，这只狐已没有什么大碍。它瞧着救了自己一命的帝君，眼神中流露出钦慕——这是只已能化成人形的狐。

其实帝君从来就不是什么大慈大悲救死扶伤的个性，此次救这么一只灵狐回来，重霖也感到有些吃惊，但瞧着灵狐火红的毛皮，蓦然令他想起三百年前太晨宫中曾养过的那只活泼好动的小狐狸。帝君大约也是思及旧事，才发了一回善心。当年的那只小狐狸虽不能化形，从皮毛看上去也不大出众，但比许多能化形的仙禽仙兽都更加灵性，十分讨帝君的欢心，这么多年他瞧帝君对只灵狐比对其他什么都更为上心，却不知为何会走失，大约也是它同帝君的缘分浅。

重霖远目神游一阵，叹了口气正欲前往正殿打理一些事务，蓦然见方才已远去的连宋君正站在自己跟前，抬着扇子道：“对了，东华他此时是在院中，还是正殿还是寝殿？我懒得走冤枉路。”

托对帝君动向无一时一刻不清楚的重霖仙官的福，连宋君一步冤枉路也没多走地闯进帝君寝殿，彼时，帝君正在摆一盘棋。但棋盘中压根没放几粒棋子，他手中拎着粒黑子也是半天没摆下去，仔细瞧并不像在思考棋局，倒像是又在走神。房中的屏风旁搭了个小窝，一只红狐怯生生地探出脑袋来，一双乌黑的眼睛怯怯地瞧着帝君。

连宋此来是有要事，径直到东华的跟前。帝君回神中看了他一眼，示意他坐。连宋神色凝重地搬了一条看上去最为舒适的凳子坐，开门见山道："比翼鸟那一族的频婆果，今年有个于凡人而言生死人肉白骨的功用，这个你有否听说？"

东华将黑子重放入棋篓，又拈起一枚白子，心不在焉地道："听说过，怎么了？"

连宋蹙眉道："听说凤九曾因报恩之故嫁过一个凡夫，这个凡夫死后她才回的青丘。虽然司命倒是说她同那个凡夫没有什么，不过合着频婆果这桩事我感觉挺奇怪，今早便传司命到元极宫中陪我喝了趟酒。司命这个人酒量浅，几盅酒下肚，那个凡人的事我虽然没有探问出多少来，倒是无意中问出了另一桩事。"抬眼道，"这桩事，还同你有关系。"

白子落下棋盘，东华道："小白的事同我有关系很正常。"示意他继续往下说。连宋欲言又止地道："据司命说凤九她当年，为了救人曾将自己的毛皮出卖过给玄之魔君聂初寅，聂初寅占了她的毛皮后，另借了她一身红色的灵狐皮暂顶着。"看向东华道，"这桩事正好发生在三百零五年前。"

东华似乎愣了，落子的手久久未从棋盘上收回来，道："你说，我走失的那只狐狸是小白？”

连宋倒了杯茶润口，继续道：“听说她因为小的时候被你救过一命一直对你念念不忘，七百多年前太晨宫采办宫女时央司命将她弄进了你宫中做婢女，不晓得你为什么一直没有注意到她，后来你被困在十恶莲花境中她去救你，化成灵狐跟在你身边，听说是想要打动你，但后来你要同姬蘅大婚。”说到这里瞧了眼似乎很震惊的东华，琢磨着道，“是不是有这么一个事，你同姬蘅大婚前她不小心伤了姬蘅，然后你让重霖将她关了又许久没有理她？”看东华蹙眉点头，才道，“听说后来重霖看她实在可怜将她放了出来，但姬蘅养的那头雪狮却差点将她弄死，幸好后来被司命救了。据司命酒后真言，那一次她伤得实在重，在他府中足足养了三天才养回一些神志。你不理她又不管她也没有找过她让她挺难过、挺灰心的，所以后来伤好了就直接回了青丘。”沉吟着道，“怪不得你天上地下地找也再没有找到她。我当初就觉得奇怪，一只灵狐而已，即便突然走失也不至于走失得这样彻底。”又道，“我琢磨这些事你多半毫不知情，特地来告知你。近些日我看你们的关系倒像是越趋于好，不过凤九她对你可能还有些不能解的心结。”

帝君的情绪一向不大外露，此时却破天荒地将手指揉上了太阳穴。连宋看他这个模样也有些稀奇，道：“你怎么了？”

东华的声音有一丝不同于往日，道：“你说得不错，她大约还记恨我，我在想怎么办。”

连宋突然想起什么似的道：“对了，昨天比翼鸟宗学的竞技，我后来也去探听了一二，听说原本第一名的奖品是频婆果，被你临时换成了一篮子蟠桃？宣布奖励的时候，我看凤九的脸色不大对。”又瞟了一眼屏风下探头竖耳的狐狸，道，“这只红狐我暂替你照看，你还是先下去看看她，怕她出个什么万一。”

东华揉着额头的手停住，怔了一怔道：“小白她脸色不好？”

兴许说完从司命处探来的这些秘密，连宋君备感轻松，吊儿郎当样转瞬又回到身上，摊手道：“我也不大晓得。”又笑着瞟了东华一眼道，“虽然我一向会猜女人的心思，但你们小白这种类型的，老实说我也不大猜得准，只是瞧她的模样像是很委屈，所以才让你赶紧下去看看，兴许……”

话还没说完，忽听到外头一阵喧天的吵闹，二人刚起身，寝殿大门已被撞得敞开，燕池悟立在寝殿门口气急败坏地看向他二人并屏风角落处的狐狸，破口一篇大骂：“他爷爷的，凤九此时被困在蛇阵中生死未卜，你们居然还有闲心在这里喝茶下棋逗狐狸！”

连宋一时没有反应过来被骂得愣了愣，东华倒是很清明，却破天荒没有将小燕这句“他爷爷的”粗话噎回去，皱眉声音极沉道：“小白怎么了？”

燕池悟恨恨瞪向东华：“你还有脸问老子她怎么了，老子虽然喜欢姬蘅，老子也看不上你二话不说将原本该是凤九的东西送给姬蘅讨她欢心的样子。凤九要频婆果有急用你又不是不晓得，你把它送了姬蘅，她没有办法只好去闯解忧泉趁果子没被摘下前先将它盗出来。她那三万年半吊子的修为哪里敌得过护果的四尾巨蟒，现在还被困在蛇阵中不晓得是生是死，老子同萌少连同萌少他娘皆没有办法……”

骂得正兴起，忽感一阵风从身旁掠过，转回头问连宋道：“冰块脸他人呢？”

连宋君收了扇子神色沉重：“救人去了。”又道，“我就晓得要出什么万一。”话落地亦凭空消失，唯余小燕同角落里瑟缩的狐狸面面相觑，小燕愣了一瞬亦跟了上去。

解忧泉已毁得不成样子，颓壁残垣四处倾塌，清清碧泉也不见踪迹，以华表为界铸起的蛇阵中唯余一方高地上的频婆树尚完好无损。蛇阵外白日高照，蛇阵内暗无天色，四尾巨蟒于东南西北四方巍巍盘旋镇守，红色的眼睛像燃烧的灯笼，蛇阵中护着一个蓝雾氤氲的结界，白衣少女双目紧闭悬空而浮，长发垂落如绢丝泼墨，不晓得是昏迷还是在沉睡。

倾塌的华表外头狂风一阵猛似一阵，东华面无表情地立在半空中凝望着结界中的凤九。她脸色虽然苍白但尚有呼吸起伏，还好，他心中松了一口气，面上却看不大出来。其实，他早晓得她长得美，只是平日太过活泼好动让人更加留意她的性情，此时她这样安静地躺在结界中，这种文静的美貌才越发突显，但白裳布服不适合她，需摩诃曼殊沙那种大红才同她相衬。他活了这么长的岁月，什么样的美人没有见过，凤九未必是他见过最美貌的那一个，但缘分就是这样奇怪，那些美人长什么样他印象中虚无得很，唯有她或笑或皱眉或难堪，连她做鬼脸他都能记在心上，回忆起来每一副都是清清楚楚的样子。连宋说她是当年那只小狐狸，她是，那很好，但就算她不是，他也未必多么在意。

虚空中似有佛音阵阵，浸在一段凄清的笛音中，细听又似一段虚无。他垂头扫了一眼自他仙驾莅此便长跪不起的比翼鸟女君并她的臣子们，淡声道："那个结界是怎么回事？"

下头跪的女君兼臣子们还沉浸在不晓得帝君为什么于此时仙驾此地的震惊之中，半晌没有一个人回话，还是萌少因毕竟同凤九朋友一场，见友人被困十分着急，拱手回道："禀帝座，那困住九歌公主的并非结界，乃是阿兰若之梦。""阿兰若"这三个字随萌少出口时，在跪的诸位除了姬蘅皆颤了一颤。

萌少娓娓道来，事情原是如此。

传说中阿兰若是个难得的美人，却无辜枉死。阿兰若枉死后不得往生，执念化作一个梦境在梵音谷中飘荡，凡有谁被卷入此梦中必定坠入阿兰若在世时的心魔，定力不佳、心性不够强大者永不能走出阿兰若之梦，将徒留在梦中永眠，直至周身仙力修为被梦境尽数吸食以致灰飞。

想必九歌公主误入蛇阵中正好撞到阿兰若的梦飘入此境，由此而被卷入。阿兰若自小是被此地华表中的四尾巨蟒养大，她的梦境裹住九歌公主，大约令巨蟒以为梦境中的九歌公主便是阿兰若，所以将她守护起来不让外人触碰。

要破阿兰若之梦，除了靠卷入梦境中的人勘破自行走出来，其实还有另一个更为保险的法子——另寻一个与卷入梦境之人亲近的人一同入梦，将她带回来。

但如今的状况，若要进入阿兰若之梦带出九歌公主，首先得通过蛇阵。与这四头凶兽拼杀并非难事，但阿兰若之梦其实只是一种化相，必须将人卷入其中才能呈现实体，实体便是那个淡蓝色的结界。呈现实体的梦境异常脆弱，拼杀时战场必定混乱，万一不慎致使梦境破碎，届时九歌公主轻则重伤重则没命。

他们也想过是否将护体仙障铸得厚实些，不与巨蟒拼杀，任它们攻击以保梦境的完好，再接近以进入梦中带出九歌，但阿兰若之梦十分排斥强者之力，一向入梦之人在梦外百丈便需卸下周身仙力，以区区凡体之身方能顺利入梦，否则梦境亦有可能破碎。

但此时若卸去周身仙力如何与四尾巨蟒相抗，此种情景实在进退维谷，大家一筹莫展，从昨夜发现九歌被困直至此时莫不敢轻举妄动，皆是为此。九歌公主怕是凶多吉少了。

连宋君匆匆赶来时正听到萌少在扫尾，扫尾说了些什么都没有正经听到，只见地上跪的一排人在萌少扫尾几句话之后都做出唏嘘拭泪的模样。虽然不晓得他们是为什么唏嘘拭泪，但连宋君觉得这许多人整齐划一做出这个动作，实在颇令人动容。

正要行上前去，东华倒是先转身瞧见了他。

东华的神情十分冷静，他心中有些放心，若是凤九有事，东华虽一向被燕池悟戏称冰块脸，但以他对他多年了解，他必定不是现在这种神情。

方要打个招呼，东华已到他面前，就像新制了几味好茶打算施舍他两包一般，语气十分平淡自然：“你来得正好，正有两桩事要托付。”抬眼望向困在蛇阵中的凤九道，“如果最后只有她一人回来，将她平安带回青丘交到白奕手上，然后去昆仑虚找一趟墨渊，就说东华帝君将妙义慧明境托付给他，他知道是什么意思。”

这番话入耳，连宋琢磨着怎么听怎么像是遗言，亦笑望阵中一眼道：“你虽近年打架打得不那么勤，手脚怕是钝了，但这么几条蛇就将你缠死也太过……”“离谱”二字方含在口中，泰山崩于前亦能唇角含笑的连宋君脸色一时大变，亟亟上前要将泰然卸去周身仙力从容进入蛇阵的东华捞出来，却被不知什么时候出现的小燕一把拦住。小燕的眸色难得深幽一次，道：“唯有此法。”目光向雷声乍然轰鸣、落雨倾盆不歇的蛇阵之中道，“还有什么法子，老子想了一夜加半天都没有想出来，因为老子压根儿没有想过卸去术力独闯蛇阵，老子对朋友还是不够义气，冰块脸义薄云天，老子敬佩他。”

蛇阵之中天翻地覆，不到两日内竟先后两人来犯使巨蟒十分愤怒，势同鬼哭的长嘶之中，利剑般的光束与道道电闪齐往来犯的东华身上招呼。未有仙力护体加持，东华身上顷刻间便割出数道口子，幸好雨势磅礴将赤金的鲜血尽数洗去。蛇阵外长跪的女君并诸臣子震惊得不能自已，却无法相帮，齐齐愣在原地。

连宋被小燕拦了一拦后未再前行，大约已明白东华如此的缘由，眸色深沉不语。他同东华乃是忘年之交，其实算起来东华不知比他大多少轮，他的出生离大洪荒乱战的时代有好些年，未能亲眼得见那时东华的战名，但前一段时日倒是听墨渊提过东华一句，说是远古洪荒时的战场才称得上真战场，那时的战争方当得上“浴血之战”几个字，后世的这些打打闹闹实在小儿科，不过战场上最为吃得苦的却要算东华帝君，早年时几场大战事从战场上下来常常像在血中泡过一般，身上不知多少道口子却连眉毛也不动一动，这种威勇没有几个人比得上。

蛇阵中的雷电光矢未有一刻间歇，东华衣袍上白色的交领同袖边早已被血迹染成金红。为防巨蟒的情绪冲动对裹着凤九的梦境有什么妨害，帝君一直保持着一个缓慢适当的步伐行走，雨水自发丝袍角袖口滴落，一片赤红，帝君的确连眉毛都没有动一动。

突然一人自女君身后长长的跪列中起身，踉踉跄跄奔向燕池悟，白衣白裙正是姬蘅，满面泪痕地抱住小燕衣角："你救救他，你去将他拉回来，我什么都答应你。"小燕难得沉默，转身背向姬蘅，姬蘅仍拽着他的衣角哭得嘤嘤不止。

凤九隐约听到什么地方传来雷雨之声，她感觉自己自从跌入这段虚空就有一些迷糊，时睡时醒中脑子越来越混乱，每醒来一次都会忘记一些东西，上一次醒来时已经忘了自己为什么会跌入这段虚空，这是不是说明再昏睡几次她会连自己到底是谁都记不清？她感到害怕，想离开这里，但每次醒来也只是意识可能有片刻游离于昏睡，睁眼都是模模糊糊，更不要说手脚的自由行动。且每次醒来，等待她的不过就是无止境的晦暗和寂静，还有疼痛。

但这一次似乎有些不同，雷雨之声越来越清晰，轰鸣的雷声像是响在耳畔，似乎有一只手放在自己的额头上，凉凉的，停了一会儿又移到耳畔，将散乱的耳发帮她别在耳后。她迷迷蒙蒙地睁开眼睛，见到紫衣的银发青年正俯身垂眸看着自己。

此时在此地见到帝君，倘若她灵台清明着定然震惊，却正因脑子不大明白，连此时是何时此地是何地都不清楚，连自己到底是小时候的凤九还是长大的凤九都不清楚，只觉得这是一件十分自然的事。但她认识眼前这个人是东华，心中模模糊糊地觉得他是自己一直很喜欢的人，他来这里找自己，这样很好。但她还是口是心非地道："你来这里做什么呢？"帝君眼神沉静，看着她却没有回答。她的目光渐渐清晰一些，瞧见他浑身湿透十分不解，轻声道："你一定很冷吧？"帝君仍然没有回答，静静看了她一会儿，却伸手将她搂进怀中，良久才道："是不是很害怕？"

她一时蒙了，手脚都不晓得该怎么放。但帝君问她害不害怕，是的，她很害怕，她诚实地点了点头。帝君的手抚上她的发，声音沉沉地安抚她："不怕，我来了。"

眼泪突然涌出来，她脑中一片浑茫，却感到心中生出一段浓浓的委屈，手脚似乎已经能够动弹，她试探着将手放在帝君的背上，哽咽道："我觉得我应该一直在等你，其实我心里明白你不会来，但是你来了，我很开心。"就听到帝君低声道："我来陪你。"

她心中觉得今天的帝君十分温柔，她很喜欢，同往常的东华很不同，但往常的东华是什么样的她一时也想不起来，脑中又开始渐渐地昏沉，她迷糊着接住刚才的话道："虽然你来了，不过我晓得你马上就要走的，我记得我好像总是在看着你的背影，但是今天我很困，我……"

她觉得自己在断断续续地说着什么，但越说，脑子越模糊，只是感觉东华似乎将她搂得更紧，入睡前她听到最后一句话，帝君轻声对她说："这次我不会走，睡吧，小白，醒了，我们就到家了。"

她就心满意足地再次陷入了梦乡，耳边似乎仍有雷鸣，还能听到毒蛇吐芯的嗞嗞声，但她却十分安心，并不觉得害怕，被东华这样地搂在怀中，也再不会感到任何疼痛。

（上册完）